따져 읽는 어린이책

황선열

경남 창녕 출생. 영남대학교 대학원 졸업. 문학박사. 매일신문 신춘문예 문학평론 당선으로 등단.
주요 저서로『빛과 그늘의 문학』『일제시대 독립군시가 연구』, 편저『권환 시전집』『독립군시가집』
『권환 전집』등이 있음. 민족문학작가회의 회원.

어른을 위한 어린이책 이야기 2

따져 읽는 어린이책

2005년 8월 13일 1판 1쇄 인쇄 / 2005년 8월 25일 1판 1쇄 발행

지은이 황선열 / 펴낸이 임은주 / 펴낸곳 도서출판 청동거울 / 출판등록 1998년 5월 14일 제13-532호
주소 (137-070) 서울 서초구 서초동 1359-4 동영빌딩 / 전화 02)584-9886~7
팩스 02)584-9882 / 전자우편 cheong21@freechal.com

값 12,000원

ISBN 89-5749-049-3

황선열 아동문학평론집

어른을 위한 어린이책 이야기 02

따져 읽는 어린이책

아이들을 위한 진지한 책읽기가 있어야 한다. 아이들과 함께 읽어서 생각하고 토론한 내용을 바탕으로 한편 한편의 글들을 모았다. 어른들이 쓴 동화를 아이들이 읽으면서 잘못된 부분이 있다는 것은 어른들의 잘못일 것이다. 이 문제점을 하나하나 짚어내면서, 아이들을 위한 진지한 글쓰기가 되어야 한다는 사실을 알아야 할 것이다. 아이들에게 잘못 가르쳐진 것은 아이들의 미래를 어둡게 한다. 그것은 어른들의 미래이기도 하다.

청동거울

머리말

흙을 잃어버리고 시멘트와 아스팔트의 차가운 도로를 걸어가야 하는 아이들에게 자연의 소중함을 보여주는 것이 필요한 시대가 되었다. 어른들의 삶이 아이들의 생각을 바꾸었고, 교육도 혼란의 시대를 맞이하였다. 새로운 공동체의 삶이 절실하게 필요한 때가 되었다. 자연스러움이 파괴된 시대를 살아가면서 아이들에게 희망을 걸어본다. 이 땅의 미래를 짊어지고 나갈 사람은 아이들이다. 이 아이들이 푸르게 살아나는 세상이 되었으면 한다. 아이들은 책을 읽으면서 어른들의 꿈이 무엇인지를 알 것이다. 어른들의 꿈은 아이들에게 있다. 아이들은 어른들의 희망이며, 그 희망은 아름다운 꿈이다.

동화가 상업주의에 편승하여 물들어 갈 때, 작품의 공과를 따져서 읽어 보는 것이 필요할 것이다. 그것은 우리들이 품고 살아야 할 미래에 대한 희망이다. 아이들이 책을 읽으면서 무작정 감동하거나 슬퍼하기 전에 그 감동과 슬픔의 근원을 따져 보는 것이 필요할 것이다. 아이들은 어른들의 현실 속에서 새로운 미래를 꾸려 나가야 한다. 아이들을 위한 동화가 현실을 방만한다든가, 현실을 잘못 드러내서는 안 될 것이다. 우리의 현실을 정확하게 파악하고, 그 현실의 문제에 대해 진지하게 고민할 때, 아이들은 현실을 토대로 새로운 세상을 열어 갈 수 있을 것이다.

아이들을 위한 진지한 책읽기가 있어야 한다. 아이들과 함께 읽어서 생각하고 토론한 내용을 바탕으로 한편 한편의 글들을 모았다. 책을 읽은 아이에게 무슨 문제가 있는지를 따져 보자고 했다. 더러는 생각이 함께 모여진 것도 있고, 더러는 생각이 달랐던 것도 있다. 어른들이 쓴 동화를 아이들이 읽으면서 잘못된 부분이 있다는 것은 어른들의 잘못일 것이다. 이 문제점을 하나하나 짚어내면서, 아이들을 위한 진지한 글쓰기가 되어야 한다는 사실을 알아야 할 것이다. 아이들에게 잘못 가르쳐진 것은 아이들의 미래를 어둡게 한다. 그것은 어른들의 미래이기도 하다.

이 땅의 아이들은 자유롭게 생각하는 아이로 성장해야 한다. 구속과 압제의 그늘로부터 벗어나, 더불어 살아가는 아름다운 시대가 되었으면 한다. 이 땅의 아이들이 사랑과 행복으로 충만했으면 한다. 이 책을 이 땅의 희망인 아이들에게 보낸다.

2005년 여름
황선열

차례

따·져·읽·는·어·린·이·책

눈물의 참된 의미

내 짝꿍 최영대 채인선 지음, 정순희 그림, 재미마주, 1997.

1.

　초등학교 3, 4학년 무렵, 우리 집에는 누런 암소 한 마리를 키웠다. 이름을 누렁이라 불렀다. 읍내라고는 하지만, 시골이나 한가지인 그 마을에서 어린 시절을 보내면서 누렁이와의 이별은 소죽 향기처럼 아득한 눈물의 추억이었다. 눈물은 추억처럼 순박하면서도 아름다운 것이다. 눈물은 슬픔이 만들어낸 정화수와 같은 것이다.

　그 당시, 번듯하지 못한 시골 살림에 소 한 마리는 늘 살림밑천이었다. 학교를 파하고 나면 남산 옆 공동묘지에 소를 몰고 풀을 뜯기고, 석양이 내리는 저녁 무렵에는 형이 고삐를 잡고, 나는 빵빵한 소의 배를 슥슥 문지르며 집으로 돌아왔다. 겨울철 이른 새벽이면 아궁이에 불을 지펴 소죽을 끓이는 아버지, 절절 끓는 아랫목을 피해 이불을

도르르 말고 윗목에서 아침의 단잠을 즐기다가 어머니의 성화에 견디지 못하여 일어나서는 제일 먼저 소죽을 끓이는 아궁이로 갔다. 아버지 곁에 쪼그리고 앉아서 가마솥 뚜껑이 열리기를 기다렸다. 이윽고 솥뚜껑이 열리고 하얀 김과 함께 차오르는 구수한 소죽 향기를 맡았다. 그 구수한 소죽 향기를 맡으면서 나와 누렁이는 어느새 깊은 정이 들었다.

누렁이가 새끼를 낳던 날, 너무도 신기해서 어른들의 만류에도 아랑곳없이 막무가내로 마굿간을 떠나지 않고 출산의 광경을 지켜 보았다. 마굿간 앞에 쭈그리고 앉아서 송아지가 나오기만을 기다리다가 문득 누렁이의 퉁방울만한 눈에 글썽이는 눈물을 보았다. 힘든 몇 시간이 지나고 누렁이는 자기를 닮은 숫송아지 한 마리를 낳았다. 나는 날아갈 듯이 환호성을 질렀고, "누렁아 장하다"라고 하면서 누렁이의 머리를 몇 번이나 쓰다듬어 주었다. 어느새 누렁이의 눈에는 눈물이 말라 있었다.

그렇게 낳은 송아지와 나는 단짝 친구처럼 뛰어 놀았다. 송아지가 마당에 나오면 머리를 맞대어 힘 겨루기도 하고, 풀을 뜯기러 갈 때는 나와 송아지는 들판을 가로질러 달리기도 했다. 누렁이가 낳은 송아지의 머리에 작은 뿔이 돋아날 무렵, 누렁이는 아버지의 손에 이끌려 소전(소를 매매하는 시장)에 갔고, 우리 집 누렁이는 어느 농사꾼에게 팔렸다. 집으로 돌아오면서 헤어지던 누렁이와 송아지가 "음매—"하는 소리가 너무도 처량했고, 농사꾼의 손에 고삐가 잡힌 채, 머리를 치켜들고 끌려가던 누렁이의 눈에서 글썽이는 눈물을 보았다. 아버지가 힘겹게 송아지를 끌고 집으로 돌아갔고, 나는 누렁이를 끌고 가던 신작로 길에서 석양이 내릴 때까지 있었다.

그 날 밤 송아지는 새벽녘까지 울었고, 아버지도 장터국밥 집에서 마신 막걸리로 거나하게 취해 집으로 돌아오셨다. 나는 송아지가 울

때마다 누렁이가 생각나서 이불을 뒤집어쓰고 울었다. 내성적이고, 소극적인 내게 누렁이는 유일한 내 짝꿍이었다.

2.

『내 짝꿍 최영대』를 읽으면서 어미소를 잃고 새벽녘까지 울었던 우리 집 송아지가 생각났다. 영대의 눈물과 어린 시절 내 짝꿍 누렁이를 잃었을 때와 비슷한 아름다운 동심의 눈물을 만났다. 진정한 눈물은 사람들의 삶을 아름답게 승화시켜 준다. 눈물을 흘리지 않는 사람은 진정한 삶의 행복을 모르는 사람이라는 말을 떠오르게 하는 동화이다. 이 동화의 줄거리는 다음과 같다.

시골에서 도시로 전학 온 영대는 차림새도 더럽고 말도 잘 못해서 반 아이들로부터 집단 따돌림을 당한다. 그런데도 바보처럼 울지도 않고 화도 내지 않는다. 어느 날, 경주에 단체여행을 가서 함께 자던 방에서 누군가 방귀를 뀌었는데, 아이들은 그 방귀를 영대가 뀐 것처럼 몰아세운다. 이 사건으로 영대는 서럽게 울고

그린이 : 정순희, 『내 짝꿍 최영대』에서

만다. 영대의 눈물 때문에 반 아이들도 따라서 울고, 선생님도 울게 된다. 그 일을 계기로 반 아이들은 모두 영대를 좋아하게 되고, 영대는 옷차림도 깨끗하게 된다.

어머니를 잃은 슬픔에 "바보 굼벵이"가 되어버린 영대는 반 아이들의 따뜻한 사랑으로 새로운 아이로 성장한다. 아이들의 꾸밈없는 눈물이 주는 아름다운 감동은 이 동화가 주는 가장 즐거운 선물일 것이다.

이 동화는 따돌림과 무관심이 주는 잘못된 모습과 서로에 대한 관심과 사랑이 주는 변화를 상대적으로 보여줌으로써 독자들에게 깊은 감동을 준다. 또한, 이 동화는 아이들의 수준에 어울리는 쉬운 우리말 표현과 아이들의 말들을 살려 쓴 점이 돋보인다.

동화책에서 그림이 주는 의미는 단순히 그 장면을 드러내는 데 있는 것이 아니라, 이야기를 진행시켜 나가는 과정을 보여주는 시각적 의미를 준다. 이 동화에서는 그림이 주는 의미를 잘 살리고 있다. 전체적으로 은은한 수채화로 주위의 배경을 적절히 드러내면서 인물들의 정서를 효과적으로 표현하고 있다. 이런 점에서 이 동화는 한층 따뜻하게 읽혀진다.

그러나 이 동화는 몇 가지 문제점을 갖고 있다. 왕따당하는 아이들은 나름대로의 문제점이 있지만, 이 동화의 주인공 최영대라는 인물도 문제가 있는 아이이다. 외부적 요인으로 왕따가 되든가, 아니면, 스스로의 문제로 그렇게 되지만, 영대의 경우는 두 가지 상황이 다 해당된다. 전학을 왔고, 옷을 갖추어 입지 못한다는 이유가 있지만, 그보다 더 큰 문제인 결손 가정 때문일 것이다. 그런데 영대의 가정 문제는 접어두고 반 아이들의 문제로만 상황을 설정하고 있다. 인물과 상황을 잘못 설정하고 있다. 이 동화를 읽고 나면, 영대는 정말 바보 같은 아이가 아닐까라는 느낌이 드는 까닭도 인물의 상황을 잘못 서술한 때문이다.

줄거리를 따라 읽으면서 영대라는 아이를 살펴보면, 초등학교 3학년 최영대는 시골에서 도시로 전학을 온다. 전학을 오는 이유는 뚜렷하지 않지만, 영대가 전학을 와서 아이들에게 따돌림을 당하면서도 아이들에게 대들지 않고 학교 생활을 한다. 영대는 "바보 굼벵이"라는 놀림을 받아도 말이 없었고, 묵묵히 학교를 다니는 천진한 아이였다. 심지어 벽에다 세워놓고 아이들이 때릴 때에도 노려보기만 하던 아이였다.

결국 선생님도 영대를 반에서 그대로 내팽개쳤다. 영대는 엄마를 잃은 슬픔이 너무 컸기 때문에 집단 따돌림에 무관심했던 것일까. 아니면, 영대는 천진난만이 지나쳐서 정말 바보 같은 아이로 보였던 것일까. 이 두 가지 사실을 생각해 보면, 반 아이들은 영대의 바보 같은 모습 때문에 놀리고 왕따를 시켰을 가능성이 있다.

엄마를 잃은 슬픔을 구체적으로 보여주든지, 그 사실을 먼저 말하고 반 아이들에게 왕따를 당한다면, 주인공의 상황이 분명히 전달되었을 것이다. 그런데 그저 말없이 당하는 영대의 모습을 보여줌으로써 주인공을 '바보처럼' 만들고 말았다. 인물 설정의 문제점이다.

다음은 가정이 어렵고 아이들에게 왕따를 당하고 있는 영대를 그대로 방치해 두는 선생님의 문제이다. 대다수의 선생님들은 새로 전학 온 영대와 같은 아이들을 예의 주시할 것이고, 반 아이들과 함께 생활할 수 있도록 지도할 것이다. 그런데 이 동화에 나오는 선생님은 아이들이 보기에 "선생님도 그대로 방치한다"고 생각이 들 정도로 무관심하다. 이 동화를 읽는 아이들은 선생님을 원망할 것이다. 이 동화를 읽는 아이들은 영대의 담임 선생님에 대한 잘못된 시선이 자리잡을 수 있다.

물론 이 동화에 나오는 선생님처럼, 아이들에게 무관심한 선생님도 있을 것이다. 그런데, 영대는 선생님도 무관심할 수밖에 없을 정도로 심각한 상태에 있는 아이였다. 영대는 선생님의 사랑보다도 엄마의 사랑이 더 필요했을지도 모른다. 이 문제를 풀어가면서 제도권 교육을 담당하고 있는 선생님의 문제인 것처럼 몰고 가는 것은 문제의 소지가 있다.

영대는 학교에서 선생님의 사랑이 필요한 아이임에는 분명하다. 그러나 이 동화의 주제는 선생님의 사랑으로 문제를 해결하는 데 초점이 주어진 동화가 아니라, 아이들 스스로 왕따 문제를 풀어가는 데 초점을 두고 있다. 그렇기 때문에 이 동화에서 선생님의 역할은 미미할 수밖에 없다. 그런데도 여기에서는 아이들에게 영대의 왕따가 선생님의 무관심 때문에 일어난 일이라는 왜곡된 시선을 심어줄 수 있다.

다음으로 이 동화에서 눈물이 주는 의미를 생각해 보기로 하자. 눈물은 사람들의 동정심을 유발하는 소재이다. 실제로 이 동화의 가장 중요한 문제인 영대의 왕따는 눈물 때문에 해결된다. 이 사건의 실마리는 울음바다가 되는 "방귀사건"이다. 4월에 전학 온 영대는 2학기 10월까지 따돌림받는 아이로 남은 채, 경주로 단체여행을 가게 된다.

그날 밤, 잠을 자지 않는 아이들을 억지로 재우기 위해 서 있는 선생님과 잠을 자지 않고 놀고 싶은 아이들의 긴장된 심리적 갈등 속에서 갑자기 어둠 속에서 방귀를 뀐 아이가 있었다. 아이들은 당연히 영대를 지목하게 되었고, 반장은 "이 애요. 엄마 없는 바보 말이에요."라는 말을 하게 된다. 그 말에 영대는 결국 울음을 터뜨리고 만다. 단체여행의 숙박지에서 엄마 없는 설움이 더욱 깊어지는 날에 듣게 되는 충격적인 말 때문에 영대는 엄마를 생각하면서 슬프게 울고 만다.

이 눈물은 파장이 되어 곁에 있던 아이들에게 전해지고, 아이들은 미안함과 함께 그동안 영대를 따돌림 시킨 죄책감을 느끼게 된다. 영대의 울음 때문에 선생님은 영대를 놀린 아이들에게 벌을 세운다. 벌을 받으면서 아이들은 그동안 영대를 괴롭힌 잘못을 반성하기도 하고, 영대의 천진난만한 눈물에 감동을 받아서 함께 울기도 한다.

영대의 눈물은 그동안 억눌린 감정이 폭발한 것이고, 그것은 아이들에게 자신을 반성하고 영대를 이해하는 계기가 된다. 영대의 눈물은 아이들에게 공감을 불러일으킨다. 끝없이 울음을 멈추지 않는 영대의 슬픔은 어머니를 잃은 설움일 수도 있고, 그동안 반 아이들에게 당한 설움일 수도 있겠다.

그동안 영대를 괴롭힌 반 아이들은 나쁜 마음으로 영대를 괴롭힌 것은 아니었지만, 영대에게는 힘들고 고통스런 나날이었다는 것을 알았던 것이다. 영대가 흘리는 끝없는 눈물은 아이들에게 이유없는 연민과 동정, 그리고 반성을 하게 하였다. 영대의 눈물은 고대 이스라엘에서 슬픔의 눈물을 받아 두는 눈물병처럼, 인간의 감정을 정화시켜 주는 순수한 동심의 표현이었다.

그런데 여기서 짚고 넘어가야 하는 문제가 있다. 영대의 눈물이 등장 인물들이 함께 따라 우는 기이한 장면을 연출했다는 데 있다. 그것은 이 동화의 사건 전개가 제대로 되지 않았다는 말과도 같다.

방귀사건으로 아이들이 놀렸다고 영대가 우는데, 이 울음이 그치지 않는다고 선생님은 심각하게 생각하게 되고, 아이들도 그동안 힘들었던 영대의 심정을 헤아리면서 함께 울고 있다. 엄마를 잃은 영대의 심리적 정황과 외로운 심정을 모른 채, 아이들이 울면서 영대를 이해한다는 것이 가능한 일일까.

왜 우는지, 무엇 때문에 우는 지도 구체적으로 모르면서 따라 우는 아이들은 무엇일까. 독자들은 영대의 심정을 짐작하고 있을지 모르겠지만, 반 아이들이 따라 우는 것은 사건의 비약이라 할 수 있다. 반 아이들은 그만큼 심각하게 영대의 문제를 생각해 보지도 않았고, 영대의 상황을 잘 모르고 있다. 영대를 바라보는 반 아이들은 그저 측은한 마음에서 울고 있는 아이들과 동정심 때문에 울고 있는 아이들이다. 영대가 울음을 터뜨리는 진정한 이유는 무엇일까.

사실 영대의 눈물은 반 아이들이 하나가 되기를 바라는 작가의 의도가 지나치게 개입되면서 나타난 것이다. 마지막 장면에 반 아이들과 영대가 우는 까닭을 놓고 독자는 의문을 가질 것이다. 영대의 눈물은 엄마를 잃은 슬픔보다는 아이들에게 따돌림을 받았다는 데 있었던 것일까. 영대를 따라서 울었던 아이들은 영대가 "다시 울까봐서" 친절하게 대하거나 불쌍한 아이로 생각하고 울었던 것일까. 이 동화를 다 읽고도 이 문제는 의문으로 남아 있다.

아이들에게 그렇게 심각한 왕따를 당하면서도 울지 않던 영대가 마침내 울었다는 하나의 사실만으로 이 이야기는 급격한 반전을 하게 된다. 영대가 흘리는 눈물의 진정한 의미는 말하지 않은 채, 영대가 울고 있다는 사실만으로 반 아이들의 태도가 갑자기 바뀌어 버린다. 아이들이란 감정의 변화가 쉽다는 것을 인정하더라도, 눈물이 주는 감동 때문에, 혹은 선생님의 눈물어린 벌 때문에, 아이들이 꾀죄죄한 차림의 영대를 무작정 좋아하게 된다는 사실은 쉽게 납득이 가지 않는다. 사건을 무리하게 전개시키면서 생긴 잘못이다.

어린아이들은 자신의 뜻대로 되지 않은 일에 맞닥뜨릴 때, 때론 울면서 자신의 의지를 표현해내고, 그 일을 아이의 뜻대로 성취하기도 한다. 반 아이들이 영대의 눈물을 연민의 감정으로 동조하였다면, 어린아이가 자신의 욕구를 충족시키기 위해 흘린 눈물에 불과할 뿐이다. 작가는 사건의 인과성을 생각하면서 영대의 눈물을 아름다운 감동의 순간으로 마무리해야 할 것이다.

3.

『내 짝꿍 최영대』는 눈물로 하나가 되는 아이들의 순박한 감정의
세계를 보여준다. 영대의 진솔한 눈물 때문에 반 아이들은 감동을 하
고, 그 일로 해서 영대를 이해하게 되고, 왕따 문제가 해결된다.

영대의 눈물이 집단 따돌림의 벽을 무너뜨리기 위한 불만의 표출
이었다거나, 반 아이들의 눈물이 불쌍한 마음에서 동정하는 눈물이
되어서는 안 될 것이다. 영대의 슬픔이 반 아이들과 공유할 수 있는
아름다운 눈물의 현장이 되었으면 한다. 이 동화는 영대의 눈물에서
순박한 동심의 세계를 공감할 수 있었다면 더욱 아름다울 것이다. 영
대의 눈물은 그런 순박한 눈물이 아닐까. 영대의 눈물을 보면서 어린
시절 누렁이와의 슬픈 이별이 생각나는 것은 그런 이유 때문이다.

구전 이야기의 매력

기차 할머니 파울 마르 지음, 프란츠 비트캄프 그림, 유혜자 옮김, 중앙출판사, 2000.

1.

한때, 어른들은 아이들에게 걸어다니는 이야기
책이었을 때가 있었다. 동화책이 부족했던 시절,
아이들의 이야기책은 어른들로부터 들었던 이야
기가 대부분이었다. 누구에게나 이야기를 들었던
기억들이 있지만, 필자에게는 외갓집에 대한 기억
이 늘 동화처럼 아름답게 남아있다.

그곳에는 신비로운 이야기가 있었다. 그 이야기
중의 하나는 저수지 옆 거름창고에 대한 이야기였
다. 외갓집에 가는 길은 어린 내게 꽤 먼 거리였
다. 물땡이 고개를 넘어가면 산비탈을 끼고 작은
들판이 있었다. 그 들판의 아래쪽에는 저수지가
하나 있었다. 이 저수지를 지나 들판의 모롱이를
돌아가 한참 내려가면 외갓집이 나왔다. 외갓집을
가는 길 중간쯤에 저수지가 있었는데, 그 저수지

의 맞은편 산비탈에는 논농사에 사용할 거름을 모아 두는 창고가 있었다. 그 거름창고는 도깨비가 나타난다는 곳이었다. 언젠가 외할머니께서 거름창고에 대한 이야기를 들려준 적이 있었다.

외할머니 댁 아랫마을에 양씨 부락이 있었다. 그 마을의 어떤 아저씨가 읍내 장터에 나왔다가 술을 한잔 마시고 저녁 늦게 집으로 돌아오던 길이었는데, 물땡이 고개를 지나 거름창고 부근에서 도깨비를 만나서 밤새 씨름을 했다는 것이다. 먼동이 틀 무렵에서야 그 사람은 밤새 굴참나무를 끌어안고 낑낑대고 있었다는 것을 알았다고 한다. 커다란 굴참나무 옆에는 피 묻은 몽당비가 하나 있었다고 한다.

거름창고는 다른 사연도 많았는데, 그 중에 하나는 우리 어머니가 나만큼이나 어렸을 때, 읍내의 어떤 처녀가 도회에 간 총각을 잊지 못하다가 문제의 그 거름창고 옆 나무에 목 매달아 죽었다는 것이었다.

그곳을 지날 때마다 그 이야기가 생각나서 머리카락이 곤두섰고, 등줄기가 오싹해졌다. 나는 아버지의 곁에 바짝 붙어 서서 뒤를 살피면서 종종걸음으로 따라가곤 했다. 그 거름창고의 옆에는 키 큰 아카시아가 숲을 이룬 채 에워싸고 있었고, 건너편 저수지는 바람에 일렁이는 물결이 무서운 그림자를 만드는 것 같았다. 그곳을 지나는 것은 내게 정말 무섭고 힘들었던 모험이었다.

설날 큰댁에 인사를 하고, 읍내에서 멀리 떨어진 할아버지 산소까지 다녀오고 나면, 외갓집은 늘 해질녘쯤에야 출발할 수 있었다. 어린 나는 외할머니 댁에 가서 재미있는 이야기가 듣고 싶었지만, 그 거름창고를 지날 때는 늘 두렵기만 했다. 거름창고는 도깨비들이 사는 거대한 성곽이었고, 그 앞의 저수지는 빠지면 깊이를 알 수 없을 정도로 무서운 곳이었다. 그곳을 지나 외할머니 댁에 도착하면, 비로소 안도의 한숨을 내쉬었다. 어린 시절의 그 무서웠던 이야기를 우리 아이들에게 해주었더니, 아이들은 귀가 솔깃해서 들었고, 재미있는 하나의 이야기로 기억했다.

아이들은 어른들의 이야기를 듣고 자란다. 어른들의 재미난 이야기는 아이들의 상상력을 자극한다. 특히, 어른들의 어린 시절 이야기는 아이들에게는 하나의 재미있는 이야기로 남아있다. 그 이야기는 아버지의 아버지, 또는 할아버지로부터 유전되어 온 사람들의 생활 방식이기도 하다. 그곳에는 재미있는 이야기도 있고, 슬픈 이야기도 있고, 거짓말 같은 이야기도 있다. 가끔씩 저녁밥상을 물리고, 아이들과 함께 아버지의 어린 시절 이야기를 해보자. 귀가 솔깃해서 듣고 있는 아이들의 모습을 볼 수 있을 것이다. 그 이야기 속에는 형제들의 이야기도 있고, 할머니로부터 들었던 전설 같은 이야기도 있고, 아이들의 생간을 먹는다는 문둥이 마을의 이야기들도 있다. 이 모든 기억들은 아이들에게 재미있는 이야기책일 것이다. 아이들에게 어른들의 풍부한 체험을 이야기해 주자. 어린 시절의 이야기부터 최근의 이야기까지 다양하게 들려주자. 아이들은 어른들의 이야기를 들으면서 성장한다.

2.

『기차 할머니』의 주인공 울리는 초등학교 2학년이다. 방학을 맞아서 기차를 타고 뮌헨의 헬가 이모집에 가려고 한다. 울리의 엄마는 처음에는 혼자 보내는 것이 몹시 힘들다고 생각했는데, 갈 수 있는 방법을 찾게 된다. 뮌헨 역에는 헬가 이모가 마중을 나오고, 기차 안에서는 슈투트가르트에서 뮌헨까지 가는 사람 옆에 앉아서 내릴 때 함께 내리기로 한다. 울리와 엄마는 기차 안에서 뮌헨까지 가는 사람을 찾다가 브뤼크너라는 할머니 옆에 앉게 된다. 울리는 처음에는 못마땅해하면서 차창을 보고 있었다. 얼마 후, 차장이 차표 검사를 할 때, 울리는 차표를 어디에 두었는지 모르고 당황해 한다. 이 때, 브뤼크너 할머니는 울리에게 찬찬히 생각해 보라고 한다. 마침내 할머니는 선반 위에 올려둔 울리의 외투 주머니에서 차표를 찾아낸다. 울리는 할머니가 만든 빵을 먹으면서 금방 친해진다. 할머니는 울리에게 어린 시절의 이야기를 해준다. 은행지점장의 차 꽁무니에 깡통을 단 이야기, 경찰관 뚱보 아저씨 밀러의 오토바이를 훔칠 뻔한 이야기를 해준다. 울리는 "재미있다! 정말 짓궂은 장난꾸러기 짓이었다"라고 한다. 할머니는 울리가 방금 한 말은 "ㅈ"이 들어가는 말짓기 놀이를 한 것이라고 한다. 울리와 할머니는 말짓기 놀이를 한다. 그렇게 말을 이어가다가 어린 시절에 동시를 짓던 이야기도 해준다. 할머니가 지었던 동시 "개구리", "달팽이"도 들려준다. "이것은 뭘까요? 네가 나한테 주었지만 그래도 아직 너한테 있는 것은?"이라는 수수께끼 같은 동시도 들려준다. 울리와 할머니는 어느새 뮌헨 역에 도착했다. 할머니는 울리와 헤어지면서 울리의 손을 잡고, 수수께끼 같은 동시의 답을 말해준다. 울리는 재미있는 할머니의 이야기 때문에 기차여행이 몹시 즐거웠다.

어른들에게 들었던 이야기는 오랫동안 아이들의 기억에 남아 있다. 책을 읽어주는 것보다 더 맛깔스러운 것은 읽은 책을 잘게 부수어서 구수한 이야기로 아이들에게 들려주는 것이다. 어른들이 살아왔던 생활은 다양하고 풍부한 이야기의 곳간이다. 아이와 함께 나란히 길을 걸으면서 이야기를 해주다 보면, 어느새 어른들은 훌륭한 동화작가가 되어 있을 것이다. 어른들이 아이들에게 많은 이야기를 해줌으로써 아이들은 다른 사람들의 말을 귀 기울여 들을 줄 아는 너그러운 아이로 성장한다.

어른들의 이야기가 사라진 자리에 TV와 신문이 들어와 있고, 컴퓨터가 들어와 있다. 그 기계 문명의 이야기보다도 아름다운 어른들의 이야기를 들려주자. 아이들과 함께 산길을 걸으면서, 혹은 들길을 걸으면서 이야기를 들려주자. 아이들은 어른이 되고 싶고, 어른들이 아이들 또래의 나이 때 있었던 일들에 호기심을 갖고 있다. 이야기를 듣고 자란 아이들은 다른 사람에게 이야기를 전해줄 수 있는 사람으로 성장한다.

이야기를 들을 줄 아는 아이는 다른 사람에게 많은 이야기를 해줄 수 있는 아이이다. 요즘은 너나없이 말이 많은 세상이다. 말이 많은 세상에서 어른들의 이야기를 들으면서, 아이들은 남의 말을 듣는 것이 얼마나 행복한 것인지를 스스로 익히게 될 것이다.

동네 감나무 아래 평상은 어른들의 쉼터이기도 했고, 아이들의 이야기가 꽃피는 공간이기도 했다. 평상에 모이는 아이들은 서로 돌아가면서 이야기 하나씩을 지어 와서는 다른 아이들에게 들려주곤 했다. 그때 꾸며서 이야기했던 힘센 "반쪽이 이야기"는 어른이 되어서야 한국 전래 동화 중의 하나라는 것을 알았다.

이 세상의 대부분의 이야기들은 사람들이 살아가는 공간에서 자연발생적으로 생기는 것이다. 어른들은 아이들보다 훨씬 풍부하고 많은 체험을 한다. 그 일상의 이야기들은 어른들에게는 대수롭지 않은 일일 수도 있지만, 아이들에게는 매우 흥미로운 이야기일 수도 있다. 그런 사소한 이야기부터 아이들에게 들려주자. 그 이야기를 들려주는 순간부터 아이들은 어른들의 구전 이야기에 매력을 느끼게 될 것이다. 어른들의 어린 시절 이야기는 아이들에게 상상력을 자극하는 동화라 할 수 있다.

책만이 아이들에게 유익한 것이 아니라, 어른들의 살았던 생활의 지혜는 앞으로 어른으로 성장할 아이들에게 끊임없이 삶의 지혜로 남아있을 것이다. 찢어지게 가난하던 과거의 기억이 어른들에게는 아픈 기억일 수도 있지만, 물질적으로 풍요한 요즘의 아이들에게는 신기하고도 재미있는 이야기일 수 있다.

상처가 깊었던 일들도 아이들에게 이야기를 해주면, 언젠가 어려움을 극복하는 지혜가 될 수 있을 것이다. 우리들의 일상에서 일어나는 일들을 하나하나 끄집어내어 아이들에게 이야기하자. 그 이야기들은 어른들이 죽고 난 뒤에 아이들의 기억 속에 남아서 오랫동안 유전될 것이다. 때론, 그 이야기들은 아이들이 어른이 되어서 역사를 이끌어 가는 바탕이 되기도 할 것이다. 아이들의 기억 속에 남아 있는 이야기는 어른들이 이 땅에 살다가 간 아름다운 흔적이다.

3.

『기차 할머니』는 어린이와 함께 읽어야할 어른들의 동화다. 아이들은 어른들의 과거를 통해서 새로운 것을 배운다. 아이들이 즐겨 읽고 싶은 동화는 먼 곳에 있는 것이 아니라, 가까운 곳에서, 우리의 생활에서 체험한 모든 것들 속에 있다. 어른들의 어린 시절이 바로 아이들에게는 재미있는 옛날 이야기가 되는 것이다. 이 동화는 구전 이야기가 갖는 매력을 잘 살리고 있다.

아이들에게 "우리가 어렸을 적에는 말이다"로 시작하는 이야기를 해보자. 어색하겠지만, 어린 시절 동네에서 일어났던 이야기, 운동회 때 있었던 이야기 등 어떤 이야기든지 해보자. 초등학교 친구들을 만나서 그때의 기억을 되살리듯이 아이들에게 이야기를 해보자. 어른들의 어린 시절 이야기는 아이들과 공유하는 이야기이고, 아이들이 체험하고 있는 현실이기도 하다.

　아이들에게 어린 시절의 이야기를 들려주는 동안에, 어른들은 아이들과 함께 잠시 어린 시절의 자기 모습을 기억해낼 것이다. 그리고 아이들은 어른들이 들려준 그 과거의 이야기들을 기억하면서 또 다른 삶의 지혜를 배워나갈 것이다. 지금까지 우리들이 기억하고, 들었던 모든 이야기들은 우리 아버지의 아버지 세대로부터 이어 온 기억의 유산들이다. 어른들은 그 기억들을 아이들에게 소중하게 전해 주는 동안에 아이들은 구전 이야기의 매력을 한껏 느낄 것이다. 어른들은 아이들에게 재미있는 이야기꾼이 되었으면 한다.

소년 시절의 꿈을 향하여

사금파리 한 조각 린다 수 박 지음, 이상희 옮김, 김세현 그림, 서울문화사, 2002.

1.

부산에서 가까운 양산 통도사에 대한민국 도예
명장 신정희 선생께서 사신다. 경남 사천에서 태
어난 신정희 선생은 열다섯 살 무렵에 사금파리
한 조각에 남아 있는 고려도기의 아름다움에 매료
되어 그것을 만들어 보려는 꿈을 가지게 되었다.
국내에 남아 있는 200여 개의 옛 가마터를 찾아다
니고, 흙에 묻혀 있는 조각을 찾아내어서 도자기
의 흙과 유약을 연구하였다. 그 후 30년 동안 도자
기 만드는 일을 거듭한 끝에 마흔아홉에 이르러서
야 비로소 이도다완(막사발)이라는 고려도기를 만
들어냈다. 고려시대 이후 만드는 방법이 끊어졌는
데, 그것을 무려 500년의 시공을 넘어서 완벽하게
재현해냈다. 신정희 선생의 작품은 고려도기를 복
원해낸 일뿐만 아니라, 일본 도예의 원류로 극찬

을 받았다. 다른 사람들은 하찮게 지나칠 수 있었던 일이었는데, 그는 막사발 굽에 남아 있는 매화껍질 같은 거칠한 유약과 균열의 특징을 발견하고, 그것을 만드는 데 평생을 바쳤다. 그는 가마에 도기가 들어가면 그 도기가 다 구워질 때까지 가마 앞을 떠나지 않았다고 한다. 이런 불굴의 인내와 끈기로 잃어버린 고려도기를 다시 만들어냈다. 그가 만든 막사발은 이미 우리들에게는 까맣게 잊혀진 것이지만, 일본 왕실에서는 전설의 도자기로 불리는 "황금빛의 잔"이었다. 신정희 선생은 임진왜란 이후 맥이 끊어져 전세계에 오직 한 점만이 일본에 남아 있는 막사발을 수십 년의 노력 끝에 만들어냈다.

"돌을 보는 조각가는 돌이 되고 싶은 형상을 같이 보고, 도예가는 흙이 원하는 그릇을 만들어야 한다. 인간이 원하는 형상이 아니라 바로 흙이 원하는 형상이다."

신정희 선생의 이 말은 그가 추구한 장인 정신의 본질을 잘 말해 주고 있다. 도예가는 그가 추구하는 대상과 완전하게 소통될 때, 이 세상에서 가장 아름다운 작품을 만들어낸다. 흙의 향기를 맡고, 흙의 맛을 알고, 흙의 질감을 느끼면서 흙과 더불어 하나가 될 때, 그는 흙이 되고, 흙은 그가 된다. 그렇게 만들어진 작품은 그의 작품이기도 하지만, 흙이 원하는 하나의 새로운 형상으로 만들어진 작품이기도 하다. 흙이 생명을 갖게 되는 것은 사람의 손길에 의해 이루어지고, 사람이 자연 속에서 하나의 생명체로 거듭나는 일은 자연으로부터 이루어진다. 평생을 흙과 더불어 살아온 한 늙은 도예공의 가르침은 사람과 자연이 하나가 되어야 한다는 평범한 진리였다.

신정희 선생의 막사발은 소년 시절에 품었던 도자기에 대한 꿈이 없었다면 불가능한 일이었다. 어린 시절 도예공을 꿈꾸었던 신정희 선생은 일흔을 넘긴 늙은 도예공이 되었지만, 그의 장인 정신은 꿈을 가진 소년처럼 활기에 차 있다. 지금도 그는 소년 시절에 꿈꾸었던 도예공으로 남은 채, 흙을 주무르고 있다. 그가 소년 시절에 품었던 막사발에 대한 꿈은 평생을 두고 그의 삶을 아름답게 만들었다. 이처럼 소년 시절의 꿈은 한 인간의 삶을 풍요롭게 한다.

2.

린다 수 박의 『사금파리 한 조각』은 신정희 선생처럼 도예에 빠진 소년 도예공의 아름다운 꿈을 읽을 수 있는 책이다.

12세기 고려시대, 도자기 마을 줄포(지금의 부안)에 사는 거지 소년 목이는 한쪽 다리가 불편한 두루미 아저씨와 다리 밑에서 살고 있다. 목이와 두루미 아저씨는 쓰레기 더미를 뒤져서 하루의 끼니를 해결하고 있었지만, 구걸이나 도둑질은 하지 않는다. 목이의 꿈은 도예가가 되는 것이다.

어느 날, 민 영감 밑에서 도자기 만드는 일을 도와주게 되고, 민 영감이 만든 도자기를 들고 송도로 가는 일을 자처하게 된다. 부여 낙화암에서 도둑들을 만나서 돈을 빼앗기고, 도자기마저 절벽으로 떨어뜨려 산산조각이 나고 만다. 절벽 아래

그린이 : 김세현, 『사금파리 한 조각』에서

떨어진 사금파리 한 조각을 주워 송도로 가서 왕실 감도관을 만나 주문을 얻어내고 돌아온다.

민 영감의 집으로 돌아와서 주문을 받았다는 기쁜 소식을 전하였지만, 목이가 송도에 다녀오는 동안에 두루미 아저씨가 죽었다는 뜻밖의 소식을 듣게 된다. 민 영감은 목이를 죽은 아들 형규를 대신할 것이라고 생각하고, 형필이라는 이름을 지어준다. 목이는 민 영감의 제자가 된 것이다. 두루미 아저씨를 잃은 슬픔은 있었지만, 목이는 힘차게 수레를 끌고 흙을 가지러 간다.

현재 남아 있는 국보 청자 상감 운학문 매병을 소재로 하여 소년 도예공의 꿈을 상상하여 추리한 장편동화이다. 이 동화를 읽고서 청자 상감 운학문 매병의 그림을 자세히 살펴보면, 학의 날개짓과 구름의 절묘한 조화를 볼 수 있다. 그것은 목이와 두루미 아저씨의 꿈이 새겨진 그림이다. 청자의 모양은 아랫부분이 날렵하고, 윗부분으로 갈수록 차츰 벌어지는 안정감을 취하고 있다. 이것은 목이의 꺾이지 않는 용기와 고려인들의 늠름한 기개처럼 느껴진다.

꽃 한 송이를 꽂을 정도의 좁은 목 부분에 고고한 매화 한 송이를 꽂으면, 고절(孤節)한 민 영감의 장인 정신이 살아나는 것 같다. 도자기에 새겨진 학들은 목이와 함께 살았던 두루미 아저씨의 영혼이 승천하는 것처럼 뭉클하게 느껴진다. 이 책을 통해서 우리는 저 멀리 역사의 시공을 넘어서 청자 상감 운학문 매병을 만들고 있는 고려시대의 소년 목이를 감동적으로 만나게 된다.

어른들의 꿈은 아이들의 꿈을 통해서 끝없이 이어지고 있다. 고려시대 거지 소년 목이의 꿈은 현실을 살아가는 어른들이 소년 시절에 품었을 꿈이기도 하다. 어른들은 소년 시절의 꿈을 이루기 위해 평생을 살아가고 있다. 그 꿈을 이루기 위해서 그들은 자기 살을 깎아내는 아픔을 견디어내고, 그 꿈을 실현하기 위해 수많은 과정을 겪는다.

사람이 성취할 수 있는 꿈은 소년 목이처럼, 끝없이 자기와 싸우는 과정이기도 하다. 목이가 도자기를 배우기 위해 민 영감 집에 머무는 동안 흙을 운반하고, 나무하는 일을 했던 것은 자기와의 싸움을 이겨 내는 과정이었다. 때론 서툴러서 넘어지기도 하고, 손을 다치기도 하고, 힘이 들어 지쳐 쓰러지듯이 다리 밑으로 돌아오기도 했지만, 그 과정을 인내와 끈기로서 견디어 내었다. 꿈을 실현하는 과정은 만만한 일이 아니다. 그것은 자기와 끊임없이 싸우는 과정이고, 그 과정을 지나서 비로소 대상에 대한 진정한 눈이 열린다. 우리는 이 작품을 통해서 도예공의 끈질긴 장인 정신을 읽을 수 있다. 소년 시절의 용기와 꿈이 주는 감동의 세계에서 한동안 넋을 잃고 어린 시절 자신의 꿈을 떠올릴 수 있다.

도예 소년 목이를 생각하면서 도예의 명장 신정희 선생의 삶을 떠올려 본다. 어린 시절부터 도예가의 꿈을 꾸던 신정희 선생은 도예의 혼이 내렸다고 굿을 할 정도가 되어도 그 꿈을 버리지 않았다. 수많은 좌절과 절망 속에서도 굴하지 않고 기어코 그 꿈을 실현하였다.

신정희 선생의 삶 속에 겹쳐서 떠오르는 목이를 생각해 본다. 어쩌면 고려 시대의 도예공 목이는 꾸며진 이야기 속의 한 인물이 아니라, 소년 시절의 꿈을 실현하기 위해 살았던 신정희 선생의 모습일지도 모른다는 생각이 들었다. 신정희 선생은 소년 시절의 꿈을 좇아서 끝없이 자신과 싸워왔다.

어른들의 어린 시절 꿈은 소년 목이의 꿈과 같은 희망적인 꿈이었다. 위대한 인물이 되었던, 범부가 되었던, 어떤 일에 매달려서 평생을 두고 그 꿈을 위해 살 수 있는 사람은 지상에서 가장 행복한 사람이다. 그 꿈들은 사람들마다 타고난 개성에 따라 다를 것이다. 사람이 산다는 것은 각자가 가진 개성에 따라 자기의 그릇을 만들어 가는 과정이다.

신정희 선생이 "흙이 원하는 형상대로 만든다"고 한 것은 자신이 꾸며서 만드는 것이 아니라, 그들의 개성대로 만들어진다는 뜻이다. 흙이 생명을 가지고 있듯이, 이 세상 만물은 모두 의미를 가진 존재들이다. 소년 시절의 꿈은 그렇게 세상 만물에 의미를 부여하는 꿈이어야 한다. 생명을 가진 모든 것들과 더불어 함께 살아갈 수 있는 꿈을 가져야 할 것이다.

다람쥐가 겨울에 먹을 도토리를 감추어 두었다가 깜박 잊어버려서 그 자리에서 떡갈나무가 되는 것처럼, 혹은 민들레 홀씨가 바람에 날려 겨울을 나고 이듬해 봄, 아름다운 꽃을 피우는 것처럼, 아이들은 각자의 개성에 따라 자연스럽게 그들의 꿈을 가꾸어나가야 할 것이다.

3.

요즘 우리 아이들은 물질적인 풍요 속에서, 혹은 어른들의 지나친 관심 속에서 소년 시절의 건강한 꿈이 멍들어 가고 있다. 각각의 아이들이 가진 소중한 개성들을 무시한 채, 아이들을 획일화된 제도권 교육에 몰아넣고, 폭력적인 교육제도가 그들의 꿈을 빼앗아 가고 있다. 모난 돌도 각자의 쓰임이 있고, 굽은 나무도 소용되는 곳이 있다. 아이들이 그들의 꿈에 따라 살아갈 수 있을 때, 용기와 인내를 가지고 세상에 도전할 것이다.

물질의 꿈, 황금의 꿈을 좇아서 살아가는 세상의 틈바구니 속에서 질식할 것같이 신음하는 아이들에게 이 한 권의 책을 권하고 싶다. 이 책을 통해서 세상의 어떤 아이들도, 그들이 가진 각자의 개성에 따라 성장했으면 한다. 이 땅의 아이들이 우리들의 미래에 얼마나 소

중한 존재들이고, 그 아이들의 소년 시절 꿈이 시대를 얼마나 바꾸어
나갈 것인지를 깨달았으면 한다.

　가족이 해체되는 시대, 개인과 집단 이기주의로 물들어 가는 시대
에 소년 시절의 꿈을 아름답게 펼칠 수 있는 풍부한 토양을 만들어
주어야 할 것이다. 이 책을 어른들이 읽으면서 아이들의 꿈이 얼마나
많은 굴레로 통제되고 있는지를 생각해 보았으면 한다. 아이들이 진
정한 용기를 갖고 세상에 도전하고, 그 꿈의 실현을 위해 노력하는
시대가 되었으면 한다. 이 작품이 주는 아름다운 감동은 소년 시절에
품은 꿈을 향한 도전과 인간에 대한 따뜻한 사랑에 있다. 그런 꿈과
사랑이 절실히 필요한 시대이다.

어린이책의 길잡이

어린이책 이야기 이오덕 지음, 소년한길, 2002.

1.

며칠 전, 여름 방학이 끝머리에 있던 날이었다. 집에서 가까운 도서관에 가서 책을 살펴보다가 눈에 뜨이는 책 한 권을 읽었다. 이오덕의 『어린이책 이야기』라는 책이다. 『시정신과 유희정신』(창작과비평사, 1977)이라는 책부터 최근까지 어린이 동화에 대한 올바른 길라잡이를 해준 이오덕이 지병과 싸우면서 쓴 글을 모은 어린이책 이야기였다. 최근 어린이책에 대한 연재칼럼을 쓰고 있는 터라 참으로 흥미롭게 읽었다. 이 책은 이 땅의 아이들이 얼마나 소중한 존재들이며, 아동문학이 얼마나 중요한 것인가를 절실하게 느낄 수 있게 한다.

아이들은 이 땅의 미래를 이끌어 갈 사람들이고, 이 아이들을 위해서 우리가 해야할 일이 무엇인가를 가슴 깊이 깨우쳐 주고 있다. 아이들은 어

른들의 미래이고 소망이다. 이렇게 소중한 아이들을 위해서 부모는
물론이고, 아동문학 작가, 학교 교육을 맡고 있는 사람들, 사회와 국
가는 모두 아이들을 위해 아름답고 참된 길을 가야한다는 것을 가르
쳐 주고 있다.

2.

이 책은 아이들을 위한 어른들의 책이다. 아이들을 보는 어른들이
얼마나 잘못되어 있는가를 절실하게 보여주고 있다. 풍부한 현장 체
험에 우러나온 쉬운 글쓰기로 아동문학의 본보기를 보여주고 있다.
잘못된 이야기와 잘된 이야기를 나누어서 무엇이 진정한 아동문학이
어야 하는가를 밝히고 있다. 아무 때나 쏟아지는 칼날 같은 목소리와
진실한 삶의 소리가 깊은 울림을 준다. 일흔을 넘긴 아동문학 평론가
의 목소리가 귓가에 쟁쟁하게 들려오는 것 같다.

지금 우리 아이들은 날마다 아침부터 밤까지 방안에 갇혀 책을 읽고 쓰
고 외우는 것을 공부라고 하고 있다. 머리 속에 온갖 잡동사니 지식을 쑤
셔 넣는 비참한 공부를 죽기살기로 하느라고 그 몸과 마음이 다 망가지고
비틀어지고 있다.

—5쪽, 머리말에서

이것은 우리 아이들의 현실이다. 날마다 비참한 교육의 현장에서
죽기살기로 공부하는 아이들에게 아동문학은 빛이 되고 소금이 되어
야 한다. 그렇게 아름다운 일을 하는 사람들이 아동문학을 하는 사람
들이다. 그 일이 아름다운만큼 아이들에게 아름답고 참된 삶의 길을

이오덕.
1925년 경상북도 청송 출생. 어린이 문학가.
제2회 한국아동문학상상과 제3회 단재상 수상.

가르쳐 주어야 한다. 아이들에게 좋은 이야기는 현실과 동떨어진 것이 아니다. 꿈과 초현실처럼, 누구나 쓸 수 있는 이야기가 아니다. 현실을 꼼꼼하게 살펴보고, 그 현실을 똑바로 그려낼 수 있는 이야기를 써야 한다.

아이들은 망가지고 비틀어지고 있는데, 뜬금없는 이야기를 꾸며내어서 그 속으로 아이들을 끌어들이지 않아야 한다. 판타지 문학을 지나치게 포장하거나 잘 알 수 없는 문학이론으로 감싸 놓은 잘 알지 못하는 글을 쓰는 것은 좋은 아동문학이 아니다. 아이들의 눈으로 아이들의 이야기를 그대로 보여주는 것이 진실한 아동문학이다.

아동문학 평론은 아동문학을 바르게 평가하는 눈과 현실을 바로 바라보는 눈으로 평가해야 한다. 그것은 아이들의 현실을 무시하지 않는 실천하는 아동문학이다. 더불어 좋은 동화는 공중에 뜬 허황하고 괴상한 이야기를 쓴 글이 아니라, 현실에서 일어나는 이야기들을 바르게 쓴 글이다. 아이들이 이렇게 망가지고 비틀어지고 있는데, "책을 만드는 사람, 글을 쓰는 사람들이 아이들을 상대로 돈벌이 판"을 벌여서는 안 된다.

아이들을 위한 글은 무엇인가. 아이들을 위해 어른들이 할 수 있는 진정한 일은 무엇인가. 저자는 "아이들이 세상을 올바른 눈으로 보도록 하고, 자연의 소리를 듣게 하고, 사람다운 감정과 생각을 가지게 하고, 사람다운 행동을 하게 하는 책"을 만드는 일이라고 한다.

어른들의 잘못된 생각이 아이들을 병들게 하고 있다. 아이들의 문제가 아니라, 어른들의 삶이 건강하고 아름답지 못할 때, 우리의 아이들은 병들 수밖에 없다는 것이다. 아이들에게 참다운 삶을 보여주기 위해서는 어른들이 아름답고 참된 삶의 모습을 보여주어야 한다. 아이들을 가르치는 교육이 병들고, 아이들에게 꿈을 심어 주어야 할 아동문학이 병들 때, 아이들은 어두운 터널 속에서 헤매게 될 깃이다. 아동문학은 그러한 아이들에게 아름답고 참되게 살아가는 길을 가르쳐 준다.

우리 아동문학은 무엇이 잘되었으며, 무엇이 잘못되었는가. 이 문제를 제기하면서 하나 하나의 작품을 본보기로 들어 밝히고 있다. 아동문학의 문제는 아동문학 작가들에게 있다. 아동문학 작가들은 아이들을 상대로 하기 때문에 기본 태도를 바로 갖추어야 한다. 아이들에게 현실을 살아가면서 배울 수 있는 이야깃거리를 찾아내고, 이 이야기를 쉽고 편안하게 읽을 수 있도록 쉬운 문장으로 표현해야 한다. 그리고 그 읽을 거리를 정확하고 바른 문장으로 써야 한다. 이것은 아동문학가가 갖추어야 할 기본 태도인 것이다.

가장 평범한 작가의 바른 태도를 잃어버리고 아동문학을 한다는 것은 아이들을 병들게 하는 일이다. 얄팍한 장사판에 빠져드는 작가가 되어서는 안되고, 아이들을 진정 사랑할 줄 아는 작가가 되어야 한다. 어른들의 잘못된 글쓰기 때문에 아이들을 병들게 해서는 안 된다.

이 책은 아동문학 작품을 살펴보는 데 있어서 현장의 느낌을 그대로 전달하기 위해서 신문의 독자란, 글쓰기 회원들의 의견, 농촌에서 일어났던 일들을 풍부하게 모아서 잘못된 점과 잘된 점을 찾아내고 있다.

어떤 때는 동화에 그려진 그림의 문제까지 꼼꼼하게 챙겨보고, 깨끗한 우리말로 쓴 보기 드문 작품을 찾아내어 무엇이 좋은 점인지를 말하고 있다. 여기에다 지은이와 전화를 한 내용까지 실어줌으로써 작품을 분석하는 데 믿음을 주고 있다(189~191쪽). 또한, 작품을 분석하면서 혼자만의 생각을 정리하는 것이 아니라, 여러 사람들의 생각을 종합하고 정리하는 성실한 모습을 보여주고 있다.

이것은 독자들의 생각을 아동문학 작가들에게 전달해 주는 본보기가 되는 작품 분석 태도이다. 하나 하나의 동화를 뜯어내어서 그 내용을 소개하고, 줄거리를 따라 읽어 나가면서 작가의 생각을 정리해 나갔다. 그렇게 하면서 좋은 것은 좋고, 나쁜 것은 나쁘다는 것을 정확하게 표현하였다. 그리고 작품마다 잘못된 단어와 문장을 찾아내어 교정을 해주고, 살려 쓸 수 있는 우리말로 바꾸어 놓았다. 성실하고 꼼꼼하게 뜯어서 생각을 정리해 놓고 있다.

요즈음 아동문학에서 이야깃거리로 하고 있는 초현실의 꾸며낸 이야기가 마치 아동문학인 것처럼 생각하거나 걸핏하면 꿈과 같은 이야기를 다루는 것이 아이들에게 아름다운 세계를 보여주는 것처럼 생각하는 작가가 판을 치고 있다. 그것은 아이들을 위한 문학이 아니다. 참된 판타지 문학은 공상이라고 느끼지 않도록 현실에 바탕을 두고 있어야 한다. "동화라면 현실과 초현실이 함께 있을 수 있고, 그것이 구분이 안 되어야 한다"는 권정생 선생의 말을 보기로 들면서 판타지 문학의 의미를 살피고 있다. 현실의 문제를 말하지 않은 작가가 많기 때문에 우리의 아동문학은 일본 아동문학처럼, "눈물이 나도록 감동을 주는 이야기"가 없는 것이다.

현실에서 일어나는 일들 속에서 읽을 거리를 찾아내고, 그 이야기를 정확하게 알고 정확하게 이야기하는 것이 진정한 아동문학인 것이다. 참된 아동문학은 "아이들을 살리는 어린이문학, 사람을 살리는 어린이문학은 그 무엇보다도 먼저 자연을 살리는 문학으로 되어야 할 것이다."(183쪽)라는 말에 깊이 공감을 한다.

『어린이책 이야기』는 아이들과 어른들, 동화작가들이 함께 읽어야 할 책이다. 동네의 큰 어른이 아이들에게 어떻게 사는 것이 가장 아름답게 사는 것인가를 말한 책이요, 어른들에게 아이들이 이렇게 생각하고 있다는 것을 가르친 책이요, 동화작가들에게는 어떻게 글을 써야 하는가를 꾸짖은 책이다. 어린이로부터 배우는 책이라 제목도 『어린이책 이야기』이다. 어른들은 어린이로부터 배워야 하는 것이 너무도 많다. 어른들이 할 수 없는 일들도 그들끼리는 곧잘 한다. 이 책은 아이들의 세계로부터 새로운 세상을 열어갈 수 있는 가능성을 보여주고 있다.

무엇보다도 꼼꼼한 책읽기와 풍부한 현실의 경험을 통해 아이들의 책이 얼마나 중요한가를 보여주고 있다. 이 책 속에서는 무엇이든 선부르게 지나가지 않는다. 책을 소개하면서 지은이와 그린이, 출판 날짜들을 분명하게 밝히고 있는 것이 그렇고, 쪽수와 낱말 하나하나에 알맞은 말을 찾아내는 것도 그렇다. 그림에서도 잘못된 부분을 지적하고, 무엇이 잘못 그려졌는지를 분명하게 밝히고 있다. 또한 낯설게 느껴질 우리말을 풍부하게 살려내고 있다. 곳곳에 살아 있는 우리말 표현이 나오는데, 몇 개 낱말을 들어보기로 한다. 글 끝의 말은 늘 쓰고 있는 말이다.

"혀짤배기소리(혀 짧은 소리), 지은이(작가), 공중전화틀(전화부스), 이야기의 알맹이(핵심), 개골창(하수구), 읽는 이(독자), 입말(일상어), 바탕글(본문), 꾸밈말(수식어), 엉망진창, 흐리멍덩하게, 첫머리(서두),

소리시늉말(의성어), 짓시늉말(의태어), 말법(대화법), 글쓴이(작가), 겹
말(겹친 말), 보기 글(예시), 죄다(모두)"

이 책에서는 이러한 말들이 어색하게 느껴지지 않도록 잘 쓰여 있
다. 우리말을 살려 쓰는 법을 책 속에서 직접 보여줌으로써 작가가
그 본보기가 되고 있다. 이 모든 것은 아이들에게 아름답고 참된 삶
의 길이 무엇인지를 보여주려는 노력이라고 할 수 있다. 읽고 나서
늘 곁에 두고 있어야 할 책이다.

이 책은 모두 세 부분으로 나누어져 있다. 1부는 최근에 가장 많이
읽히면서 이야깃거리가 된 책 세 권, 2부에서는 동화책 여섯 권, 3부
에서는 네 권의 동화책을 살폈다. 책 이야기마다 우리 아동문학의 문
제점과 어른들의 태도, 작가들의 문제를 낱낱이 밝혀놓았다. 그리고
끝에는 그 작품의 문장과 낱말을 우리말로 살려 쓰는 문제를 짚어 놓
았다. 아동문학을 하는 모든 사람들이 새겨두어야 할 문제이기 때문
에 작품 해설의 알맹이를 간추려 소개한다.

박기범 동화집·박경진 그림, 『문제아』(창작과비평사, 1999)에는 모
두 10편의 동화가 실려 있다. 「손가락무덤」, 「아빠와 큰 아빠」, 「겨울
꽃 삼촌」, 「전학」, 「문제아」, 「끝방 아저씨」는 무리없이 읽힐 수 있는
작품이지만, 「송아지의 꿈」은 옛날 소와 요즘 소를 구별하지 못한 문
제, 소가 물 먹는 모양의 치명적 결함이 있는 이야기이다. 「김미선
선생님」은 돈봉투 문제를 두리뭉실하게 넘어간 심각한 문제가 있는
이야기이다. 「독후감 숙제」는 무용복을 준비하지 못하는 상황에서
뛰어든 어머니의 무리한 상황의 설정이 문제가 되는 이야기이다.
「어진이」는 애완견에 대한 사랑은 인종 차별을 가져올 수 있는 문제
가 있다. 그러면서도 이 작가는 현실의 문제를 탄탄하게 밝히고, 교

육의 문제를 다룬 작품이 많아서 좋고, 건강한 의식을 바탕에 깔고 있으며, 흐린 물결에 휩쓸리지 않은 문학정신을 갖고 있는 작가이다.

김중미 소년소설·송진헌 그림, 『괭이부리말 아이들』(창작과비평사, 2001)은 이야기의 배경, 자연이나 동물 이야기는 실감있게 잘 살려 놓았다. 그러나 이 작품의 문제는 동수의 행동이 바뀌는 것과 동수가 경찰서에 잡혀갔을 때, 사식을 달라는 동수의 말에 열다섯 사람의 몫을 주는 것은 이해가 가지 않은 행동이다. 김명희 교사의 행동이 수월하게 그려졌다는 느낌이 있고, 숙희의 행동, 호용이에도 문제가 있다. 이 이야기 속의 아이들이 어른들의 보호를 받고 도움을 받고 살아야 한다는 문제가 있다. 이 작품은 버림받은 아이들을 보는 따스한 눈길이 있어서 좋은 작품이다.

황선미 장편동화·김환영 그림, 『마당을 나온 암탉』(사계절, 2000)은 세심한 관찰과 꿈이 주는 미덕을 잘 실천한 작품이고, 동물들의 생태를 잘 파악한 작품이다. 아이들에게 아름답고 참되게 살아가는 꿈을 보여주는 작품이다. 잎싹의 두 번째 품었던 소망을 이루게 되는 이야기를 써 주었으면 한다.

권정생 동화·김동성 그림, 『비나리 달이네 집』(낮은산, 2001)은 강아지의 눈에 비친 사람의 모습과 강아지에 대비되는 사람 사회의 추악함을 느끼게 하는 동화이다. 그림도 성실하게 잘 그렸다. 판타지 동화도, 생활동화니 사실동화니 할 필요가 없다. 그냥 동화일 뿐이다. 강아지만도 못한 사람의 모습을 보여준 좋은 동화이다.

이현주 글·이형진 그림, 『외삼촌 빨강 애인』(낮은산, 2001)은 꿈 이야기의 문제점과 안이한 수법으로 깊은 감동을 줄 수 없는 작품이 되었다. 글감은 잘 골랐는데, 발상이 문제가 되는 글이다. 판타지 동화를 쓰려고 하다가 "꿈 이야기"가 된 것이 아닌가 한다. 이 작가는 글을 빈틈없이 쓰고 우리말을 살려 쓰려고 애쓰는 분이다. 어려운 말을 묶음표로 해둔 것도 잘 되었다. 그러나 이 책은 손쉽게 써 버린 꿈 이 야기에 불과하다.

임정자 동화집·이형진 그림, 『어두운 계단에서 도깨비가』(창작과비평사, 2001)는 허황하고 괴상한 이야기들을 모아놓은 책이다. 「낙지가 보낸 선물」은 판타지 동화를 흉내낸 이야기이고, 주제가 없는 이야기이다. 「꽁꽁별에서 온 어머니」는 허황한 이야기, 괴상하고 엉뚱한 이야기이다. 「어두운 계단에서 도깨비가」는 글쓰기의 기초가 되는 상식을 모르고 있다. 올바른 아동관 교육관이 없으면 결코 좋은 동화를 쓸 수 없다. 아이들을 마음대로 풀어 놓아두겠다는 생각은 좋은데, 사실은 잘못된 것이다. 출판사의 문제이지만, 글줄의 오른쪽 끝을 가지런히 맞추지 않고 아무 데나 마구 끊어서 줄을 바꾸어 놓는 것은 어린이들에게 마구잡이로 글을 쓰게 하는 것이고, 아무 데나 줄을 바꾸게 하는 것이다.

이상권 동화·김병하 그림, 『엄마 생각』(우리교육, 2000)은 여덟 가지의 문제가 있는데, 유경이의 성격, 할머니의 농사, 자연을 잘못 사용, 등장인물의 행동, 사물의 표현, 꾸며놓은 말의 요란함, 말법에 맞지 않는 말, 상투성을 띤 말, 한자말, 잘못된 말법, 틀린 말이 많다. 이상한 기교와 자연을 잘못 살피고 있다. 이 작가는 자연을 제대로 익히지 못하고, 우선 글쓰기의 기본부터 제대로 익히지 못한 것 같다. 이 작품은 사실성이 없고 어지럽게 읽히는 글이다.

김우경 동화·권사우 그림, 『수일이와 수일이』(우리교육, 2001)는 이야기를 읽는 재미를 느끼게 하면서 좋은 생각을 가지게 하고, 또 한편으로 깨끗한 우리말을 익히게 하는 보기 드문 작품으로 널리 읽도록 권하고 싶다. 한 가지 흠은 닭장 속에서 병아리를 몇 마리 훔쳐 갈 때까지 모르고 있는 어미 닭의 이야기는 현실성이 없다. 이 이야기는 참된 자기로 돌아보게 하는 작품이다.

윤태규 동화집·김종도 그림, 『이상한 학교』(한겨레신문사, 2001)는 무엇보다 글이 살아 있는 말로 되어 있어서 잘 읽혔고, 이야기가 자연스럽고, 담겨 있는 내용이 이 시대 우리 모두에게 절실한 것으로 되어 있어서 반가웠다. 「이상한 학교」는 어른들보다 어린아이들에게 희망을 거는 뜻깊은 이야기이다. 「아주 이상한 상자」는 텔레비전의 문제를 다룬 작품이다. 「솔봉이의 이상한 일기」는 진수네 집에서 기르던 개를 이모가 데려가서 애완용으로 만든 내용을 쓴 작품인데, 여기에 따르는 인간들의 이기적인 문제를 다루고 있다. 「수희의 수첩」은 우리말을 사랑하고 우리말 간판을 자랑스럽게 달도록 하는 좋은 이야기이다. 「이상한 심부름」은 옛날의 임금과 짚신 장수의 이야기를 창작한 것이다. 「이상한 줄다리기」는 어른들이 이 동화를 읽으면 아이들의 마음을 배울 것이요, 아이들은 이 이야기에서 저들이 하는 일에 자신을 가지게 되고 자랑을 느낄 것이다. 「닭」은 닭 이야기를 쓴 것이지만, 한편 우리 나라 부모들의 잘못된 자식사랑과 교육을 닭의 세계에 비춰 보아서 깨닫도록 한 것이라 볼 수 있다. 「세 어린이의 이상한 이야기」는 주유소에 얽힌 이야기, 학생이 넷밖에 없는 학교가 문을 닫게 된 산골마을에 개가 사람보다 더 많다는 이야기, 책거리 고사 이야기들이다. 잘못된 부분은 처음에는 산골 학교에 김 선생과 박 선생 두 명 뿐인 것으로 설정되었는데, 나중에는 교사가 한 명 더 있는 것으로 바뀐 부분이다. 또 책거리 고사 지내기에서 오준이라는 남자 아이가 이야기를 하고 있었는데 뒤에는 이야기하는 아이가 여자 아이로 되어 있다. 이 책은 아이들의 이름들이 별나게 되어 있지 않아서 좋고, 잘못된 삶을 깨우쳐 주는 이상한 세계의 이야기들이다.

도토리 기획·양상용 그림, 『고구마는 맛있어』(보리, 2001)는 좋은 먹을 거리에 대한 관심을 가지게 하여, 고구마같이 맛있고, 깨끗한 것을 먹고 싶어하도록 하기 위해 쓴 책이다. 자연에서 좋은 먹을 거리를 즐기게 하면서 바르고 깨끗한 우리말도 배울 수 있게 하는 매우 중요한 기획이다. 이 책의 잘못된 부분은 첫째, 글 전체가 그림에 대한 설명처럼 되어 있어서 재미있는 이야기가 되지 못한다. 둘째, 독특한 식물의 생태를 알리지 못했다. 셋째, 고구마를 심는 방법이 정확하지 못하다. 넷째, 고구마를 언제, 어디에다가, 어떻게 심는가 하는 것을 아이들도 이 책을 보면 곧 쉽게 알 수 있도록 해야 한다. 다섯째, 고구마가 싹을 틔우는 곳이 분명하지 못하다. 아이들에게 고구마를 심고 가꾸어 보고 싶어지도록 할 수 없을까.

야시마 타로 글그림·윤구병 옮김, 『까마귀 소년』(비룡소, 1996)은 참 잘 쓴 외국작품이다. 우리 나라에 이만한 작품이 없는 것이 문제이다. 그것은 첫째, 작품을 쓰는 사람이 우리 아이들을 어떻게 살릴 수 있는가 하는 문제를 걱정하고 고민하면서 그것을 풀려고 하는 참된 생각을 가지고 있지 않다. 둘째, 흉내를 내고 유행을 따르고 머리로 잔재주로 꾀로 쓰려니까 저절로 그렇게 되는 것이지만, 작품을 너무 쉽게 쓰려고 한다. 우리도 눈물이 나도록 감동을 주는 이야기가 있었으면 좋겠다. 아무리 좋은 작품이라도 외국 문학작품만으로는 온전한 문학 풍토가 이루어질 수 없고, 더구나 민족문학 교육은 될 수 없다.

콘스탄틴 파우스토프스키 동화·유딘 그림·서미현 옮김, 『우리들의 여름』(한길사, 2001)은 이 작품의 해설문만으로 훌륭한 자연론이다. 이 작품은 자연에서 멀리 떨어져 있어 자연을 모르고, 자연에 관심이 없는 아이들에게 자연을 가까이하고 싶어하는 마음을 일으키고, 자연과 친근한 정을 맺게 하는 아주 좋은 이야기이다. 이 작품에서 우리는 자연을 위대한 교과서로 삼아야 한다. 그러나 이 작품은 발표한 연대가 밝혀져 있지 않고, 외국 작품은 자연 환경과 사람 사회가 우리와는 많이 다르다.

이상석 글·박재동 그림, 『못난 것도 힘이 된다』(자인, 2001)는 대학 입학을 목표로 살아가는 아이들에게 주는 이야기 글이고, 그래서 그 아이들이 잘못 가는 인생의 길을 근본부터 바로 잡아줄 수 있는 이야기이다. 그러나 이 이야기는 개인의 이야기로만 채워져 있고 자기 중심으로 풀어낸 글이다.

이 책에서 간추려 본 것처럼, 작품 속에 나타난 문제점은 아동문학의 문제뿐만 아니라, 우리 나라의 교육문제, 사회문제, 환경문제까지도 있다. 아동문학의 범위가 넓고도 중요하다는 것을 보여주고 있다. 아이들은 어른들을 본보기로 그들의 삶을 볕져나가고 있다. 아이들의 작품 속에는 세상의 모든 일들이 나타나 있다.

작품 하나하나를 두고서 이렇게 꼼꼼하게 분석한 글을 읽으면서 작품을 섣부르게 쓰지도 말아야 하겠지만, 섣부르게 읽지도 않아야겠다는 마음을 가져야 할 것이다. 이 책에서 소개한 글쓰기 회원들처럼, 모든 사람들이 작품을 덮어놓고 받아들이지 않고, 살펴서 받아들이는 태도가 필요할 것이다.

더러는 작가의 생각을 말하면서 지나치게 감정이 드러나 평가를 받는 사람의 눈살을 찌푸리게도 하겠지만, 어디까지나 반성할 부분은 좀더 철저하게 반성해야할 것이다. 이 책은 작품을 헐뜯기 위한 것이 아니라, 작품을 새롭게 볼 수 있도록 하기 위한 것이다. 아동문학 작가들이 자기를 낮추는 마음으로, 그리고 아이들을 사랑하는 마음으로 이 책을 읽으면 더 좋은 아동문학가로 성장할 것이다. 자기 작품에 대한 부끄러움도 있어야 할 것이지만, 다른 작품과 비교해 보면서 자기의 작품을 다듬어나갈 때, 진실로 아이들에게 필요한 작품을 쓸 수 있을 것이다.

최근 작품에 나타난 잘못된 낱말과 글쓰기는 작품을 쓸 때마다 곁에 두고 읽어보아야 할 것이다. 하나하나의 작품 속에 나타난 잘못된 낱말을 찾아서 보여주다 보니, 앞에서 보기를 든 낱말이 다시 나타나기도 해서 간추려 보았다. 바꾸어 쓸 수 있는 낱말은 바꾸어서 아이들에게 읽히는 책이 좀더 쉬운 문장으로 표현되어 아이들에게 좋은 정서를 심어줄 수 있었으면 한다.

앞에 쓴 낱말은 최근 아동문학 작품에 쓰인 낱말들이고, 뒤에 쓴 낱말은 이 책의 저자가 고쳤으면 하고 생각하는 낱말들이다. 어색한 낱말들도 있겠지만, 가능한 우리말을 살려 쓰면 좋은 낱말들이다. 이 낱말을 책 속에서 읽을 수 있다면, 아이들은 자연스럽게 이 낱말을 생활 속에서 쓰게 될 것이다.

~차라 - 참이라, 터이라 / 가끔씩 - 가끔 / 가소로웠다 - 우스웠다 / 가족 - 식구 / 각각의 미래 - 저마다의 앞날 / 간식 - 새참, 샛밥 / 갈색 - 밤빛, 밤색 / 감동적인 - 감동 넘치는 / 감미롭다 - 달콤하다 / 감자를 많이 길렀어요 - 감자를 많이 가꾸었어요 / 감촉 - 느낌 / 감회와 회한 - 느낌과 뉘우침 / 개찰구 - 표 찍는 곳 / 거대한 - 커다란, 크나큰 / 거실 - 거첫방 / 건조한 - 마른 / 건초 - 마른 풀 / 경중경중댄다 - 경중댄다 / 게임 - 놀이 / 경계하지 - 조심하지 / 경멸하는 - 업신여기는, 깔보는 / 경이로운 - 놀라운 / 계곡 - 골짜기 / 계기 - 기회 / 계속 - 잇달아, 그대로 / 계절 - 철 / 계주 - 이어달리기 / 고구마 알이 찹니다 - 고구마가 굵어집니다 / 고구마가 많이 컸나 봐요 - 고구마가 많이 굵었나 봐 / 고대 - 옛 / 고통스러운 - 아픈 / 과연 - 정말 / 관찰하곤 - 살펴보곤 / 굴착기 - 삽차 / 권태 - 게으름 / 그만두는 한이 있어도 - 그만 두는 수가 있더라도 / 극복하다 - 이겨내다, 뛰어넘다 / 극적으로 깨달은 - 아주 희한하게 깨달은 / 금실 좋은 - 사이 좋은 / 급기야 - 드디어, 마침내 / 기간 동안 - 기간 / 기도하다

- 하려 하다 / 기억 - 생각 / 낙엽이 떨어지고 - 잎이 떨어지고 / 난용종 - 알을 얻기 위해 기르는 암탉 / 내복 - 속옷 / 녹색 - 풀빛 / 단서를 달았다 - 덧붙였다 / 달하다 - 이르다 / 담담했다 - 아무렇지도 않은 듯 조용했다 / 당시 - 때 / 당황한다 - 어쩔 줄 모르고 / 대작 - 큰 작품 / 대화를 나눈다 - 말한다 / 도로 - 길 / 도착한다 - 닿는다 / 독후감 - 읽은 느낌 / 동시에 - 함께 / 동작 - 몸짓 / 되새김질 - 새김질 / 두런두런대는 - 두런대는 / 등 - 들 / 막무가내 - 어찌할 수 없었다 / 만끽하지 - 실컷 맛보지 / 만류에도 불구하고 - 말렸는데도 / 말했었다 - 말했다 / 매일 - 날마다 / 머루가 자라는 곳이 - 머루가 열리는 곳이 / 명 - 사람 / 모래사장 - 모래밭 / 목동 - 소 먹이는 아이 / 무관심해도 - 관심 없어도 / 무더기로 - 무턱대고 / 무조건 - 덮어놓고 / 묵묵히 - 말없이 / 묶는다와 맨다의 뜻 / 문틈 사이로 - 문틈으로 / 묻는다 - 고구마는 묻는다가 아니라, 심는다 / 물건 하역하다가 - 짐일 하다가, 짐 부리다가 / 미소가 - 웃음이 / 미아 - 잃어버린 아이 / 민들레 홀씨 - 민들레 씨 / 밀랍 - 꿀밀 / 반점 - 얼룩점 / 발랄하고 - 싱싱하고, 생기에 넘치고 / 발상 - 생각 / 방치되어 - 버려져 / 변신했던 - 바뀌었던 / 보도블럭 - 포장벽돌 / 보상 - 갚음 / 복개되면서 - 덮이면서 / 부화 - 알깨기 / 분위기 - 느낌 / 불가사의하다 - 알 수 없다 / 불경기 - 시세가 나빠서 / 불과 - 겨우 / 불리고 있던 - 알려졌던 / 불의에 굴하지 않는 - 옳지 않은 일에 굴하지 않는 / 비명처럼 소리를 지르더니 - 외마디 소리를 지르더니 / 비하면 - 견주면 / 뿐만 아니라 - 그 뿐만 아니라 / 사단 - 사건의 실마리 / 사려 깊은 - 생각이 깊은 / 사악한 존재 - 비뚤어지고 악한 것 / 삭막해졌다 - 거칠고 쓸쓸해졌다 / 산소 - 무덤 / 산책하는 - 걸어 다니는 / 삼삼오오 - 여기저기 / 삽을 찌르려고 - 삽을 쓰려고 / 삽화 - 책그림, 그림 / 생명 - 목숨 / 생애 - 삶 / 생존 의지를 기각하는 것 - 살려고 하는

생각을 버리는 것 / 생활하는 습관 - 살아가는 버릇 / 서서히 - 점점, 차츰, 천천히 / 석 발 - 서 발 / 선망하며 - 부러워하며 / 선착장 - 선창 / 설득했다 - 알아듣도록 말했다 / 세워진 - 서 있는 / 소 구수통 - 여물통, 구유통 / 소망 - 희망 / 소문이 자자하다 - 소문이 난다 / 소박한데 - 수수한데 / 소음 - 시끄런 소리 / 소홀한 - 게을렀던 / 손가락으로 다진다 - 손으로(손바닥으로) 다진다 / 수로 - 도랑 / 수영한다 - 헤엄친다 / 숙연하다 - 엄숙하다 / 순간적으로 - 그 순간은 / 순서 - 차례 / 순식간에 - 눈깜짝할 새 / 습관 - 버릇 / 승부 - 승패 / 승합차 - 합승차 / 시도했고 - 하려했고 / 시장통 - 시장길, 시장거리 / 시합 - 경기, 내기, 놀이 / 식사 시간 - 끼니 때 / 신경을 쓴다 - 마음을 쓴다, 애쓴다 / 신음소리 - 앓는 소리 / 신호 - 알린다 / 심상치 - 예사롭지 / 싱크대 - 개숫대 / 씨알 - 고구마(씨알은 벼, 보리, 밀 콩, 수수, 옥수수) / 안도의 한숨 - 마음놓고 쉬는 숨 / 안이한 - 편안한 / 앨범 - 사진첩 / 야간 방목 - 밤중 놓아먹이기 / 야생오리 - 들오리 / 야생화 - 들꽃 / 야유회 - 들놀이 / 야채 - 나물, 채소 / 양식 - 식량 / 어부 - 고기잡이 / 어쩔 때 - 어떤 때 / 얼굴 표정이 이내 밝아졌다 - 얼굴이 이내 밝아졌다 / 역할 - 노릇 / 열 명 남짓한 - 여남은 / 오산이야 - 잘못이야 / 오열을 하며 - 목메어 울며 / 옥상 - 지붕 위 / 와중에 - 판, 북새판 / 용건 - 할 말 / 우아하게 - 아름답게 / 우왕좌왕하다 - 갈팡질팡하다, 쩔쩔맨다 / 우울하고 - 답답하고 / 원래 - 본디 / 원하는 - 바라는 / 위치 - 자리 / 유유히 - 천천히 / 유일한 - 오직 한 / 은밀하게 - 남모르게 / 음성 - 목소리 / 의기양양해서 - 기세가 당당해져서 / 의식없는 우리의 학습 - 깨달음 없는 우리의 학습 / 의외로 - 뜻밖에 / 의자 - 걸상 / 의지하는 - 기대는 / 이래 -부터 / 이미 - 벌써 / 이유 - 까닭 / 이해가 안됐다 - 알 수 없었다 / 인내심 - 참을성 / 인상만 구긴다 - 얼굴만 구긴다 / 일단 - 우선 / 일당 - 날삯 / 일일이

– 하나하나 / 일제히 – 한꺼번에 / 일조권 – 해쬠 권리 / 임무 – 일 / 입구 – 어귀, 들목, 들머리 / 있는다 – 있다 / 자동차에게 – 자동차에 / 자정 – 한밤 / 작업복 – 일옷 / 작업장 – 일터 / 잘 익은 고구마가 올라와요 – 굵은 고구마가 나와요 / 장소 – 곳 / 재밌는지 – 재미있는지 / 저수지 – 못, 큰 못 / 전통 – 내림 / 전혀 – 조금도, / 절굿대 – 절구통 / 절절했으면 – 사무쳤으면 / 접근하지 – 가까이 하지 / 정원 – 뜰 / 정이 통하고 – 정을 주고 받고 / 정적 – 고요 / 제외하고는 – 빼고는 / 제일 – 가장, 맨 / 조롱 – 새장 / 조준했다 – 겨누었다 / 조치를 취하겠어 – 처리해야 겠어 / 존재하다 – 있다 / 졸지에 – 갑자기 / 주방 – 부엌 / 주변 – 둘레 / 주위를 초조하게 배회하나 – 둘레를 애타게 헤매다 / 주인공 – 작품의 중심인물 / 증기 – 김 / 지난 후 – 지난 뒤 / 지어진 – 지은 / 진가 – 참값 / 진달래 전 – 진달래 부침개 / 진지하게 – 참 마음으로 / 집요해졌다 – 끈질겨졌다 / 착각하나 – 잘못 생각하나 / 찾아와라 – 찾아오너라 / 천장에다 눈을 고정한 채 – 천장만 쳐다보면서 / 천진난만한 – 어린애 같은 / 철거되었다 – 뜯겨나갔다 / 체구 – 몸집 / 체념한 – 생각, 희망을 버린 / 최선을 다한다 – 힘껏 다한다 / 최소한 – 적어도 / 출발한다 – 나선다 / 충혈된 – 핏발선 / 취급을 받다 – 다루다 / 치열한 – 사나운 / 컬러 – 빛깔 / 탄로 났으니까 – 드러났으니까 / 탐색하다 – 찾다 / 태양 – 해 / 택했다 – 가려잡았다, 골라잡았다 / 터득하다 – 알아내다 / 투덜투덜댔다 – 투덜댔다 / 특히 – 유달리, 더구나 / 편지를 담담하게 읽고 – 편지를 평온하게 읽고 / 포기하다 – 그만두다, 버리다 / 폭파시키다 – 폭파하다 / 필(붓) – 펜 / 하수구 – 시궁창, 개골창 / 항상 – 늘, 언제나 / 해당되는 – 있는 / 해변 – 바닷가 / 향했다 – 갔다 / 허공 – 공중 / 현관문 – 문간문, 나들문 / 호시탐탐 – 눈을 부릅뜨고 / 화사한 – 사치스러운 / 확인했다 – 알아보았다 / 환기를 한 – 공기를 바꾼 / 환상 – 생

3.

아동문학계에 이렇게 듬직하고 날카로운 비평가가 있다는 것이 든든하고 믿음직스럽다. 이오덕은 아동문학의 터주대감이다. 터주대감은 마을의 어른이다. 마을에서 일어나는 사소한 일부터 큰 일에 이르기까지 마을 사람들의 생각들을 한 곳에 모아주기도 하고, 여러 가지 의견이 있거나 마을의 우환이 있을 때, 마지막으로 결정을 내려주기도 하는 사람이다. 논의 물꼬를 대기 위해 싸우는 일도 알맞게 조정해 주는 사람이고, 가을걷이 때 함께 힘을 모으는 일도 해주는 사람이다. 기쁜 일이 있어도 가장 먼저 즐거움을 함께 하고 싶은 사람이고, 슬픈 일이 있어도 가장 먼저 위로를 받고 싶은 마을의 지킴이 어른이다.

이 책을 읽고 있는 도중에 아동문학 마을의 터주대감인 이오덕 선생이 돌아가셨다는 소식을 들었다. 때론 엄한 얼굴로 꾸짖기도 하고, 때론 따뜻한 말로 위로를 해주기도 하던 마을의 큰 어른이 돌아가신 것이다. 아동문학의 든든한 버팀목 하나를 잃고 말았다.

늘 좋은 글쓰기의 본보기를 보여주었고, "본대로, 들은 대로, 느낀 대로, 한 대로 쓰자"는 평범한 글쓰기 속에서 참된 삶의 길을 보여주었다. 오랫동안 아이들을 정직하고 진실한 사람으로 키우는 일에 힘을 쏟아오신 아동문학의 큰 어른이었다. 이 땅의 모든 사람들에게 아름답고 참된 삶의 길을 가르쳐 주신 분이었다. 화환도 물리고, 다른 사람의 슬픔도 물리고, 혼자서 먼길을 떠났다. 삼가 깊은 조의를 표한다.

낙인烙印을 남기지 않는 교육

나쁜 어린이 표 황선미 지음, 권사우 그림, 웅진닷컴, 1999.

1.

황선미의 『나쁜 어린이 표』는 아이들의 마음으로 아이들의 세상을 보여준 작품이다. 아이들의 생활에서 일어나는 현실에 뿌리를 두고, 아이들의 시선으로 그들의 이야기를 풀어 쓴 보기 드문 작품이다. 교육 동화가 아이들에게 감동을 줄 수 있다는 본보기를 보여주고 있다. 이 작품은 초등학교에 다니는 아이들 사이에서 일어난 평범한 이야기를 소재로 하면서도 그 아이들의 섬세한 감정의 흐름을 잘 읽어내고 있어서 독자들의 공감을 얻고 있다. 아이들을 사랑하는 따뜻한 마음이 깊은 감동을 준다.

무엇보다 이 동화는 초등학교 3학년 아이의 목소리와 마음을 잘 살려내고 있다는 데서 호감이 간다. 작가는 1인칭 주인공인 건우의 말을 초등학

교 아이들이 하는 어법으로 살려 쓰고 있으며, 건우의 마음속 상황까지도 잘 표현하고 있다. 아이들의 이야기를 이끌어 가는 주인공의 말과 마음이 책을 읽는 아이들의 마음이라고 한다면, 이 책을 읽는 아이들은 무릎을 치면서 "맞아, 맞아, 내 이야기야"라고 할 것이다. 우리들 주위에서 늘 일어나는 아이들의 이야기를 놓치지 않고 귀담아들으면서 그때마다 아이들의 말과 마음을 읽어내려는 노력이 좋은 동화를 만들어내었다.

2.

이 동화에서 아이들의 마음을 얼마나 진솔하게 표현했느냐 하는 것은 아동문학에 있어서 모범적인 선례를 보일 수 있다. 그만큼 아동문학이 아이들의 심리나, 아이들의 목소리를 담아내지 못한 동화가 많다는 말이 되기도 한다. 동화는 아이들의 마음으로, 아이들의 시선으로 쓰였지만, 어른들이 읽어도 감동을 줄 수 있어야 한다. 좋은 동화란 두고두고 읽히는 작품이다. 어른이 되어서도 읽고 싶은 동화가 좋은 동화일 것이다.

『나쁜 어린이 표』는 작가가 아이들의 마음과 아이들의 목소리를 잘 읽어내고 있다는 점에서 좋은 동화가 갖추어야 할 조건을 갖고 있다. 다음 표현들을 살펴보자.

찡그린 선생님을 그려보았어요. 노란색 스티커만 있다면 머리에 다닥다닥 붙여 주고 싶었지요. 머릿속이 노래지는 기분을 선생님도 아시게 말예요.

―32쪽

어른들이 생각하기에는 바르게 판단하고, 바른 규칙으로 아이들을 가르친다고 하는 일이, 아이들의 생각으로는 불만스럽고 공정하지 못한 일이 될 수도 있다. 어른들이 불만을 갖고 있다면, 노란색 스티커를 머리에 붙이고 싶은 상상을 하기 어려울 터이지만, 아이들의 생각이기 때문에 어른들의 권위와 억압에 눌려 표현하지 못한 불만을 이처럼 기발하게 표현할 수 있는 것이다. 이것은 아이들의 불만을 귀기울여 듣고 아이들의 생각을 표현하려는 작가의 노력이 있기 때문에 가능할 것이다.

엄마와 함께 과학상자를 사러 갔다가 비싸서 사지 못하고 돌아왔을 때, 건우는 자기 마음을 잘 알아주는 이삐에게 전화를 하여 사달라고 한다. 아빠가 사 올 것이라고 몇 번이나 마음속으로 되뇐다. 그렇게 기다리던 아빠가 엄마와 함께 봤던 과학상자보다 더 큰 과학상자를 사 오자, "나는 실실 나오는 웃음을 참을 수가 없었어요. 답답하던 가슴이 시원하게 뚫리는 것 같더라고요."(52쪽)라고 한다. 간절하게 갖고 싶었던 물건을 가졌을 때, 기뻐하는 건우의 모습을 "실실 나오는 웃음"이라고 표현하고 있는데, 이 부분은 아이들의 심리를 꿰뚫는 표현이다. 건우의 심리를 짧으면서도 적절하게 잘 표현하고 있다.

아이들의 불만과 아이들의 심리를 잘 읽어내고, 더불어 그것을 아이들의 시선으로 쓴 동화는 당연히 아이들에게 감동을 줄 수밖에 없다. 아동문학은 아이들의 이야기를 어른들이 풀어 쓴 것이다. 어른들이 쓴 동화에서 아이들이 그 이야기에 충분한 공감을 느낄 때, 그 작품은 진정한 아동문학이 되는 것이다. 문학의 본질이 함께 느낄 수 있는 동기감응(同氣感應)에 있듯이, 아동문학은 아이들의 행동과 생각으로 아이들과 함께 느끼는 문학이다.

이 동화는 아동문학의 본질에 충실한 평범한 아이들의 이야기를 하면서도, 이 평범함 속에서 아이들에게 문학이 주는 감동을 마음껏 느끼게 하고 있다. 또한, 이 동화의 장점은 쉬운 문장과 친근한 어법을 쓰고 있다는 것이다. 아이들이 읽기에 힘든 낱말이 거의 없고, 아이들의 어법을 잘 살리고 있다. 아이들의 마음을 읽어내고 아이들이 잘 모르는 말을 쓰지 않았으니 아이들이 손쉽게 다가갈 수 있는 것은 당연한 일이다.

내가 시무룩해 있으니까 정욱이가 슬슬 장난을 걸었어요. 그러다 갑자기 똑바로 서서 빗자루를 높이 들고 외치는 거 있죠.

—9쪽

장난을 좋아하고 만들기를 좋아하는 남자 아이의 어법으로는 조금 지나친 친근감으로 표현되어 있다고도 할 수 있지만, "~어요", "~있죠"와 같은 친근한 대화법을 사용함으로써 아이들에게 가깝게 다가가고 있다. 주인공 건우의 이야기가 이 동화를 읽는 초등학교 3학년 아이들에게 흔히 일어나는 이야기임을 이 동화를 읽는 과정에서 자연스럽게 느낄 수 있다. 주인공 건우의 비밀스러운 이야기를 훔쳐보는 듯한 어법으로 나직하게 들려주는 것은 이 이야기에 빠져들게 하는 매력이다. 평범한 이야기라 하더라도 아이들의 세계에서는 심각한 이야기일 수 있고, 그 이야기를 귓속말로 속삭이듯이 들려주면 아이들은 귀가 솔깃해서 그 이야기에 귀를 기울이게 된다.

이러한 좋은 점 말고도 여러 곳에서 이 작품이 지닌 미덕을 찾을 수 있다. 반장 선거에서 두 표를 얻은 아이에게 한 표는 자신의 표였을 것이라고 하면서 자기 이름을 써내지 못하게 한 선생님에게 불만을 가지는 건우의 마음, 특별 활동 시간을 마치고 조금 늦어서 교실 문 앞에서 서성대는 조마조마한 마음, 화장실에서 욕한 일을 고자질

한 아이에게는 스티커를 주지 않고 자기에게만 준다고 불만을 털어놓는 솔직한 마음, 비를 맞고 난 다음날 콧물과 기침 때문에 체육을 하지 못한 건우가 선생님의 책상 위에 있는 스티커 통에 든 뭉치를 들고 화장실에 버리는 장면들에서 초등학교 3학년 아이의 생각과 행동을 꼼꼼하게 살피고 있음을 확인할 수 있다.

아이들의 이야기를 쓰는 동화에서 아이들 사이에 일어나는 일을 자세히 살펴보는 것은 가장 먼저 해야 할 일이다. 아이들의 이야기를 하면서 어른들의 생각을 쓴다든가, 아이답지 않은 주인공을 내세워 어른들처럼 행동하게 하는 작품은 아동문학이 될 수 없다. 그런 점에서 이 동화는 아이들의 심리와 행동을 잘 이해한 좋은 동화라 할 수 있다.

권사우의 그림이 주는 은은함도 이 동화책에서 찾을 수 있는 재미이다. 학교의 풍경과 교실의 풍경, 비 오는 거리의 풍경들이 많이 나오는 이야기 속에서 수채화가 주는 아름다움을 마음껏 느낄 수 있다. 수채화의 바탕에 깔린 연필선은 아이들의 천진난만한 모습을 하나하나 담아내고 있다. 아이들의 얼굴 모습을 하나같이 살아있는 질감으로 그리고 있다. 거리의 풍경을 그리는 데는 수채화가 훨씬 아름답다는 것을 이 동화책에서 느낄 수 있을 것이다.

그런데 이 동화는 군데군데 어색한 부분도 보인다. 교육의 문제에 늘 등장하는 선생님의 이야기와 사건 전개의 인과성 문제, 인물의 무리한 행동들이다. 교육동화를 다루는데 선생님이 나오지 않을 수 없지만, 선생님의 문제인지, 교육제도의 문제인지를 분명하게 보여주지 않는다.

교육의 문제를 다룬 동화는 어떤 때는 교사의 자질 문제를 교육 문제로 뒤집어씌우기도 하고, 아이와 선생님의 문제는 선생님을 이해하는 아이 쪽으로 결말이 나거나, 아이들과 별다른 까닭이 없이 어정쩡하게 화해하기도 한다.

동화는 아니지만, 장규성 감독의 영화 〈선생 김봉두〉도 교육의 문제에 있어서 선생이 어떤 문제로 남아 있는가를 보여주고 있다. 이 영화의 심각한 문제점은 돈봉투를 밝히는 선생 김봉두가 폐교 직전의 학교로 부임한 뒤 자의든 타의든 결국 김봉두 선생의 뜻대로 폐교된다는 것이고, 선생의 뜻대로 조작되는 일그러진 교육의 현장을 보여준다는 데 있다. 더 심각한 문제는 선생의 자질과 교육의 문제점을 지적하기에 앞서 선생을 코미디언으로 만들어 버린 데 있다. 순박한 산골의 아이들과 끝내 어정쩡한 화해를 하고 마는 선생 김봉두처럼, 『나쁜 어린이 표』의 선생님도 건우와 이상한 화해를 하고 만다.

선생님이란 무엇을 가르치는 분이면서 아이가 무엇이 될 수 있도록 씨앗을 심어주는 사람일거라고 생각해요. 나는 작가가 되도록 씨앗을 심어준 분이 바로 그 선생님이셨다는 걸 잘 압니다.

작가의 이 말처럼, 이 동화는 존경받는 선생이 필요하다는 말을 하기 위해 쓴 작품이다. 학교 폭력이 사라진 대신 "나쁜 어린이 표"라는 또 다른 굴레를 만들고 있는 학교의 현실을 비판하고 있다. 아이들은 모두 건우처럼 순박하고 착하다고 전제하고 선생님은 어떤 방식으로든지 아이들을 구속하는 사람임을 보여주려고 한다.

청소시간에 대걸레를 들고 있다가 누군가에게 밀쳐서 넘어진 건우에게 나쁜 어린이 표를 주는 선생님은 분명히 부당한 판단을 하는 선생님이다. 건우에게 "나쁜 어린이 표"를 준 선생님은 고자질 한 아이한테는 나쁜 어린이 표를 주지 않고, 싸움을 한 아이를 부당하게 판정하고, 발표도 공평하게 시키지 않고, 수업시간에 떠드는 아이도 제대로 알지 못하고, 친절하지도 않으며, 규칙도 마음대로 바꾸는 선생님이다. 스티커를 많이 받은 아이들을 붙잡아 놓고, 5시까지 하기 싫은 수학 문제 풀기, 독서감상문 쓰기를 맡기는 "나쁜 선생님"이다.

> 수학 문제를 푼 것은 검사도 안 하셨어요. 나는 수학 공책을 가방에 쑤셔 넣고 뒷문으로 나왔어요. 그리고 복도를 뛰다시피 걸었어요.
>
> — 24쪽

이 정도라고 한다면 얼마나 심각한 선생님인가? 아이가 체벌로 5시까지 남아서 푼 수학 문제를 검사도 하지 않고, "이제는 가도 좋아"라는 짧은 말 한마디로 끝내는 선생님은 아이들의 눈에만 '나쁜 선생'이 아니라, 어른들이 보기에도 '문제 선생'이다. 과학 경진 대회가 있는 날, 반 대표로 아이들이 참가하는데도 "그냥 집으로"(65쪽) 가버리고 마는, 아이들을 사랑하지 않는 선생님이다.

이 동화에 나오는 선생님은 건우의 착한 마음을 알아주지도 않고, 장난꾸러기 아이이고 나쁜 아이로 몰아가는 선생님이다. 이렇게 나쁘고 문제가 있는 선생님이 끝 부분에 가면 건우와 선생님이 따로따로 어정쩡한 비밀 하나를 가지고 화해를 한다.

> 네가 나쁜 어린이 표 다 가져간 거랑 내가 너 한테 받은 거, 우리끼리 비밀로 하자. 네 덕분에 애들을 가르치기가 더 힘들겠구나.
>
> — 92쪽

학교에서 수업을 하다가 사라진 건우를 아이들까지 힘을 합쳐 찾았지만, 찾지를 못했다. 결국 선생님이 찾아내는데, 친구들도 모두 집에 가고 선생님만 남아 있었다. 선생님은 건우가 버린 노란색 스티커와 수첩에 적힌 나쁜 선생님 표를 비밀로 하자고 하면서 함께 집으로 간다.

이윽고 교문에 다다르고 선생님은 건우와 헤어지면서 위의 말을 한다. 이 말을 하고 나서 선생님은 그동안 학교에서 일어난 반장 선거와 과학 경진 대회, 빼앗긴 드라이버까지 건우의 입장이 되어서 말해준다. 건우는 선생님이 고맙다고 생각한다. 그러나 인용한 부분의 말은 선생님이 건우와 같은 아이가 있어서 힘들다는 말인지, 선생님이 반성하고 앞으로 스티커를 없애겠다고 하는 말인지 분명하지 않다. 결말의 구조를 어정쩡하게 함으로써 이 동화가 선생님의 자질 문제를 말하는 것인지, 교육 문제를 말하고 있는 것인지 분명하게 말하지 않고 있다. 이 동화가 주는 문제의 실마리는 끝내 풀어내지 못하고 있다.

다음은 아이들을 감동시키기 위한 눈물의 장치가 많아서 어색하게 보인다. 눈물은 감정을 정화시키고, 작가와 독자의 정서를 하나로 묶어내는 훌륭한 소재이다. 그런데 그 눈물이 지나치게 억지스럽거나, 필요하지 않은 부분에서 눈물을 보이게 되면 작가의 의도가 개입되어 어색해질 수 있다. 그것은 '강요된 눈물'이지, '자연스러운 눈물'이 아니다. 자연스러운 눈물은 감동을 주지만, 강요된 눈물은 독자들에게 비웃음을 줄 수 있다. 책을 읽는 과정에서 독자들이 자연스럽게 흘리는 눈물은 독자들이 그 이야기에 감동하기 때문에 흘리는 것이지, 작품 안의 인물이 흘리는 눈물 때문이 아니다.

① 참 이상도 하지요. 괜히 눈물이 나와서 아빠가 방에서 나가자마자 이불을 뒤집어쓰고 말았어요.

—56쪽

② 나는 주먹을 꼭 쥐고 자물통을 노려보다가 눈물을 쓱 훔치고 성큼성큼 걸어나왔어요. 걸을 때마다 눈물이 뚝뚝 떨어졌어요.

— 65쪽

③ 엄마가 나를 물끄러미 보셨어요. 처음에는 안 그랬는데 눈물이 조금씩 고이더니 결국 엄마 눈이 가늘게 떨리면서 눈물이 주루룩 흘러내렸어요. 엄마가 그러면 나는 항상 먼저 소리내서 울고 말거든요.

— 78쪽

①은 과학상자를 사 온 아빠가 일주일 용돈을 다 털었다는 엄마의 말을 듣고 밤에 몰래 아빠의 구두를 닦아 주고 난 다음날 아침 아빠가 출근을 하다가 잠을 자는 건우에게 다가와서 뺨에 입을 맞추고 나간 다음 흘리는 눈물이다. 아빠의 일주일 용돈으로 과학상자를 사왔다고 감격해서 눈물을 흘리는 것일까. 아니면 아빠가 용돈도 없이 출근하는 것이 안타까운 때문일까. 아빠의 사랑에 감격해서 흘리는 눈물의 정체가 분명하지 않다. 절실하게 바라던 과학상자를 받았다는 기쁨과 함께 아빠의 사랑을 느끼는 부분이긴 하지만, 어쩐지 조금 어색하다는 생각이 든다.

②는 드라이버 때문에 싸움을 한 경식이와 나쁜 어린이 표를 받고, 과학실에 올라가 경식이와 함께 만들기를 한 뒤 다시 교실로 돌아왔는데, 자물통이 잠겨 있는 교실을 보면서 흘리는 눈물이다. 경식이와 실랑이를 하다가 드라이버를 빼앗긴 건우는 드라이버를 받으러 다시 교실에 간 것인데 선생님은 없고, 드라이버는 돌려 받지 못했다. 그것이 억울해서 눈물을 흘리는 것일까. 과학 경진 대회 때문에 학교를 마치고 과학실에 가서 경식이와 만들기를 하고 난 뒤, 교실로 돌아온 건우가 새삼스럽게 흘리는 눈물인데, 이것은 분명히 작가가

만들어낸 의도성 눈물이다.

　③은 ②의 상황이 일어나고, 집으로 돌아오는 길인데, 비가 내렸다. 우산을 쓰지 않고 걷고 있는데, 경식이가 다가와서 낮에 교실에서 있었던 일 때문에 시비를 걸고 그 일로 싸움을 하게 된다. 비를 맞고 집으로 돌아오자 엄마가 열이 있다고 걱정을 하게 된다. 건우는 밥도 먹지 않고, 누워 있으면서 엄마에게 나쁜 어린이 표 때문에 5시까지 남아야 한다고 말한다. 이 말을 듣고 엄마는 눈물을 흘린다. 그러면 나는 먼저 소리내어 울고 만다. 그 일로 엄마가 속상해서 눈물을 흘리는 것도 어색한데, 내가 먼저 소리내어 우는 까닭은 더욱 이상하게 보인다. 눈물이 주는 감동을 무리하게 설정하면서 오히려 어색한 장면을 불러일으키고 있다. 자연스러운 눈물이 주는 아름다운 감동이 있었으면 좋겠다.

　다음은 인물 설정의 문제이다. 주인공 건우는 남자 아이인데, 간혹 행동과 성격이 어긋나 있다. 건우는 청소 시간에 정욱이와 밀대를 들고 다음 학기에는 반장이 되자고 씩씩하게 말하기도 하는 명랑한 아이이다. 그리고 은지의 필통을 떨어뜨려 놓고, 쌀쌀맞은 눈초리 때문에 "잘 좀 놓지"라고 퉁명스럽게 말하면서 은지를 밀쳐 넘어뜨리기도 하는 장난꾸러기이기도 하다. 비 오는 날 경식이와 말싸움을 하다가 밀어 바닥에 넘어뜨려 울리기도 하는 남자 아이다운 기질도 있다.

　그러면서도 조금은 장난스러운 건우가 수첩에 선생님의 잘못된 행동을 쓰면서 '나쁜 선생님 표'를 매기는 섬세한 면도 있다. 아이들의 마음은 금방 바뀔 수 있다고 하지만, 조금은 장난기가 있는 아이가 섬세한 면을 동시에 갖고 있다는 것은 인물 설정에 있어서 일관성이 없다고 할 수 있다. 그런데 이보다 더 심각한 문제는 건우가 갑자기 남자 아이답지 않은 행동을 하기도 한다는 것이다.

　　이튿날 아빠가 뺨에 입을 맞추는 바람에 잠이 깼어요. 그러나 눈을 뜰 수가 없었어요. 전에도 아빠는 그렇게 입을 맞추셨는데, 나는 그때마다 누운 채로 아빠 목에 팔을 걸고 어리광을 부리곤 했거든요.

— 56쪽

　　초등학교 3학년이고, 외아들이긴 하지만, 남자 아이의 행동과 생각에 걸맞지 않다. 장난을 잘 치고, 가끔씩 엉뚱한 행동을 하는 아이가 아침에 아빠가 뺨에 입을 맞추는 바람에 잠이 깨는 장면을 생각해 보면, 너무도 감미로운 어리광이라는 생각이 든다. "아빠 목에 팔을 걸고 어리광"을 부리는 상면은 초등학교 3학년 남자 아이의 행동치고는 뭔가 어색하다.

　　구두를 닦아 놓은 건우의 행동에 아빠가 감동을 받았다는 것을 끌어들이기 위해서 그만 건우는 평소의 행동으로 보기에는 무리가 따르는 생각을 하게 된 것이다. 이것은 인물의 성격을 잘못 설정하는 작가의 오류이다. 이처럼 인물의 설정이 어긋나기 때문에 아빠가 과학상자를 사 오자 아빠에게 할 일이 무엇일까 고민하다가 밤에 몰래 구두를 닦아 놓는다든지, 드라이버를 들고 간 날 삐걱대는 의자를 고친다든지 하는 자연스럽지 못한 서술이 나타나는 것이다.

3.

　　황선미의 『나쁜 어린이 표』는 착함과 나쁨의 이분법 함정에 빠진 교육의 문제와 아이들의 가슴에 낙인을 새기는 교육 현실을 비판하고 있다. 아이들에게 "나쁜 어린이 표"를 붙이던 선생님처럼, 요즘 교육부는 아이들에게 낙인을 남기는 네이스 작업이 한창이다. 아이들의 정보를 인터넷에 올릴 것인가 말 것인가라는 문제에 앞서서 아이들을 가르치는 현장에서 아이들에게 더 많은 낙인을 남기는 것이 옳은 일인가라는 문제를 생각해 보아야 할 것이다.

초등학교 때부터 아이들의 정보를 모아서 전산화하겠다는 교육부의 의지는 아이들의 인권과는 관계없이 교육행정의 편의주의에 따른 발상이다. 이것은 발상부터가 아이들의 인권을 무시하는 일이다. 아이들의 정보가 인터넷에 올려지고, "나쁜 어린이 표"가 꼬리표처럼 따라 다닌다면, 건우의 고민과 꼭 같은 고민을 하는 아이들이 현실로 나타날 것이다. 아이들은 날마다 다르고, 해마다 다르게 성장할 수 있다. 달라지고 성장하는 아이들을 성적순으로 세우는 것도 모자라서 아이들의 나쁜 정보와 좋은 정보를 전산화하여 기록으로 남기는 엄청난 폭력을 자행하려는 것이다.

선생으로 있으면서 가장 행복한 일은 해마다 다른 아이들을 만나는 일이다. 새 학년이 시작되는 3월이면 어김없이 만나는 새 얼굴들이 있다. 이 아이들을 처음 만나는 날은 모두 맑고 착한 아이들처럼 보인다. 처음 만나는 아이들은 모두 새로운 마음으로 선생님을 만나려 하기 때문일 것이다. 그 아이들은 "나쁜 어린이 표" 낙인이 하나도 없이 만난다. 그렇게 만나는 아이들에게 낙인을 새기지 말아야 할 것이다. 그 아이들과의 만남에서 가슴에 새겨두고 싶은 것은 아이들과 만났던 아름다운 순간들뿐이다.

새 학기에 만난 아이들도 이듬해가 되면 얼굴도 마음도 새로운 아이가 되어 있다. 학교를 졸업할 무렵이 되었을 때는 청년이 되어 있다. 학창시절에 그렇게 힘들게 했던 "나쁜 아이"들도 몇 년이 지난 뒤에 만나면, 그때의 기억을 떠올리면서 그때가 더 "순수한 아이"였다고 말하기도 한다.

세월 속에 성장하는 아이들을 만날 때마다 사람은 태어날 때부터 착한 심성을 가졌다(측은지심 인지단 惻隱之心 仁之端 : 측은하게 생각하는 마음이 일어나는 것은 사람들에게 어짊이 있다는 것이다)는 맹자의 말이 떠오른다. 아이들은 해마다 달라진다. "나쁜 어린이 표"보다 "착한 어린이 표"를 많이 주는 아름다운 교육 환경이 되었으면 한다. 아이들의 가슴에 아픈 낙인을 남기지 말고, 사람살이의 아름다운 기억을 남겨야 할 것이다. 교육의 진정한 의미는 착한 아이들과 나쁜 아이들의 낙인을 모두 사랑하는 일이다.

푸르게 살아나는 아이들

미운 돌멩이 어린이도서연구회 지음, 오늘, 2002.

1.

어느 여름날이었다. 늦더위가 기승을 부리더니 간밤에는 소나기성 폭우가 내렸다. 다음날 아침에는 하늘이 흐렸고, 구름이 몰려다니며, 간간히 비를 뿌리고 있었다. 사직동 집에서 산 중턱에 있는 학교까지 걸어 올라가는 길은 간밤에 내린 비 탓에 인도까지 콸콸 물이 넘쳐 흘러내렸다. 질퍽한 길을 따라서 물안개가 희뿌연 학교 운동장까지 올라가느라 꽤 숨이 가빴다. 학생들이 등교하기에는 이른 시간이었다.

운동장을 가로질러 교무실로 향하는 계단을 올라가다가 1층 음악실 창문에 쓰러진 주검을 보았다. 힘든 고통에 얼마나 몸을 뒤틀었는지 얼굴을 바닥에 대고 두 손은 시멘트 바닥에 엎드린 채 죽어 있었다. 간밤에 내린 빗줄기가 가늘어지긴 했지만, 가랑비는 여전히 을씨년스럽게 흩뿌리고 있었다. 머리 쪽에서 흘러내린 핏물은 빗물과 섞여서 시멘트 바닥을 타고 계단으로 흘러 내리고 있었다.

그곳에서 뒤돌아 나와서 중앙 계단으로 올라가 2층 교무실의 내 자리에 앉을 때까지 눈앞에 어른대는 주검의 처참함이 떠올라 울컥하는 역겨움과 함께 밀려드는 두려움으로 한참 동안 온몸을 떨렸다. 잠시 후, 그 아이의 주검은 하얀 비닐에 덮였고, 노란색 줄이 쳐지면서 접근 금지 수사중이라는 팻말이 걸렸다.

대학입시를 앞둔 우리 학교 3학년 학생이었다. 친구 관계도 대체로 원만하였고, 다소 내성적이긴 했지만, 전혀 문제가 되었던 것은 아니었다. 학교 성적도 그런 대로 좋았고, 성적을 비관할 만한 학생도 아니었다. 유복하지는 않았지만, 문제가 있는 가정도 아니었다. 그 아이가 남긴 작은 메모지에는 입시 지옥에 시달리는 아픈 현실이 남아 있었다. 그 아이를 죽음으로 몰고 간 것은 입시라는 거대한 제도권 교육 때문이었다.

늦은 밤, 다른 아이들은 모두 집으로 돌아가고, 텅 빈 교실에서 공부를 하다가, 폭우가 쏟아지는 운동장을 바라보면서 자신의 처지가 너무도 힘들어서 목숨을 끊었던 것이다. 같은 교실에 앉아서 말없이 공부를 하면서도 서로를 이기기 위해서 경쟁해야 하는 공간, 아무리 열심히 공부를 해도 그의 앞에는 누군가가 있고, 그의 뒤에는 또 다른 아이가 놓이는 입시 지옥은 그의 힘으로는 감당하기 힘든 현실이었다. 그 아이를 죽음으로 몰고 간 그날 밤에는 억수 같은 비가 내렸다. 쏟아지는 빗줄기처럼, 그의 몸도 땅속으로 곤두박질치고 싶었는지 모른다.

아이들이 모두 돌아간 텅 빈 교실에 남아서 공부를 하면서 입시라는 거대한 공룡에 짓밟히고 있는 질식할 것 같은 자신의 모습을 보았는지 모른다. 그 아이가 왜 그랬을까라는 의문보다도 그 아이를 지옥 같은 밤으로 몰고 간 우리의 교육 현실이 내 마음을 짓눌렀다. 그 아이가 목숨까지 버려야 했던 입시 지옥과 제도권 교육의 울타리에 남아서 아이들을 가르치고 있는 자신이 몹시 부끄러웠다.

　며칠 뒤, 그 아이의 영정은 운동장을 한 바퀴 돌고 먼길을 떠나갔다.

2.

　노경실의 「철수는 철수다」라는 동화를 읽으면서, 수년 전 목숨을 끊었던 그 아이가 생각났다. 그의 죽음은 철수에게 가해진 폭력과 같은 것이다. 그가 견디기 힘들었던 교육의 현장은 여전히 지속되고 있으며, 아이들은 날마다 죽음으로 내몰리고 있다. 이 동화는 초등학교 때부터 대학 진학을 위해서 순간순간 죽음으로 내몰리고 있는 우리 시대 아이들의 우울한 자화상을 생각하게 한다. 평등한 학교 교육에서 동일한 조건으로 경쟁을 시키는 우리의 교육 현실은 또 다른 아이들을 죽음으로 내몰 것이고, 또 다른 철수를 만들어 낼 것이다.

　철수네 가족은 종로구 옥인동의 시영아파트에 살다가 강남으로 이사를 하게 된다. 철수는 초등학교 5학년이고, 미술을 좋아한다. 강남으로 이사를 하고 난 뒤 어머니는 같은 아파트에 살고 있는 박준태 어머니와 친하게 되고, 그때부터 매번 철수와 준태를 비교하게 된다. 준태는 공부도 잘하고, 각종 경시 대회에 참가하여 상을 타오곤 하는 똑똑한 아이였다. 컴퓨터도 잘하고, 시험만 치면 늘 100점을 받아 오는 모범생이었다. 그런데 철수는 학교 성적이 그리 좋지 못했다. 그런데다가 늘 준태와 비교 대상이 되어서 속상했다.

그 날도 철수는 시험 점수를 60점밖에 받지 못해서 어머니께 꾸중을 듣고 있었다. 어머니는 갑자기 다음 시험에도 점수를 못 받으면 준태 동생이 되라고 하면서 윽박지른다. 철수는 나이도 동갑이고 더군다나 자기보다 생일도 늦은 준태의 동생이 되라는 말에 눈물을 글썽인다. 그러자 어머니는 울기까지 한다고 하면서 잘 울지 않는 믿음직한 준태와 비교하게 된다.

참다못한 철수는 죽어서 준태처럼 태어나겠다고 하면서 12층에서 뛰어내리려고 한다. 그러면서 철수는 "난 철수예요. 나는 준태가 아니란 말이에요. 날 생긴 그래도 놔 둬요. 철수는 철수란 말이에요." 라고 하면서 울고 만다.

어린이도서연구회에서 엮은 『미운 돌멩이』(오늘, 1996)에 실린 열세 편의 동화 중의 한 편이다. 이 동화는 전국 국어교사 연구회에서 엮은 『우리말 우리글』(나라말, 2002)에도 실려 있다. 미술을 좋아하는 철수는 공부보다는 미술 학원에 가서 그림을 그리는 것을 좋아한다. 철수는 준태보다도 미술을 잘 할 수 있다. 그것은 철수가 갖고 있는 특별한 몫이다. 그 특별한 몫은 무시되고, 학교 공부를 잘하고, 컴퓨터도 잘하는 준태만이 어른들의 못다한 꿈을 실현해 줄 수 있는 아이로 대접을 받는다.

특별하다는 것은 차별이 있다는 말과는 다르다. 동일한 조건에서 뛰어난 것과 뛰어나지 못한 것은 차별이지만, 각기 다른 조건에서 뛰어난 것과 뛰어나지 않은 것은 특별한 것이다. 철수는 특별한 아이다. 특별한 아이는 특별한 정성과 특별함을 인정해 주는 자연스러운 환경에서 만들어진다. 우리의 교육 현장은 차별을 인정하는 것이지, 특별함을 인정하는 것은 아니다. 이 일그러진 교육 환경이 아이들을 주눅들게 한다.

「철수는 철수다」는 극단의 부모 밑에서 극단의 행동을 하는 김철수를 통해 우리 나라 교육의 현실을 비판하고 있다. 특별한 것을 잘하는 아이가 아니라, 모든 것을 잘하는 아이가 되기를 원하는 잘못된 교육의 문제점을 지적하고 있다. 극단적인 행동을 하는 철수와 지나친 비교를 하는 철수의 엄마라는 상황의 설정에 다소 무리가 있으며, 강남 지역 부유층의 잘못된 교육 행태가 마치 우리 교육의 전형인 것처럼 비추어질 가능성이 있지만, 대다수의 부모들에게 경종을 울릴 만한 작품임에는 틀림이 없다.

비교하기를 잘하는 부모로부터 자꾸 왜소해지는 아이들의 울분이 철수의 마지막 탄식에 잘 나타나 있다. 특별한 아이는 자신의 능력을 최대한 발휘하는 아이로 성장할 수 있지만, 모든 것을 잘하는 아이로 길들여지는 아이는 비뚤어진 아이로 자랄 수 있다. 철수는 철수일 뿐이고, 준태가 아니다. 준태는 준태대로의 특별함이 있다면, 철수는 철수대로의 특별함이 있다. 준태의 특별함은 인정해 주면서, 철수의 특별함을 인정해 주지 않는다는 것은 차별이다. 그 차별은 아이들을 죽음으로 내몰고 있다.

옛날, 어느 마을에 형제가 살고 있었다. 형은 심성이 착하고, 양보하기를 잘 하였고, 동생은 형보다 잘하려는 욕심이 많았다. 형은 아무리 하찮은 일을 하더라도 정성을 다해서 깨끗하게 마무리하였고, 동생은 욕심이 많아서 얻으려고 하는 것은 많으면서도 일은 정성껏 마무리하지 못했다. 동생은 늘 형보다 잘할 수 있는 일이 없는지를 고민했다.

어느 날, 동생은 형에게 각각 나무 한 그루씩을 심자고 했다. 그러면서 동생은 형에게 3년 뒤에 이 두 나무 중에서 어느 나무가 튼튼하게 자라는지 내기를 하자고 했다. 나무를 심는 날, 형은 겉흙을 잘 긁어내고, 구덩이를 충분히 파냈다. 그리고 그 속에 고운 흙으로 깔개를 하고, 그 위에 뿌리를 곱게 펴서 뿌리가 다치지 않도록 정성스럽게 흙을 채워 넣었다. 나무의 뿌리가 튼실하게 내리도록 잘 당기면서 꼭꼭 눌러 다진 후, 그 위에 거름을 올려놓았다. 그러고는 말없이 마을로 내려간 후, 3년 동안 그 나무를 거들떠보지도 않았다.

동생은 뿌리가 튼튼한 나무를 골라서 적당하게 심은 다음, 매일 그 나무에 올라가서 잘 자라라고 물을 주었다. 3년 뒤, 동생은 그동안 매일 찾아가서 물을 주고 가꾼 자기의 나무가 형의 나무보다도 잘 자랐을 것이라고 생각하고, 형의 나무를 보러갔다. 그런데 정성껏 나무를 심고는 한번도 거들떠보지 않았던 형의 나무는 아래쪽 가지부터 튼튼하고 우람하게 자라있었고, 그에 비해 동생의 나무는 곁가지가 모두 잘리고, 키만 훌쩍 커서 가늘고 꼬질꼬질하게 자라 있었다. 동생은 형에게 그 비결이 무엇이냐고 물었다. 형은 동생에게 처음부터 정성을 다해서 일을 하면 그 다음부터는 자연스럽게 이루어지는 것이라고 했다. 그 후로 동생은 형처럼, 욕심을 버리고 작은 일에도 정성을 다하는 사람이 되었다.

나무를 가꾸는 것은 사람을 가꾸는 일과도 같다. 한 그루의 나무가 뿌리를 튼튼하게 내리기 위해서는 처음부터 정성을 다해 가꾸어야 하고, 그 뿌리가 내리는 방향으로 자연스럽게 두는 것이다. 비가 내리면 뿌리는 물기를 머금을 줄 알고, 가뭄이 있으면 뿌리는 더욱 깊은 곳의 물줄기를 찾아서 흙 속으로 뿌리를 내릴 줄 안다. 그런 자연스러운 활동을 통해서 튼튼한 뿌리를 만들고, 잎을 만들고 나무를 만든다. 자연은 사람들의 손으로 만들어지는 나무보다도 훨씬 든든하고 우람한 나무를 만든다.

형이 가꾼 나무는 사람의 손으로 심어 준 정성이었고, 그 나무를

튼튼하게 만든 것은 비와 바람과 햇볕일 뿐이다. 특별한 사람의 손과
자연스러운 힘이 튼튼한 나무를 만든 것이다.

3.

아이들은 모두 제각기 자기의 몫을 갖고 태어난다. 정성껏 심은 나
무가 자연스럽게 흙에 뿌리를 내리듯이 어른들은 그들의 몫에 따라
살 수 있도록 환경을 만들어 주어야 할 것이다. 교육의 첫 번째 목표
는 그런 환경을 만들어 주는 일이다. 아이들은 모두 제각각의 특별한
몫을 갖고 있으며, 그 분야에 특별한 관심을 갖고 있다. 아이들이 자
기의 몫에 따라 그 특별한 일을 해낼 때, 아이들의 미래는 밝을 것이
다.

교육의 진정한 목표는 일정한 교육 과정에 따른 획일화된 사람을
만드는 것이 아니라, 자연스럽게 선택한 교육과정에 따라 자신을 성
취해 가는 특별한 사람을 만드는 것이다. 특별한 사람은 그들의 몫에
따라 그 분야에 최선을 다할 것이다. 성적표를 받을 때마다 한 달에
한 번씩 죽어 가는 아이들을 보면서, 자기가 하고 싶은 분야를 하기
에는 너무도 많은 제약이 따르는 교육 현장을 보면서, 모든 아이들이
자연스럽게 그들의 몫을 해나가는 아름다운 교육의 현장을 꿈꾸어
본다.

오래 전 한 학생의 섬뜩한 죽음의 현장을 지켜 보면서, 죽어 가고
있는 아이들의 모습을 보았다. 성적을 비관해서 자살하는 아이들, 주
위의 매서운 눈초리를 견디지 못하여 집을 뛰쳐나오는 아이들, 그 아
이들을 죽음으로부터 끌어안을 수 있는 것은 그들의 특별함을 인정
해주는 일이다. 미술을 좋아하는 철수는 화가가 되고, 피아노를 좋아

하는 영희는 피아니스트가 되고, 글을 잘 쓰는 준태는 작가가 되고, 용감한 철수 친구는 군인이 되어야 한다.

　특별한 곳에 관심을 둔 아이들이 그들의 몫을 충분히 해내는 교육 여건을 만들어야 할 것이다. 그것은 어른들의 특별한 정성과 노력으로 가능할 것이다. 날마다 풀이 죽고 시들어 가는 아이들이 아니라, 날마다 푸르게 살아나는 아이들이어야 한다. 특별한 철수가 많으면, 푸르게 살아나는 아이들이 더 많아지는 신나는 세상이 될 것이다.

길들여지는 아이들

수일이와 수일이 김우경 지음, 권사우 그림, 우리교육, 2001.

1.

지난 봄 초등학교 3학년인 아들 녀석이 학교 앞
에서 친구에게 병아리 한 마리를 얻어왔다. 작은
병아리는 잘 죽기도 하지만, 아이들 손길을 견디
지 못하면 곧 죽을 것은 뻔한 일이기도 하고, 더군
다나 비좁은 아파트에서 키울 수가 없다고 돌려
보내라고 했다. 울면서 다시 그곳으로 가긴 했는
데, 이미 병아리 장수는 돌아가고 없다면서 다시
갖고 왔다. 그예 집에 들여 온 짐승을 죽은 채 돌
려 보낼 수 없어서 키우기로 했는데, 여간 성가신
일이 아니었다.

작은 박스로 집을 만들어 손을 타지 못하게 하고
는 애지중지 사료를 주면서 키웠는데, 아이들의 손
을 타지 않은 병아리는 잘 자랐고, 몇 개월 사이에
작은 볏이 돋으면서 건강한 수탉으로 성장하였다.

베란다에 놓아두고 먹이긴 했지만, 닭의 배설물로 집 안이 온통 엉망이 되었다. 간편하게 닭장을 만들어 가두어 키우면서 아이들에게 갇혀 있는 닭이 불쌍하지 않느냐고 자기 자리로 돌려 보내자고 했다.

좀더 넓은 공간에서 날개짓을 하면서 살 수 있는 곳을 생각하다가, 노인정의 마당에서 키우면 적절하다 싶어 그곳에 보냈다. 그렇게 보내고 돌아오면서 다시는 집에 동물을 들여놓지 말자고 했다. 그것은 그들의 자유를 구속하는 일이기 때문이다.

> 새가 새장에서 견딜 수 있는 것은
> 새장을 새장으로 여기지 않기 때문이다
> 온실의 구석에서 겨울을 나며
> 부리에는 조그만 햇살을 물고 논다
> 아무리 날아도 더할 수 없이 네모난
> 하늘, 하늘 속의 새의 자유
> 한나절이면 둥지 속에
> 두어 개의 슬픈 새알을 낳으러 간다
>
> —이동순, 「새의 自由」에서

갇혀 있는 존재는 갇혀 있다는 사실을 모르거나 인정하지 않기 때문에 그곳에서 살아갈 수 있다. 새장 속의 새는 새의 자유를 잃어버린 채, 그곳에 자기만의 우주를 생각한다. 새는 새장 안에서 모이를 먹으면서 그들의 자유를 잃어버렸다는 사실을 잊고 살아가는 것이다. 참새를 좁은 새장 안에 가두어 두면 십중팔구는 며칠을 견디지 못하고 죽고 만다. 사람이 오면 이리저리 새장의 창살을 거머쥐고 날다가 기어코 제 성질을 이기지 못하고 죽는다. 새장 안에서 새가 살아갈 수 있는 것은 새장 안에서 견딜 수 있도록 길들여짐에서 시작한다.

　사람들이 동물원에서 동물을 보면서 즐기는 것은 사람들이 그들의 자유를 얼마나 구속하는지를 모르기 때문이다. 동물원의 사자는 이미 밀림의 왕이 아니라, 길들여진 동물일 뿐이다. 원숭이는 창살에 갇혀 사람들이 주는 먹이를 받아먹으면서 그들이 갇혀 있다는 사실을 잊고 사는 것이다. 동물원에 가면 슬퍼지는 까닭은 그들의 자유를 구속하는 인간의 야속함도 야속함이려니와 그들이 길들여진 것도 모른 채, 살아가는 모습이 슬프기 때문이다.

　집에서 기르는 동물에게 잘 해 주는 것이 동물들을 사랑하는 것인 양 생각하는 것은 사람들의 이기심일 뿐이다. 동물들의 마음이야 모두 헤아릴 수 없지만, 동물들은 놓여나서 살고 싶어할 것이다. 동물들도 이 땅에서 하나의 생명으로 태어나 살아가고 있으며, 그들은 동등한 입장에서 인간들과 함께 살아야 하는 생명체일 뿐이다. 사람들의 이기심이 거대한 자연을 파괴하고 무너뜨리듯이 동물들을 길들이면서 동물들을 죽이고 있는 것이다. "새가 새장에서 견딜 수 있는 것은/새장을 새장으로 여기지 않기" 때문이듯이 사람들은 동물들을 길들이고 있는 것이다. 동물은 동물일 뿐만 아니라, 인간과 더불어 살아가는 자연의 일부이다.

　우리의 교육도 동물을 길들이듯이 아이들을 길들이는 교육이 되어서는 안 된다. 교육의 현장은 아이들을 가르치고, 공동체 속에서 함께 성장할 수 있는 건전한 의식을 심어주는 것이다. 그동안 늘 새로운 아이들을 만나면서 우리 학급은 "더불어 하나되는 공동체"가 되자고 했다. 내남이 없이 자기만을 강조하는 세상에서 나와 남이 더불어 살아가는 사회라는 생각을 하게 될 때, 교육의 기본이 바로 서는 나라가 될 것이다. 아이들을 길들이고, 편하게 살려는 어른들이 만든 교육이 제도권 교육이다. 전인교육이라는 말을 하면서도 과도한 입시 위주의 교육과 영재교육을 만들어서 경쟁을 유발하고, 그 경쟁에서 낙오되지 않는 아이들을 만들기 위해 길들이는 교육을 하고 있다. 아이들을 길들이는 교육이 아니라, 아이들의 창의성을 살려나가는 교육이 무엇보다 필요하다.

3.

김우경의 장편동화 『수일이와 수일이』는 아동문학이 가진 상상력과 옛날 이야기, 현재 교육의 문제들을 잘 소화해낸 작품이다. 신기한 모험의 세계가 처음부터 끝까지 아슬아슬한 위기와 함께 전개되고 있다. 아이들이 읽어서 재미를 느낄 수 있는 동화이다.

여름 방학을 일주일 정도 남겨둔 어느 날, 수일이는 자기 집에 기르는 개 덕실이와 말이 통한다. 여름 방학 동안 내내 학원을 다니고, 놀지 못했던 수일이는 덕실이에게 그 힘든 일을 말하게 되고, 덕실이는 가짜 수일이를 만드는 방법을 가르쳐 준다. 옛날 동화에서 나오는 것처럼, 손톱을 깎아서 쥐를 주면 그것을 먹은 쥐가 사람이 된다는 말을 하게 된다. 수일이는 반신반의하지만, 덕실이의 말에 따라 수일이는 손톱을 깎아서 빈집에 놓아두고 돌아온다.

다음 날, 그 빈집에 가보니 가짜 수일이가 있었다. 진짜 수일이는 가짜 수일이가 다시 쥐로 돌아가고 싶다고 하소연하는 데도 불구하고 일주일만 수일이 노릇을 해달라고 한다. 수일이는 신나게 바깥으로 놀러 다니고, 가짜 수일이는 피아노 학원, 속셈학원, 바둑학원, 영어학원을 다니게 된다.

토요일, 수일이는 가짜 수일이가 쥐로 돌아가고 싶다는 애절한 호소를 무시하고, 아침 일찍부터 바깥에 놀러 나간다. 오후에 집으로 돌아와 보니, 가족들은 모두 해수욕장으로 휴가를 떠나버렸다. 수일이는 다음날 늦게까지 덕실이와 함께 집에서 보내면서 가짜 수일이를 만든 것을 후회한다. 휴가를 마치고 집으로 돌아온 가짜 수일이에게 다시 쥐로 돌아가라고 말하자, 가짜 수일이는 사람으로 사는 것이 좋다고 말한다. 오히려 진짜 수일이 보고 집을 나가라고 한다. 진짜 수일이는 가짜 수일이와 얘기를 하는 동안에 가짜 수일이는 진짜 수일이보다 훨씬 생각이 깊은 아이로 성장하고 있음을 알게 된다.

진짜 수일이는 이러다가는 정말 자기의 본래 모습을 찾지 못하겠다고 생각하고, 가짜 수일이를 몰아낼 방법을 찾는다. 약국에 가서 쥐약을 사서 몰래 놓아두기도 하고, 가짜 수일이를 태호네 고양이와 만나게 하기도 한다. 이 사실을 알게 된 가짜 수일이는 진짜 수일이를 집에서 나가라고 한다. 진짜 수일이는 가짜 수일이가 있다는 사실을 어머니에게 알리려고 하지만, 가짜 수일이는 어머니의 뱃속에 동생이 있다고 말하면서 엄마를 위해서 조용히 나가라고 한다.

고민에 빠진 진짜 수일이는 2층 할머니에게 가짜 수일이를 몰아내는 방법을 묻게 된다. 할머니는 쥐를 잡을 수 있는 것은 들고양이라야 한다는 말을 하게 된다. 진짜 수일이는 들고양이를 찾기 위해 덕실이와 함께 나간다. 덕실이가 처음 태어난 목재소에 가서 덕실이 누나를 만나게 되고, 덕실이 누나는 들고양이 방울이가 있는 곳을 가르쳐 준다. 진짜 수일이와 덕실이는 방울이를 기다리면서 가짜 수일이가 준 빵을 먹는다. 그 빵 속에는 가짜 수일이의 손톱이 들어 있었다.

피곤에 지친 진짜 수일이와 덕실이가 잠시 잠을 자고 일어나 보니 쥐가 되어 있었다. 쥐가 된 수일이와 덕실이는 수세미라는 쥐를 만난다. 쥐들과 함께 병아리 사냥을 하다가 수세미가 그만 물이 들어있는 고무물통 빠지고 만다. 수일이가 팽이줄을 떨어뜨려 수세미를 구하고, 돌아와서 늙은 쥐에게 사람으로 돌아갈 수 있는 방법을 묻게 된다. 늙은 쥐는 직접 고양이와 마주쳐보라고 한다. 그러면 진짜 사람과 개라면 본래의 모습으로 돌아갈 것이라고 한다.

진짜 수일이와 덕실이는 다시 밖으로 나와서 고양이를 기다리고 있다가 잠시 후 고양이와 만나게 된다. 너무 놀란 수일이와 덕실이는 기절을 하게 되고, 잠시 후 깨어나 보니 사람과 개로 변해 있었다. 본래의 모습으로 돌아온 수일이와 덕실이는 들고양이 방울이에게 사정 이야기를 하게 된다. 방울이는 집에서 기르던 고양이에서 들고양이로 돌아온 사정을 말하면서 길들여지는 것이 무엇인지를 말해준다. 마침내 수일이는 들고양이 방울이의 목에 있는 방울을 떼어주기로 하고, 가짜 수일이를 몰아내기 위해 집으로 돌아온다.

이 동화는 아름다운 우리말을 잘 구사하고 있어서 좋다. 우리말을 살려 쓰기도 어려운데, 익히 알지 못하는 좋은 말들을 골라 쓰고 있어서 더욱 좋다. 아이들이 읽을 동화라고 해서 아이들의 말을 그대로 쓰는 것도 아니고, 어른들의 대화라고 해서 어른들의 말을 그대로 쓰는 것도 아니다. 아이들의 입장에서 어른들의 말을 쓰고 있다. 거리의 풍경을 묘사하면서도 쉽게 외래어 간판을 쓸 수 있을 터인데, 이 작품에서는 으레 쓰이는 외래어 간판까지도 작가의 시선에서 걸러지고 있다. 여기에 나오는 간판의 이름을 모두 들어보면 금방 알 수 있을 것이다.

다솜 이불집, 보람 약국, 황소 마을, 대천목욕탕, 봉황삼계탕, 연지공원, 고향 쌈밥, 아지매 아구찜, 우리밀 칼국수, 동해바다 해물탕, 옛날 보리밥, 청솔 숯불갈비, 만리장성, 가마솥 곰탕, 흥부네 손만두, 사또 떡볶이집 사람들이 흔히 쓰니까 비판없이 그대로 쓰는 것이 아니라, 작가가 앞서서 걸러내는 것은 우리말을 배우고 어른들의 작품 속에서 세상을 배워나가는 아이들에게 아동문학가들이 해야 할 일이라고 생각한다. 사소하지만, "골목 들머리에서 2층 할머니와 할아버지를 만났다"(62쪽)고 하는 부분에서 잘 쓰지 않지만 일상화되면 좋은 "들머리"라는 어휘를 자연스럽게 사용하고 있다. 이 동화에서는 등장인물까지도 수일이, 덕실이, 도형이, 민철이, 종수, 나용이, 예주 누나, 태호네 고양이 슬비, 고양이 방울이, 쥐 수세미라고 하면서 재미있고 맛깔스러우면서도 친근한 이름을 쓰고 있다. 우리말을 잘 살려 쓰는 작가를 만나는 것은 행복한 일이며, 그 동화를 읽는 것은 아이들에게 매우 좋은 일이다.

그리고 이 동화는 재미있는 상상력과 사건의 반전을 잘 살려 쓰고 있다. 손톱을 깎아서 쥐를 먹이면, 쥐가 사람이 된다는 옛날 이야기를 끌어오면서 가짜 옹고집과 진짜 옹고집의 싸움까지도 적절하게 이용하고 있다. 모방 속에서 진정한 창작이 나올 수 있다는 고전주의 명제를 너무도 잘 보여주고 있다.

이 동화를 읽으면서 내내 긴장을 늦출 수 없는 까닭은 '가짜 수일이가 어떻게 할 것인가' 라는 문제부터 '진짜 수일이와 가짜 수일이가 다른 사람들에게 한꺼번에 부닥칠 수도 있지 않을까' 하는 긴장감을 불러일으키기 때문이다. 가짜 수일이가 준 빵을 먹고 쥐가 되어버리는 수일이와 덕실이의 모습을 보면서 사건은 새로운 전기를 맞기도 한다. 재미있는 구성과 사건의 반전은 흥미진진한 이야기로 만들고 있다.

또한, 이 동화는 아이들에게 길들여지지 않는 것과 본래의 자기 모습이 얼마나 중요한 것인지를 가르쳐 준다. 아이들은 간혹 또 다른 자기가 있었으면 하고 바라지만, 그것이 얼마나 고통스러운 일인지를 가르쳐 준다. 복제양 돌리도 인간의 무자비한 개발도 모두 문제가 있음을 가르쳐 준다.

이 동화를 읽으면서 인간의 무자비한 개발과 과학 만능주의의 복잡한 문제를 말하지 않으면서도 아이들에게 인간의 중요성을 스스로 깨닫게 한다. 수일이와 대화를 나누는 개 덕실이와 "어른들은 안 믿어"라는 그들만의 암호는 아이들과 어른들이 갖고 있는 단절의 문제를 적절히 보여주고 있다. 개와 대화를 나누고 쥐가 되어 그들의 생활을 아는 것은 동물의 세계도 그들만의 방식이 있다는 것을 가르쳐 준다.

늙은 쥐의 문세 해결 방식, 가짜 수일이의 현명한 판단, 고양이 방울이의 "길들여짐"의 말들은 동물들로부터 배우는 현명한 지혜를 보여준다. 태풍 매미가 지나갔는데도 전혀 손상이 없는 까치집의 모습에서 바람과 비를 다스릴 줄 아는 지혜를 배우듯이 아이들은 동물들의 생존 방식에서 새로운 지혜를 배워나갈 것이다. 쥐가 된 수일이의 모습에서 동물들의 세계를 다시 볼 수 있을 것이다.

문제의 해결 방식을 찾으면서 할머니와 늙은 쥐에게서 그 답을 구하는 것은 어른들의 지혜를 배우게 하는 계기가 된다. 할머니와 함께 자란 아이들은 버릇없는 아이들로 자라기도 하지만, 자유로움을 배우는 아이로 성장할 수도 있다. 아이들은 할머니가 그동안 살았던 생활 방식을 한꺼번에 배우는 것이다. 그 아이는 어른들의 삶의 무게와 지혜를 배우는 아이로 성장할 것이다.

현실과 환상을 넘나드는 방법도 자연스럽다. 잠과 기절이라는 간단한 방법으로 쥐에서 사람으로, 사람에서 쥐로 자연스럽게 바뀌고 있다. 가짜 수일이와 진짜 수일이가 함께 살면서도 들키지 않고 살아가는 것도 자연스럽다. 현실과 환상의 틈을 잘 연결해 가는 것은 판타지 기법에서 매우 중요한 문제인데, 이 동화는 너무도 자연스럽게 매듭지어 나가고 있다. 비록 이야기 형식의 기법 문제이긴 하지만, 이야기에서 갖추어야 할 치밀한 묘사가 돋보인다. 동네의 풍경과 주위의 장면이 세밀하게 묘사되어 있다. 읽는 사람들에게 그 장면이 눈앞에 펼쳐지듯이 선명하게 다가온다.

한참 걷다 보니 샛강과 만나는 커다란 수챗구멍 위에 와 있었다. 수챗구멍에서는 툽툽한 구정물이 쉴새없이 쏟아져 나와서 강물에 보태졌다. 희뿌연 거품들이 강물 속에 거꾸로 처박혀 있는 세발 자전거 바퀴에 걸려서 잠깐 머뭇거리다가 떠내려가곤 했다. 강에는 세발 자전거 말고도 부서진 우산, 깨진 화분, 콜라 병, 헌 구두, 바람 빠진 공 따위가 여기저기 버려져 있었다.

— 104~105쪽

묘사를 한 여러 부분 중에 골라 본 한 부분인데, 이 부분은 강물의 풍경이 잘 묘사되어 있다. 환경 오염의 심각한 문제를 짚어내기도 하면서 이야기의 사실성을 부여하는 효과가 있다. "샛강", "수챗구멍", "구정물"처럼 우리말을 살려 쓰고 있을 뿐만 아니라, 강물의 오염된 정도를 심각하게 보여준다.

이 부분을 읽으면서 아이들은 환경 오염의 심각성을 좀더 잘 알 수 있을 것이다. 이야기가 이어지면서 전혀 무리가 없이 끼어드는 현실의 문제는 샛강의 묘사에만 있는 것이 아니라, 복제 양 돌리의 이야기에서 나타난 인간 복제의 문제라든지, 수소폭탄개발에서 살상 무기의 문제점을 말한다든지, 아이들이 꿈꾸는 미래의 소망을 스스럼없이 말하게 한다든지 하는 따위에서도 잘 나타나 있다. 이 작가의 역량을 떠나서 아이들을 생각하게 하고, 작은 부분에서 세심한 배려를 하고 있는 것이 너무도 잘 드러나 있다.

이 미덕을 조금 미루어 놓고 나면, 이 동화는 몇 가지의 문제점을 안고 있다. 이 동화가 판타지와 현실을 넘나들면서 가짜 수일이가 나오는 부분은 판타지 문학이라는 점에서 충분히 설득력이 있다. 그러나 현실로 나타난 가짜 수일이가 빈집에 있다가 집으로 돌아와 적응하는 과정이 문제가 된다. 비누를 갉아먹고, 갑자기 딱딱한 음식을 좋아하는 가짜 수일이를 보고도 그냥 넘어가는 것은 그만큼 수일이에게 관심이 없었다는 말이 된다. 아니면 그동안 길들여진 아이라서 으레히 그렇겠거니 생각할 수도 있다. 수일이를 무시하는 부모들의 태도는 번번히 수일이의 말을 가로막는 것으로 되어 있다. 아무리 수일이가 부모들에게 실늘여진 아이라고 할지라도 수일이의 말을 들어주지 않고, 무시하는 것은 잘 이해가 되지 않는다.

또 다른 문제는 집에서 기르는 개 덕실이다. 덕실이는 이미 집에서 기르도록 길들여진 개이다. 진짜 덕실이의 모습은 무엇일까. 들고양이 방울이가 진짜 고양이의 모습이라면, 덕실이의 진짜 모습은 들개일 것이다. 수일이와 말이 통하고, 공을 갖고 놀기를 좋아하는 덕실이라는 개는 집에서 길들여진 개다. 진짜 덕실이는 공을 갖고 노는 개가 아니고, 컴퓨터 게임을 하는 수일이 옆에 우두커니 앉아 있는 개도 아니다. 쥐가 된 덕실이가 병아리를 먹는 장면이 진짜 덕실이의 모습일 것이다.

수일이의 귀여움을 받고, 수일이와 대화를 나누는 덕실이도 본래의 모습으로 돌아가야 한다. 방울이의 목에 있는 방울을 떼어 주듯이 덕실이를 묶어 놓은 끈도 끊어야 할 것이다. 가짜 수일이를 몰아내고 진짜 수일이를 찾아가는 동안에 덕실이는 주인인 수일이에게 충직한 개로 남는다. 그것이 진짜 덕실이의 모습은 아니다.

좀더 현실과는 거리가 먼 일도 있다. 쥐들이 병아리를 사냥하러 가는 장면이다. 이 부분은 이미 이오덕의 『어린이책 이야기』에서 적절히 지적하고 있는데, 어미 닭의 품에 있는 병아리를 물고 나오는 것은 불가능한 일이다(276쪽). 쥐가 집단으로 다니면서 사냥을 하는지 아닌지는 모를 일이지만, 제법 영리한 쥐들임에는 틀림이 없다. 쥐와 병아리의 생태를 동시에 알아야 좀더 정확한 전달이 가능할 것이다. 더 사실과 다른 것은 고무물통에 빠진 쥐가 물에 빠져 허우적대자 팽이줄을 고무물통으로 늘어뜨리고, 이 줄을 수세미가 잡고 올라오는 장면이다.

> 수일이는 팽이줄을 물고 물통 옆으로 돌아왔다. 수일이는 팽이줄 한 쪽 끝을 덕실이더러 물고 있으라고 하고, 다른 한쪽 끝을 물고 장독대로 올라가서 물통 속으로 늘어뜨렸다.
> "수세미야. 줄을 잡고 올라와. 힘을 내!"
> 수일이와 덕실이가 팽이줄을 물고 버티고 있자 마침내 수세미가 줄을 타고 물통 위로 올라왔다.
>
> — 202~203쪽

아무리 그 상황을 상상해 보아도 이해가 되지 않는다. 수세미가 물고 수일이와 덕실이가 당긴다면 모를까. 물에 빠진 수세미가 줄을 타고 올라온다는 장면은 상상하기 어렵다. 잘못된 부분이라는 생각이 든다. 현실 묘사가 뛰어난 작품이 이 부분에서 허점을 보인 것은 자칫하면 그냥 지나칠 수 있지만, 꼼꼼히 다시 살펴보아야 할 문제이다.

4.

가장 자유로운 교육을 받던 유치원 시절이 지나면 아이들은 서서히 통제를 받기 시작하고, 어른들에게 길들여지게 된다. 어른들의 소망에 따라서 아이들의 꿈이 뭉개지고 짓밟힌다. 점수로 아이들은 길들여지고, 사회의 여러 가지 여건에 따라서 아이들의 교육은 선택되어진다. 자발성이 아니라, 타율성으로 길들여진다.

이 심각한 교육의 문제가 진짜 수일이가 가짜 수일이를 만드는 까닭이다. 어른들의 교육에 길들여진 수일이가 엄마에게, 혹은 교육의 문제에 맞설 수 있는 방법으로 선택한 것이 공부하는 수일이와 노는 수일이를 만드는 일이다. 두 가지를 모두 할 수 있는 아이들은 없다. 모든 것에 뛰어난 아이들은 없다. 아이들이 좋아하는 일이 있고, 좋아하지 않는 일이 있나. 아이들은 자기가 좋아하는 일을 할 때는 날 밤이 새는 줄 모르고 한다.

우리 나라의 획일화한 성적 위주의 교육 때문에 아이들은 나날이 길들여진다. 아이들은 한 달에 한 번씩 주눅이 들고 길들여진다. 애완용 동물을 기르는 것처럼, 아이들은 길들여지는 것이 아니라, 자유로운 의지에 따라 교육을 받고 진짜 자기의 모습을 만들어 간다. 수일이가 들고양이를 통해 그동안 어른들에게 길들여진 자신을 깨닫듯이 아이들은 모두 본래의 모습을 찾아야 한다. 야생의 모습은 자연의 모습이고, 아이들은 자연에서 진정한 자신의 모습을 찾아야 한다.

어른들에게 길들여지는 아이들이 아니라, 어른들에게 새로운 삶의 방식을 보여주는 아이들이 많아야 한다. 아이들이 좋아하는 일을 하지 못하게 원천 봉쇄하는 우리 사회와 그에 부응하는 우리 교육은 길들여지는 아이들만 만든다. 진짜 수일이를 찾듯이 길들여지지 않는 진짜 아이들의 모습을 찾아주는 올바른 사회와 교육 여건을 만들었으면 한다.

산만한 무지개의 꿈

땅에 그리는 무지개 손춘익 지음, 김세현 그림, 창작과비평사, 2000.

1.

손춘익의 소년소설 『땅에 그리는 무지개』는 현실과 상상을 잘 구별하지 못하는 산만한 무지개의 꿈을 보여준다. 소설은 삶의 양식을 허구로 짠 이야기이다. 실제의 이야기를 그럴듯하게 꾸며내었지만, 그것은 진실이 담긴 현실의 삶을 드러내는 방식이다. 더군다나 작가의 이야기를 제재로 택한 자전소설, 실화소설, 성장소설은 사실을 허구로 꾸며낸 것이지만, 그 속에는 사람살이의 진정한 모습을 담아내고 있다. 소설의 기본 명제는 허구 속의 진실이다. 이 소설은 무지개의 상징성을 애매하게 처리하면서 주인공의 삶을 지나치게 꾸며내고 있다. 동화도 예외가 아닐 것이며, 성장소설도 소설의 범주에서 적용될 것이다.

2.

우선 이 소설의 줄거리는 이렇다. 한국전쟁이 끝난 1950년대 중반의 이야기이다.

강포(포항)의 서산이라는 마을에서 가난하게 살아가던 나는 먼 외가 친척의 소개로 대구의 서문시장에 있는 문방구점 점원으로 취직을 한다. 문방구점 점원으로 일하면서 야간 중학교에 진학하려고 하지만, 주인 아저씨의 반대로 포기하게 된다. 그 대신 틈만 나면 서점을 찾아가서 책을 사서 읽으면서 문학 소년의 꿈을 기운다. 이 문방구점의 점원으로 먼저 와 있던 길수는 내가 야간 중학교로 진학하려는 꿈이 이루어지지 않은 것을 알고는 서울로 올라가자고 유혹한다.

길수는 주인 몰래 물건을 빼돌려 이웃집 금은방 친구와 함께 서울로 간다. 함께 서울로 가기로 한 길수가 약속을 어기고, 혼자 서울로 떠나 버린 것이다. 길수가 서울로 떠나고 나서 얼마 뒤 주인 아저씨는 청송에 있는 한 아이를 데려오라고 한다. 그곳으로 가는 도중 한진도라는 중학교 영어 선생님을 만난다. 한진도 선생님은 검정고시로 중학 과정을 마치는 방법과 고등학교를 졸업하고, 대학까지 진학할 수 있는 방법을 가르쳐 준다.

1년이 지난 어느 날, 길수는 거지꼴을 하고 찾아온다. 길수는 서울에서 돈을 모두 빼앗기고 함께 간 친구들끼리도 서로 다투어서 뿔뿔이 흩어지고 말았다고 한다. 나는 꾸준히 공부를 하여 세 번만에 고입 검정고시에 합격하고, 다시 몇 년 뒤 대입 검정고시에 합격한다. 야간 대학교에 진학하면서 주인 아저씨는 성실하게 일한 내게 작은 문방구를 하나 내준다. 공부를 하면서 꾸준히 습작을 해온 나는 마침내 신춘문예에 당선된다. 시상식을 하러 가는 도중의 열차에서 물건을 파는 길수를 만난다.

　큰 골격을 따라 읽으면, 한 인물의 일대기를 그린 성장소설로서, 가난하지만 착한 마음씨로 살아가는 소년의 성공기를 잘 보여주는 동화이다. 그동안 잊어버리고 살았던 과거의 가난한 생활과 그 속에서도 순수하고 아름다운 인정을 다시 생각하게 한다. 이 소설은 아버지의 과거 이야기를 아이들에게 담담하게 들려주고 있어서 따뜻함을 느낀다. 과거의 어려웠던 시절, 어른들의 삶의 모습을 잘 보여주고 있다. 그 시절에 그릴 수 있는 것은 무지개의 환상이 아니라, 처참한 생존이었다. 그 처참한 생존의 현실을 극복하고 끝내 문학의 길을 성취한 소년의 성공기는 아이들에게 깊은 감동을 줄 것이다.

　소설의 서두에서 말하고 있는 것처럼, "지금은 비록 시궁창 속에 빠져 있다고 해도 내일은 다시금 새 길"을 찾아갈 수 있을 것이다. 그것은 아이들에게 절망을 극복하고 새 길을 열어 나갈 수 있는 힘을 주는 일이다. 이 동화는 당대의 현실을 직접 체험한 어른의 목소리가 자전(自傳)의 형식으로 드러난 성장소설이라는 점에서 분명한 의의가 있으며, 가난한 생활을 딛고 자신의 꿈을 실현하는 문학 소년의 용기와 의지가 잘 그려져 있어서 깊은 감동을 준다.

　다시 찬찬히 훑어보면, 이 소설은 과거의 척박한 현실을 너무도 아름다운 무지개로 그려내고 있다는 심각한 문제점을 발견할 수 있다. 하늘에 보이는 무지개가 빛이 만들어낸 환영이라면, 땅에 그리는 무지개는 구체화된 색으로 표현되는 현실이다. 환영과 현실은 다르다. 환영을 이야기로 꾸며내는 것은 판타지이고, 현실을 꾸며내는 것은 소설이다. 판타지는 판타지로 읽고, 생각하기 때문에 그 나름대로 상상의 세계를 끌고 가는 가치가 있다. 현실의 이야기를 느닷없이 환상으로 끌고 간다면, 그것은 허위의 세계를 이야기하는 꼴이 되고 만다.

우리가 익히 알고 있는 동화 중에 하늘의 무지개를 좇아서 산을 넘어가던 소년의 이야기가 있다. 그것은 현실의 이야기가 아니라, 상상의 세계에서 꾸며낸 이야기일 뿐이다. 무지개를 좇는 소년의 이야기는 현실성이 없는 이야기를 상징하여 보여주었기 때문에 무리가 따르지 않는다. 무지개는 빛이 만들어낸 가공의 환상이다. 그 무지개를 잡으러 가는 아이의 이야기도 환상을 좇아가는 상징화된 이야기일 뿐이다.

손춘익의 『땅에 그리는 무지개』는 과거 어른들이 살았던 시절의 이야기를 그대로 실려 쓴 소설이다. 이 소실에서 무지개를 잡으러 가는 소년의 꿈은 분명히 환상의 무지개인데, 현실과 상상을 넘나드는 이상한 무지개의 꿈이 되고 말았다. 이 소설은 무지개를 잡으러 가는 환상이 현실에 투영되는 방법에 문제가 있다. 처음부터 끝까지 이상한 무지개 꿈을 쫓아가는 이야기이다.

언젠가는 반드시 내 무지개를 잡으러 가리라. 그곳에 가면 얼마나 행복할까. 아마 나는 백마를 탄 왕자처럼 씩씩하고 힘찬 소년이 되리라. 아아, 그리고 저 가엾은 초록빛 들판을 바람처럼 힘껏 달려가리라. 어쩌면 지금이 바로 그때인지 모른다. 지금 내 앞에는 한없이 크고 넓은 세계가 열려 있는 것이다. 바야흐로 나는 지금 그 세계를 향해 힘찬 날개짓을 하려는 터였다.

이윽고 꿈 많은 어린 소년을 태운 버스가 부르릉거리며 움직이기 시작했다.

— 19쪽

여기서 소년이 잡으려고 하는 무지개는 무엇일까. 초등학교를 졸

업하고 아버지가 돌아가시고 편모와 누나와 형이 있는 집에서 가난
하게 살았던 소년이 대구를 향해 가면서 무지개를 잡기 위한 다짐
을 하는 말이다. 백마 탄 왕자의 꿈을 꾸고 있는 이 소년의 꿈은 무
엇일까.

이 동화의 처음 부분에 해당하는 무지개의 꿈인데, 모두 상징화되
어서 이 소년이 그토록 감탄하고, 다짐하는 무지개의 꿈이 무엇인지
도무지 알 수가 없다. 크고 넓은 세계가 소년이 꿈꾸는 무지개의 꿈
인가. 이 얼마나 아름다운 꿈으로 치장한 허구인가? 가없은 초록빛
들판을 바람처럼 달려가려는 소년의 꿈은 이상한 상상의 무지개를
그리고 있다. "꿈 많은 어린 소년"으로 마무리까지 하고 있다. 이야
기는 과거의 일을 그대로 살리고 있으면서도 소년의 꿈은 무지개라
고 하는 이상한 꿈만 열거하고 있다. 구체화된 꿈이 없다.

이 동화가 과거의 이야기를 바탕으로 한 작가의 자전형식 성장소
설이라면 좀더 구체화시켜서 "작가"나 "학자"가 되는 꿈이라고 밝힐
수 있을 것이다. 그러나 소년이 말하고 있는 무지개의 꿈은 로맨틱하
게 치장되어 있을 뿐이다. 무엇을 향한 어떤 날개짓일까. 예의 주시
하면서 읽어나가 보자. 그래도 여전히 뜬구름 잡는 무지개의 꿈이다.

나는 지금 한발 한발 무지개를 향해 가는 중이다. 아 그런데, 이래서는
안 되는데… 무지개는 하늘 높이 떠 있는데, 어쩌자고 나는 땅에서 머뭇
거리고 있는 것일까. 하늘 높이 훨훨 날아야 하는데…

다시 나는 어둠 속에 빠져 허우적거린다. 바다보다 깊은 수렁 같은 어
둠이다. 나는 마치 한 마리 벌레처럼 그 어둠의 수렁 속으로 점점 빠져들
고 있다. 〔…중략…〕 그 순간 별안간 눈부신 빛이 나를 향해 쏟아진다. 찬
란한 무지개 빛이다. 나는 비로소 어둠에서 벗어난다. 아, 눈이 부시다.

이튿날 나는 가장 먼저 일어났다. 아마 낯선 방에서 잠이 든 탓인지 밤

새도록 온갖 꿈에 시달렸다.

— 59쪽

　서산을 떠나 대구에 도착하여 첫날을 보내면서 꾼 꿈이다. 공교롭기도 하지만, 무지개를 잡으러 가는 현실의 상황이 꿈에까지 이어지고 있다. 밤새 온갖 꿈을 꾸었는데, 마지막에는 결국 무지개를 만나는 꿈을 꾸었다. 더 이상 무지개는 소년이 미래에 실현하려는 어떤 목표를 상징하는 것이 아니라, 산만한 상징으로 남아있는 무지개가 되고 만 것이다.

　그래도 나는 행복했다. 가슴속엔 언제나 무지개가 살아 있으니 말이다. 언젠가 나는 반드시 그 무지개를 잡고 말리라. 꿈을 잃지 않은 소년은 비록 외롭더라도 착한 마음씨를 지닌다. 마음이 가난한 사람은 복을 받는다고 하지 않는가.

— 85쪽

　누가 누구에게 말하고 있는 것인지 분명하지 않지만, 나는 반드시 무지개를 잡으려고 한다. 무슨 무지개일까. 이 동화의 중간쯤 해당하는 부분을 읽었는데도 여전히 소년의 무지개 꿈은 나타나지 않는다. 꿈을 잃지 않는 소년이 착한 마음씨를 갖고 살면 그 사람에게 자연스럽게 주어지는 운명의 무지개인가. 그래서 소년은 대구의 시외버스 터미널에서 멀미를 하느라고 고생한 순녀에게 어머니가 아끼고 아껴 모아 주신 돈 백원을 아무런 이유도 없이 건네주는 것인가.
　순녀는 어머니가 곁에 있고, 자신은 혼자 몸으로 대구에 왔는데도 "올망졸망한 식구들을 힘껏 도와주고" 싶은 마음이 생기는 것일까. 측은지심(惻隱之心)은 인(仁)에서 우러난다는 공자의 말에 따른다 해

도 이 부분은 측은지심이라기보다는 꾸며진 어젊이라는 혐의가 짙
다. 무지개의 꿈이 산만하듯이 이야기 자체에 진실성이 결여되어 있
다. 이 부분은 나중에 덧붙이기로 하고, 계속 이상한 무지개의 꿈을
따라가 보자.

"난 책이나 열심히 읽고 부지런히 공부할거야. 나는 무지개를 잡으려
해. 저 하늘에 걸려 있는 일곱 빛깔 무지개 말야."
"자식, 공부를 해서 어떻게 무지개를 잡나? 비행기 조종사가 돼야지.
아마 그래도 불가능할지도 몰라. 무지개는 하늘에 떠 있지만, 막상 가까
이 가면 점점 더 멀어지니까. 무지개는 허깨비야. 보이는 것 같아도 없단
말이야."
"아냐 그렇지 않아. 내 무지개는 늘 저 푸른 하늘에 있어. 대구에 오면
중학생이 될 줄 알았어. 중학생이 되면 나는 좀더 무지개에 가까이 다가
갈 텐데."

— 100쪽

이 부분의 대화도 상당히 선문답에 가깝다. 책을 읽어서 일곱 빛깔
의 무지개를 잡으려고 한다. 이 비현실성의 무지개를 두고 길수는 비
행기 조종사라는 현실의 목표를 말하고 있다. 그러나 나는 중학생이
되면 좀더 무지개에 가까이 다가갈 수 있다고 말한다. 나는 현실의
바깥에서 늘 로맨틱한 미래의 꿈을 말하고 있는 것이다.
이 때는 소년의 무지개 꿈이 중학교에 진학하는 것임을 알게 된다.
그러나 소년의 무지개 꿈은 몇 차례 바뀌었다. 내가 서산을 벗어나면
서 꾸었던 산만한 무지개의 꿈은 대구에 도착하여 서문시장에서 문
방구의 점원으로 일하면서도 얼마간은 목표를 정하지 못하고 길수를
따라 다니면서 헛된 시간을 보내게 했다. 처음 그가 품었던 무지개

90

꿈은 중학교에 진학하는 것이었다. 그러면서도 계속 문학을 사랑하는 사람이 되려고 한다.

그 꿈을 실현하기 위해 나는 시를 읽고 글을 쓰고, 착하게 살아가려고 했다. 그는 책벌레가 되었고, 한자 공부와 일기 쓰기를 하면서 꿈 많은 소년으로 변해가고 있다.

그의 첫 번째 무지개 꿈은 야간 중학교에 진학하는 것이었다. 이 꿈은 문방구점 주인이 거절하는 바람에 포기하고 만다. 그 다음 꿈은 길수의 유혹으로 서울에 올라가서 학교를 다니고 돈을 벌려는 꿈이었다. 이것도 길수의 배신으로 무산되고 만다.

마지막 꿈은 청송 도평면 부남리에 사는 심대길이라는 아이를 데리러 가는 도중에 만나는 한진도 선생으로부터 듣게 된다. 검정고시를 해서 중학교에 가고, 고등학교에 가고, 대학에 가는 것이었다. 한진도 선생을 만날 때도 여전히 나는 산만한 무지개의 꿈에 머물러 있었다.

"한 선생님, 저는 무지개를 잡으려고 해요. 저 하늘에 찬란히 걸려 있는 무지개 말예요. 내 꿈은 그 무지개를 잡는 거랍니다. 빨주노초파남보……"

"그래 참 아름다운 꿈이구나. 앞으로 그 꿈을 이뤄야지. 꾸준히 애쓰면 그렇게 될테지. 하지만 무지개는 반드시 하늘에만 있는 게 아니야. 어쩌면 네가 찾는 무지개는 바로 네 발 앞에 있는지도 몰라. 하늘만 바라보지 말고 네가 날마다 딛고 사는 땅에 네 힘으로 한번 그려보란 말야. 나도 어린 시절에는 집이 가난해서 중학교를 못 다녔어. 그 대신에 검정고시 준비를 해서 대학에 바로 들어갔지. 대학도 고학으로 졸업했고."

— 129쪽

이 얼마나 황당한 말인가? 내가 버스에서 처음 만나는 한진도라는 선생님에게 허황한 무지개의 꿈을 말하자, 한진도 선생도 함께 장단을 맞추어서 허황된 무지개의 꿈을 꾸지 말고 땅에 네 힘으로 그려보라고 한다. 이 무슨 선문답이란 말인가?

소년은 한 선생님께 장차 무엇이 되겠다 어떤 일을 하겠다고 한 사실이 없고, 한 선생님은 이 소년이 잡으려고 하는 무지개의 꿈이 무엇인지도 모른다. 그런데도 "참 아름다운 꿈"이라고 말한다. 무엇이 아름다운 꿈이란 말인가? 무지개의 상징성을 너무 지나치게 표현하려다가 엉뚱한 선문답이 되고 만 셈이다.

이 두 사람의 대화가 좀더 현실성 있게 되려면, "너의 꿈은 무엇이냐. 다음에 무엇이 되고 싶으냐", 그러면, "저는 글을 쓰는 사람이나, 책을 많이 읽어서 학자가 되고 싶어요"라고 하는 현실성 있는 물음이 되어야 하고, 현실성 있는 답변이어야 한다.

그런데 이 두 사람의 대화는 이상한 무지개의 꿈만 말하고 있다. 처음부터 황당하고 뜬금없이 말한 무지개의 꿈이 여기에서도 구체화되지 못하고 있다. 이제 소년은 땅에 그리는 무지개를 잡으려고 한다. 그것은 공부를 해서 중학 과정 검정고시에 합격하는 것이다. 여기서 짚고 넘어가야 하는 것은 한진도 선생이다.

영어 선생 한진도의 말을 빌리면 검정고시로 대학에 들어갔다고 하는데 그것은 무슨 말인가? 우리 나라에서 검정고시로 대학에 들어간 사실은 이미 교육사에 알려진 일이다. 검정고시는 1925년 일제하 조선총독부에 의하여 서울과 평양에서 실시된 검정고시에서 유래되었다. 이 제도는 1903년 일본 문부성이 칙령으로 공시한 "전문학교 입학자격 검정규정"에 근거한 것이었다.

1940년 4월에는 대학 예과와 고등전문학교에 영어를 없애고, 중등학교 입시에 일본어 시험만 치게 한다. 그 후 1950년에 "대학 입학자

격 검정고시 규정”이 문교부령으로 공시되었다. 1951년에는 “고등
학교 입학자격 검정 규정”이 교육부령으로 고시되었고, 1968년에는
교육법시행령을 개정하면서 대학입학자격 검정고시를 대학입학 예
비고사와 구별하기 위하여 “고등학교 졸업학력 검정고시”로 개칭하
였다.

한진도 선생은 “서른 몇 살쯤 되어 뵌다”(126쪽)고 하는데, 그러면
적어도 1920년을 전후하여 태어났다고 할 수 있다. 한진도 선생이
중학교를 못 다니고, 검정고시를 쳐서 대학에 들어갈 때는 일제 강점
기 말이다. 그 폭압의 상황에서 한진도 선생은 가난해서 중학교를 못
다녔으면서도 검정고시를 준비를 해서 바로 대학에 들어갔다. 1940
년대 중반 경 일제의 탄압은 극도에 달했고, 우리 나라의 수많은 청
년들은 학생 근로대를 조직하였으며, 일제의 강제 징용과 학병으로
끌려갔는데, 한진도 선생은 검정고시로 대학을 졸업했다는 것이다.
한진도 선생부터가 이상한 무지개의 꿈을 이룬 인물이다. 현실성이
없다.

한진도 선생을 만난 다음부터는 땅에 그리는 무지개를 좇느라고,
이상한 무지개의 이야기는 나오지 않지만, 산만하고 뜬금없는 이야
기들은 군데군데 나온다.

주인 아저씨는 나를 청송으로 보내면서 대길이를 데리고 오라고
한다. 이미 대길이 어머니는 대구에 있는데도 불구하고, 주인은 나를
시켜서 직접 데려오게 한다. 내가 처음 서문시장을 찾아 올 때는 포
항에서 차를 타고 대구에 내려서 물어서 찾아왔지만, 대길이는 내가
직접 데리러 간다. 대길이 동생이 6학년이므로 적어도 대길이는 중
학교 1학년쯤 되었을 것이다. 내가 열네 살이고, 중학교 2학년 나이
이므로 대길이와는 터울이 많지 않다. 동갑 아니면 한 살 위이다. 같
은 상황이거나 비슷한 상황임에도 불구하고 대구에 오는 과정은 너

무도 다르다.

이것은 사건의 필연성이라기보다는 우연성이고, 작의성(作意性)이다. 산만한 무지개의 꿈이 소설의 틀 자체를 무너뜨리고 있는 것이다.

다음은 사투리의 문제이다. 앞부분에는 사투리를 살려 쓰고 있으면서도 그 다음부터는 대개 표준어를 쓰고 있다. 대길이를 만나는 장면에서 간혹 보이고, 아줌마들의 말은 간혹 경북 지방의 사투리를 쓰면서 다른 말들은 모두 표준어를 쓰고 있다. 처음부터 표준어를 쓰든지, 아니면 사투리를 살려 쓰든지 하면 좋을 것이다. 경북 지방의 사투리 중에서도 포항 지역의 사투리는 참으로 귀한 언어 자료이다. 아이들에게 일부러 사용하게도 해야 하는 것을 표준어로 쓴 것은 옳지 못하다. 인상 깊은 사투리 몇 마디는 남겨 두어야 할 것이다.

"아이고, 여 앉으소. 솔가해서 이사 가는가베. 집 떠나면 고생인데, 어린 것들하고 쯧쯧쯧…"
"아이고 모친요. 고맙니더."

— 25쪽

아직도 남아 있는 우리말의 아름다운 흔적과 인정은 이 사투리에서 알 수 있다. 사투리를 일상 언어에서 사용하는 것은 우리말의 뿌리를 찾아가는 일이다. 사투리를 애찬하는 것이 아니라, 중앙의 편중화에 따라 어느새 고유한 사투리까지 쓰지 못하고 주눅들어 살아가고 있는 지방 문인의 모습이 때론 안타깝기 때문이다.

살려 써야 할 사투리를 일부러 고쳐 놓는 것은 옳은 일이 아니다. 말은 풍부해야 하고, 다양해야 하고, 자유로워야 한다. 사투리는 그 지역의 인정을 잘 드러내는 아름다운 말이다. 굳이 표준어를 사용하지 않아도 되는 곳은 사투리를 살려 쓰는 것이 좋은 일이다.

또한, 상황의 앞뒤가 맞지 않는 부분도 있다. 버스가 청송 도평에서 출발하여 대구로 오다가 고장이 나서 멈추어 서게 되었다. 구절초가 피는 계절이고, 초가을인데도 차 안에는 모기가 극성을 부린다. 요즘같이 환경오염이 심각해서 여름과 가을이 분명하지 않아서 가을도 여름 같다면 모르겠지만, 그 시절에는 초가을에 모기가 극성을 부렸을지 의문이다. 서늘해서 모기가 달아날 정도의 계절일 터인데, 모기가 극성을 부리는 것은 상황에 잘 어울리지 않은 부분이다.

같은 장소인데, 조수와 운전수가 부속품을 가지러 간다고 하면서 내일 아침에 차가 출발할 수 있다고 한다. 그 차 속에 조수와 나, 대길이 셋만 남는다. 지나가던 어떤 아주머니와 소녀가 소를 몰고 가다가 차창 안에 웅크리고 있는 나와 대길이를 본다.

한참 후, 어둠이 내린 밤이었는데, 아까 소를 몰고 가던 소녀가 보리밥과 된장찌개를 들고 온다. 소녀의 어머니가 오는 것이 상황에 맞는 일이지, 초가을 일찍 해가 떨어지는데, 밤에 소녀 혼자서 차 안에 있는 사람들이 걱정이 되어 밥을 갖다 주고는 서둘러 간다는 것은 상황에 맞지 않다.

서산에 살고 있는 모습도 그렇다. 누나는 통조림 공장에 취직해 있고, 형은 야간 고등학교에 다니고, 어머니는 행상을 하는데도 내내 밥을 굶는다. 보다 못한 이웃이 먹던 죽을 보내기도 한다. 나는 초등학교를 졸업하고, 두 해 동안 상점의 점원 노릇을 하고, 몇 달을 빈둥거리기도 했지만, 돈을 벌기 위해 노력했다. 가난으로 힘들고 고단한 생활이었다는 것을 지나치게 드러내느라고 그만 비참한 상황을 만들고 만 셈이 되고 말았다.

내가 서산을 떠나 대구로 오는 도중의 일이다. 차 안에서 연신 구토를 하는 순녀라는 소녀가 있는데도, 운전기사는 잠시 차를 세워 주지도 않고 시외 버스 터미널에 도착한다. 청송에서 도평 고개를 넘을 때는 잘도 세워서 일제히 소변을 보기도 하는데, 순녀가 구토한 이물질 때문에 차 안에 온통 냄새가 나는데도 막무가내로 달리기만 하는지 모를 일이다.

뿐만 아니라, 순녀의 역할이 뚜렷하지 않다. 나중에 서문시장에서 국밥집을 한다는 것과 내가 간혹 찾아가서 국밥을 먹었다는 것뿐이다. 순녀와 나는 무슨 영향을 주는 관계일까. 처음 만나는 인물도 순녀이고, 길수와 만나는 자리에 있는 것도 순녀인데, 이 소설에서 그녀의 역할은 없다. 국밥집을 하는 어머니 곁에 그리고 소년 곁에 묵묵히 있는 존재일 뿐이다. 나는 멀미를 한 순녀에게 차에서 내리면서 비상금으로 가져 온 백원을 건네 준다. 열두 살의 소년이 낯선 도시인 대구에 도착하여 불쌍하게 보이는 소녀에게 돈을 건네 준다. 이것은 나의 착한 심성을 드러내려고 하는 것인데, 오히려 어색하게 되고 말았다.

다음은 사족(蛇足) 문제이다. 이 작품의 배경이 되는 서산과 대구, 청송은 실제의 지명이다. 서산은 포항시 용흥동 용흥고가도로 옆에 산이고, 서산 밑 동네는 그 고가도로의 좌우에 나지막이 숨어있는 마을이다.

"서산 밑은 강포(포항의 작품속 지명)에서 가장 가난한 사람들이 모여 사는 산밑 동네로 밤이 가고 찬란한 아침해가 떠올라도 굴뚝에서 연기가 나지 않는 집들이 많았다"(『영남일보』, 2002. 5. 17).

대구의 서문시장과 청송 가는 길, 서울역은 모두 이 소설의 공간 배경이 되고 있다. 이 공간은 모두 한국전쟁이 끝나는 54년경의 풍경이다. 대구의 달성공원과 서문시장은 이 동화의 주된 배경이다. 과거의 실제 공간을 배경으로 하면서 불필요한 말을 사용함으로써 산만하게 되고 말았다.

그 때는 시외 버스 터미널이 대구역 앞에 있었다. 동대구역은 생기지도
않았다.

— 33쪽

과거의 이야기를 하면서 그대로 과거의 이야기를 충실하게 말하면
된다. "동대구역은 생기지도 않았다"는 것은 사족(蛇足)일 뿐이다.
과거의 사실을 충실하게 전달하면 오히려 현재와 비교할 수도 있을
터이고, 공간의 배경을 잘 모르는 독자들은 대구역이 어디에 있는지,
동내구역은 어니에 있는시 모를 것이다. 그 사실이 그다지 숭요하지
않을 수도 있다.
　사족은 지나친 감정의 이입으로 이상하게 된 부분에서도 찾을 수
있다.

　"야아 꼴불견이네. 이것 좀 봐. 지금 사람들이 뭘 하는 거야."
　까치들은 이렇게 외쳐 대고 있는지도 모른다.

— 145쪽

청송에서 대구로 오는 버스가 산마루에서 잠시 멈춰 섰다. 사람들
이 우르르 내려 주변 아무데서 소변을 보고 있다. 나무 위에 있는 까
치가 까악까악 울자 이렇게 말할지도 모른다고 한다. 까치가 내려다
보고 있는 장면도 이상한데다, 까치의 속마음까지 말하고 있어서 이
상한 상황이 일어나고 말았다.
　사족은 불필요하게 인용한 시구에서도 찾을 수 있다.

　"뼈에 저리도록 생활은 슬퍼도 좋다,

저문 들길에 서서 푸른 별을 바라보자."

그 가난한 생활 속에서도 이런 시를 생각하는 소년도 있었다. 또 어떤 젊은이는 "가난이야 한갓 남루에(누더기 옷)에 지나지 않는다, 저 갈매빛 등성이를 드러내며 서 있는 여름 산 같은/우리들의 타고난 살결 타고난 마음씨까지야 다 가릴 수 있으랴" 하고 소리 내어 중얼거리기도 했다.

— 13쪽

앞의 시는 신석정(1907~1974)의 「들길에 서서」(『문장』, 1939)라는 시이고, 뒤의 시는 서정주(1915~2000)의 「무등을 보며」(『현대공론』, 1954)이다. 이 두 시가 소년의 어린 시절에 어떤 영향을 주었다는 것도 아니면서 인용한 의도가 무엇일까.

가난함 속에도 희망을 잃지 않고 살아가는 모습을 보여주기 위해서라고 할 수 있는데, 다분히 작의성(作意性)이 강하다. 신석정의 시는 일제 강점기에 발표된 시이고, 서정주의 시는 1954년경 광주의 조선대학교 교수로 있던 시절에 발표한 것이다. 신석정의 시를 생각하는 소년은 누구이고, 서정주의 시를 중얼거리는 젊은이는 누구일까. 가난함 속에서 시를 생각하는 사람은 비굴해지지 않는다고 하면서 이 부분을 인용하고 있다. 소년이 문학을 사랑하는 마음을 드러내기 위해서라고 하지만, 어딘지 이상하기만 하다.

3.

우리들이 꿈꾸는 무지개는 환상이 아니라, 현실이다. 손춘익의 소년소설을 읽으면서 우리 가족의 얼굴이 그려지는 것은 왜일까. 어쩌면 그 시대의 대다수의 시골 형편이 그랬기 때문일 것이다. 50년대와 70년대까지 산업화의 물결이 미치지 못했던 시기에는 어느 시골이나 힘들고 고통스런 현실이었다. 우리 가족은 무지개의 꿈을 꾸지 못했고, 길수처럼 현실에 주눅들어 살았다. 이 소설에 나오는 소년의 가정처럼, 우리 집의 경우만 해도 그랬다.

아버지는 결혼하기 전에 일제 말기에 구주 탄광으로 강제 징용을 갔다. 그곳에서 가까스로 탈출하여 일본의 오사카에서 해방을 맞이했다. 귀국의 시기를 놓치고 일본에서 머물다가 늦은 나이에 고향으로 돌아왔다. 아버지가 돌아왔을 때, 고향 우포(牛浦)의 주매 마을은 이미 빼앗긴 고향이 되어 있었다. 아버지는 무려 열세 살이나 터울이 지는 어머니와 늦은 나이에 결혼을 했다.

일제 시대에 빼앗긴 토지를 되돌려 받지 못한 할아버지는 기어코 나머지 전토를 정리하여 고향을 떠나 대구로 이사를 했고, 아버지와 어머니만 고향에 남게 되었다. 그 부모님 밑에서 우리 4남매는 성장했다. 일본에서 무일푼으로 귀국한 아버지는 물려받은 재산도, 전답도 없었다. 우리 가족들이 할 수 있는 일이란, 날품팔이와 소작, 남의 집 꼴머슴 정도가 고작이었다.

전쟁의 상처 속에 태어난 큰 형님은 일찍이 고모집 꼴머슴부터 시작하였고, 좀 자라서는 큰아버지 댁이 있는 대구 서문시장의 봉제공장에서 일했다. 어머니는 생선 장수, 아버지는 화물 하역꾼으로 생활고를 해결했다. 우리 가족의 생활은 늘 힘들고 고단한 생활이었다. 우리 가족은 척박한 현실에 늘 쫓기듯 살았다.

손춘익의 소설은 서문시장 봉제공장 재단사로 일했던 큰 형님의 우울한 생활을 유독 아른하게 떠오르게 한다. 큰 형님의 무지개는 무엇이었을까. 강제 징용의 늪에서 빠져 나오지 못하고 척박한 현실의 무게에 짓눌려 살았던 아버지의 무지개는 무엇이었을까. 이 동네 저

동네를 다니면서 생어물을 팔던 어머니의 초록빛 꿈은 무엇이었을
까. 이 소설은 이런저런 생각에 빠져들게 한다.

친구의 의미

막다른 골목집 친구 황선미 지음, 방대훈 그림, 두산동아, 2003.

1.

며칠 전 아들이 학교에 갔다가 집에 돌아와서는 몹시 우울한 얼굴을 하고 있었다. 또 학교에서 무슨 일을 저질렀나 생각하고 있었는데 저녁을 먹는 동안 내내 입이 뾰로통해 있었다. 그냥 지나치려고 하다가, 혹여 무슨 일인가 싶어서 물어 보았더니 "나중에 일기장을 보세요"라고 한다. 그러면서 내 방 책상에 와서는 일기를 쓰고 있었다.

잠시 후 일기장을 슬쩍 보았더니 일기장 가득히 자기 반 아이들 이름을 적어 둔 것이 아닌가. 이름 옆에는 별표, 가위표, 동그라미를 표시해 두었다. 궁금하기도 해서 자려고 하는 아들에게 일기장에 쓴 표시가 무엇인가 하고 물어 보았다. 별표는 친한 친구, 가위표는 전학을 간 친구, 동그라미는 축구를 함께 하는 친구라고 한다. 그 중에 별표와 동

그라미가 함께 있는 친구가 전학을 갔다는 것이다. 반 친구들 중에서 별표가 두 개씩이나 있는 가장 친한 친구인 기표가 전학을 갔다는 것이다.

3학년 때 만나서 친한 친구인 다빈이도 전학을 갔고, 이번에 기표까지 전학을 가버렸다는 것이다. 기표가 가고 나면 반 대표 축구 선수로 함께 뛰던 아이들이 모두 가고 없다는 것이다. 기표는 연락할 수 있는 방법도 없고 너무 갑자기 전학을 가는 바람에 선생님도 주소와 전화번호를 모른다고 한다. 낮에 집에 돌아와 전화를 했는데도 전화를 받지 않는다고 한다. 그러면서 베개를 끌어안고 훌쩍대고 있었다. 기표와 사귀었던 이야기를 들어볼 양으로 침대 맡에 다가가 앉았다.

지금 가장 고민하고 있는 기표를 만날 수 있는 방법을 가르쳐 주기로 했다. 기표가 어떻게 전학을 가게 되었는지 궁금해서 물었더니, 그저께부터 학교에 나오지 않았다고 한다. 오늘 아침에야 선생님께서 "기표는 아버지 사업이 부도나서 학교를 나오지 못하고 전학을 갔단다. 학교에 나와서 인사를 하고 가야 하는데, 그냥 간다고 하더라"는 것이다.

그러면서 내게 뜬금없이 "그런데 아버지 부도가 뭐예요"라고 묻는다. 대답할 말이 적당하지 않아서, "그것은 돈을 많이 쓰고 갚지 못했을 때 그렇게 되는 것이다"라고 말했다. 그랬더니 "기표는 돈을 많이 쓰지 않았는데, 왜 그렇게 되었지요"라고 한다. 철없이 순진한 아들을 생각하면 우습기도 하고, 기표와 헤어진 심정을 짐작해 보면 참 안되었다는 생각이 들었다.

기표는 일전에 집에도 놀러 온 적이 있는 아이였다. 얼굴이 똘망똘망하고 날렵하게 생겼으며, 작은 키에 조금 깡마른 아이였다. 같은 아파트에서 살다가 이사 간 또 다른 친구집에 기표와 놀러 간 아들을 데리러 갔다가 차에 태워서 집까지 데려다 주기도 하였다. 오는 길에 차 안에서 이것저것 물었더니, 참으로 밝게 대답을 했다. 어머니는 보험 회사에 다니고, 아버지는 공장을 하신다고 했다. 기표의 집 근처까지 데려다 주면서 친하게 지내라고 했더니 활짝 웃으면서 차에서 내리던 아이였다.

이렇게 착하고 꾸밈이 없는 친구인 기표가 전학을 갔다고 하니, 얼마나 마음이 아플까 생각해 보았다. 어떻게 하면 기표의 전화와 주소를 알아낼 수 있느냐고 하길래, 동사무소에 가서 주소를 말하면 이사한 곳을 가르쳐 주고, 전화번호도 바뀐 전화는 114에서 안내를 해준다고 했더니 그렇게라도 찾을 것이라고 밀했다. 오늘은 편안하게 자고 다음날 동사무소를 찾아서 주소를 알아서 편지를 하든지, 아니면 전화번호라도 알아 보자고 말했다. 그제서야 안심을 하고는 잠자리에 들었다. 내 책상으로 돌아와 앉아서 아들의 일기장을 보았다. 그 일기장에는 가위표를 한 아이들이 많이 보였다. 어른들이 안정되지 못한 때문인가, 도시에 살아가는 부유(浮游)하는 아이들의 모습이 쓸쓸하게 보였다. 어른들의 떠돌이 삶이 아이들에게 미리 이별 연습을 시키고 있다는 생각이 들었다.

2.

황선미의 창작동화 『막다른 골목집 친구』는 아이들에게 친구의 의미가 무엇인지를 가르쳐 주는 이야기이다. 가난한 아이들은 가난한 아이들끼리, 부잣집 아이들은 부잣집 아이들끼리 어울리는 요즘 아이들의 잘못된 사귐을 따뜻한 시선으로 감싸고 있다. 아파트의 평수에 따라 기가 살아나는 아이들, 좋은 옷을 입고 유행에 따르는 아이들, 생일 파티를 맥도날드나 피자헛에서 해야 따돌림을 받지 않는 아이들, 이런 아이들에게 친구의 의미는 무엇일까. 관포지교와 같은 사귐은 부평초처럼 떠도는 도시의 아이들에게는 이미 옛날 이야기일 뿐일까.

이 동화에 나오는 교통사고로 아버지를 잃어버린 가난한 아이 종호와 부잣집 아이 다빈이의 사귐은 아이들에게 친구의 의미를 생각하게 하고 따뜻한 감동을 준다. 시대가 바뀌고, 생각이 바뀌더라도 아이들의 마음은 한결같이 착하고 아름다운 마음을 가졌다. 소학(小學)에서 친구의 의미를 다음과 같이 말하고 있다. "유익한 친구는 믿음직하고, 진실하고, 들을 것이 많은 친구이다". 아이들이 친구를 사귀는 것은 처음으로 만나는 사람과의 관계이다. 이 최초의 관계 맺음이야말로 본성(本性)에 따르는 순수한 마음으로부터 시작해야 한다. 그러나 언제부터인가 아이들의 친구는 어른들이 생각하는 경제 수준에 따라 가름하게 되었다.

다빈이의 반에 지방에서 올라온 이종호라는 아이가 새로 전학을 온다. 전학 오는 날부터 같은 반 친구 훈이와 다른 아이들이 장난을 걸고, 반 아이들에게 놀림을 받는다. 종호는 횡단보도를 건널 때도 위험하게 건너고, 심지어 반 아이들은 급식시간에 싫어하는 반찬을 몰아서 종호에게 주기도 한다. 종호는 반장인 다빈이에게 호감을 갖고 친구가 되려고 하지만, 다빈이는 별로 달가와 하지 않는다.

어느 날, 다빈이 반에 은영이가 학원비를 잃어버리는 일이 생긴다. 아이들은 서로 범인이라고 생각하다가, 결국 은영이의 짝지이며, 얼마 전에 전학 온 종호가 그랬을 것이라 생각한다. 돈이 없어진 지 사흘째 되던 날 다빈이는 종호와 함께 햄버거를 먹으러 간다. 그때 종호가 만원짜리 두 장을 꺼내더니 한 장으로 계산을 하였다. 이 순간

그린이 : 방대훈, 『막다른 골목
집 친구』에서.

다빈이는 종호가 범인일 것이라 생각하고, 그 자리를 일어나 집으로
돌아간다.

　다음날, 다빈이는 종호가 범인이라는 사실을 알리는 쪽지를 적어
서 희망의 소리함에 넣는다. 선생님이 소리함을 확인하고, 종호는 선
생님에게 불려간다. 무거운 마음으로 집으로 돌아온 다빈이는 엄마
와 이야기를 하다가 은영이의 돈이 집에서 발견되었다는 말을 듣게
된다. 다빈이는 자기의 실수로 종호를 범인으로 몰았다는 생각에 괴
로워한다. 다음날, 종호는 학교에 오지 않았다. 은영이에게 그 사실
을 왜 일찍 알리지 않았느냐고 말하지만, 은영이는 제 잘못이 아니라
고 말한다. 선생님은 은영이의 돈이 집에서 발견되었다는 사실을 반
아이들에게 알리고, 은영이는 반 아이들에게 사과를 한다.

　다빈이는 종호가 돈을 훔친 누명 때문에 학교에 오지 못하는 것으
로 알고 있었는데, 선생님은 종호가 횡단보도를 건너다가 다리를 다
쳐서 학교에 오지 못한다는 말을 한다. 다빈이는 종호에게 사과하기
위해 종호의 집에 찾아간다. 서로 마음을 열고 친구가 되려고 하는
데, 다빈이 엄마에게서 전화가 온다. 다빈이 엄마는 학원에 가지 않

고 종호의 집에 놀러 간 사실에 화가 나 있었다. 종호의 집을 나서려
는데, 종호는 다빈이를 부른다. 다빈이는 종호에게 "다시는 나랑 안
논다고 해"라고 말한다.

　황선미의 동화가 가진 장점은 현실을 살아가는 어른들의 문제점
을 잘 찾아내고, 아이들의 일상과 심리를 세심하게 관찰하고, 아이
들의 마음을 따뜻하게 감싸는 데 있다. 이 동화도 어른들의 폭력과
아이들의 현실을 그대로 말하고 있으면서 누구에게나 일어날 수 있
는 평범한 이야기에서 감동을 주고 있다. 교통사고로 아버지를 잃어
버린 아이, 그래서 화가 나면 횡단보도에서 신호등이 바뀌자마자 뛰
어가는 버릇이 생겨버린 아이, 미용실을 하느라고 매일 바쁜 엄마와
실랑이를 하고, 더러는 매를 맞는 아이, 집에 돌아와서도 혼자서 저
녁을 해결해야 하는 아이, 종호는 가난하고 불행한 요즘 아이들의
한 모습이다.
　내남없이 요즘 아이들은 잡초처럼, 스스로의 일을 잘 해내는 아이
들로 자라고 있다. 끼리끼리 친구를 사귀고, 같은 학원에 다니는 아
이들끼리 어울리면서 다른 아이들을 왕따시킨다. 물질의 풍요로움으
로 가난을 모르고 자란 요즘 아이들에게 진정한 친구의 의미를 새삼
생각하게 하는 동화이다. 어른들의 시선으로 아이들의 이야기를 쓰
면서 아이들의 주위에 일어나는 일에서 감동을 느끼게 한다면 그보
다 더 훌륭한 동화는 없다. 이 동화는 현실에 뿌리를 둔 이야기이고,
그 이야기 속에 아이들에게 새로운 감동을 주는 좋은 동화이다. 어른
들의 잘못된 행태에 따라 변해버린 우리 아이들의 잘못된 친구 사귐
을 다시 한 번 생각하게 하는 동화이다.
　많은 어른들이 아이들을 폭행하고, 부모라는 권위로 짓누르고 통
제한다. 잘못된 행동을 하기 쉬운 아이들이고, 많이 미숙한 아이들인

데도 불구하고 어른들은 다른 아이들보다 우리 집 아이가 더 완벽하기를 바란다. 다른 아이들과 비교하면서 아이들을 더욱 주눅들게 하고 있다. 어른들이 만든 거대한 가치 판단의 기준에 따라 살아가는 아이들을 만들어 가고 있다. 엄마에게 종아리를 맞은 흔적을 보이지 않으려고, 긴 양말을 신고 다니는 종호는 현실과 동떨어진 아이가 아니라, 지금 우리 현실 속에 폭행 당하고 있는 아이들의 모습이기도 하다.

어른들의 폭력에 시달리는 아이들이 늘어난다. 이 땅의 아이들은 어른들의 폭력을 자기네들끼리 감싸 안으면서 그들만의 세상을 꿈꾸고 있는지도 모른다. 폭력에 시달리는 아이들이 늘어나는 것은 그만큼 어른들이 바빠졌기 때문일 것이다. 어른들의 생활이 아이들의 생활을 결정짓고 어른들의 잘못된 행태가 아이들을 수렁에 빠뜨리고 있다. 이 동화는 어른들에게 친구의 의미와 권력의 횡포를 다시 생각하게 한다.

그러나 이 동화에도 여전히 몇 가지 문제점이 있다. 먼저, 주제가 혼동이 되어 있다는 것이다. 이 이야기의 줄거리는 두 개의 주제가 나란히 중심을 이루고 있다. 매 맞는 아이의 이야기와 아버지를 잃은 불행한 아이의 진정한 우정 이야기가 동시에 있다. 긴 양말을 신고 다니는 아이를 만났다는 서두의 이야기로 미루어 볼 때, 매 맞는 아이들의 문제점을 고발한 이야기이고, 마지막 부분으로 미루어 볼 때, 다빈이와 종호의 우정을 다룬 이야기이다. 두 가지 주제가 문제가 되는 것이 아니라, 두 주제를 따라 가다보면 내용이 산만해질 가능성이 있기 때문이다.

이 동화의 전체 내용의 중심은 다빈이가 종호를 생각하는 마음과 그 마음의 부담으로 생기는 섬세한 심리 변화를 다루고 있다. 그래서 끝 부분의 "다시는 나랑 안 논다고 해"라는 말이 강한 여운으로 남아

있는 것이다. 이 책을 읽는 독자는 모두 다빈이와 종호의 우정이 꽃
피기를 기대할 것이다. 그런데 이 주제에 앞서 종호집에 있는 다빈에
게 전화한 다빈이 엄마의 말이 갖는 폭력성이 문제이다. 차분하고 가
라앉은 목소리를 듣고 난 뒤, 다빈이는 고분고분하게 말하고 가방을
메고 집으로 간다. 종호는 절뚝거리며 따라나오며,

“다빈아, 네 엄마도 때리니?”
“가끔.”
“실망이다.”

— 100쪽

이 말은 매를 맞고 있는 아이들의 현실을 말하는 것이다. 종호는
다빈이의 집에 갔을 때 고분고분했고, 너무도 얌전하게 행동했다. 다
빈이도 착하고, 엄마 말을 잘 듣는 아이였다. 그런데도 가끔씩 매를
맞는다는 것은 다빈이 엄마와 종호 엄마에게 문제가 있다는 말이다.
아버지를 잃고 엄마와 함께 살아가는 종호는 더 많은 엄마의 사랑을
받는 아이이든지 아니면, 엄마에게 매를 맞는 문제아가 아니었으면
좋을 것이다. 다빈이가 미용실에서 나오는 엄마와 나란히 걸으면서
어깨에 손을 얹지 말았으면 하는 것도 어린애 취급을 받는다는 데 대
한 불만과 평소에 엄마에 대한 두려움을 말하는 것이다.
어른들이 모르는 아이들의 세상에서 우정을 말하려는 작가의 의도
를 충분히 이해하더라도, 어른들의 폭력을 내세우는 것은 다시 한번
생각해 보아야 할 일이다. 이 동화는 가난한 아이와 부잣집 아이의
진솔한 우정만 다루었다면, 더 분명한 주제의식이 살아났을 것이다.
다음은 은영이가 학원에 내야 할 돈을 집에 두고 온 뒤에 학급에서
돈을 잃어버렸다고 한바탕 소동이 일어나는 일이다. 학교에서 일어

난 일을 다룰 때 흔히 학급비를 분실했다거나, 소중한 곳에 사용할 돈을 잃었다는 일이 많다. 그런데 교실에서 일어나는 일이 굳이 돈을 분실하는 일뿐인가. 그동안 몰랐던 짝지의 불행한 과거, 지금까지 반 아이들에게 숨겨왔던 몸 속의 비밀도 있다. 학급에서 일어나는 일은 어른들의 사회에서 일어나는 일의 몇 곱절이나 되는 많은 일들이 있다. 돈을 분실하는 일 말고도 얼마든지 많은 일이 있을 수 있다 .

　돈을 잃어버리는 일을 다루는 이야기는 으레히 담임 선생님이 아이들을 추궁하고, 나중에는 집에 두고 왔거나, 다른 아이의 소행이라고 밝혀지거나, 놓아둔 곳을 잠시 잊어버렸다거나, 피치 못할 사정으로 사용하였다고 밝혀진다. 학급에서 돈을 잃어버리는 일을 소새로 삼는 것은 너무 많이 사용하여 진부하고 상투성있는 사건일 뿐이다. 황선미의 다른 동화에는 학급에서 돈을 잃어버리는 사건이 있는지 없는지 모르겠지만, 돈을 잃어버리고 다시 찾는 이야기는 학교의 일을 다루는 이야기에 너무 많이 나오는 식상한 소재이다.

　그보다 더 중요한 문제점은 은영이가 돈을 집에서 찾았으면 다음 날 바로 선생님에게 말해야 하는 일이지, 나흘이나 지난 뒤에, 그것도 다빈이가 그 사실을 말하고 난 뒤에 말하는 것은 문제가 있다. 은영이가 제 잘못이 아니라면서, 굳이 말할 필요가 없었다는 듯이 몰고 가는 것은 작가의 잘못된 판단을 합리화하는 무리한 사건 전개 방식이다.

　　"아, 그거. 누가 누명을 썼는데? 그런데 그게 왜 나 때문이니? 누명 씌운 사람이 잘못이지! 난 아무 말도 안 했을 뿐이다 뭐!"

　　은영이도 목소리를 높였다.

— 78쪽

학교에서 선생님은 매일 희망의 소리함에 내용이 있을 것이라고 생각하고, 다빈이는 늘 돈을 잃어버린 일을 생각하고 있으며, 은영이 엄마도 그 사실을 알고 있었으면서도 선생님께 알리지 않았다는 것은 잘 이해가 되지 않는 일이다. 은영이가 학교에서 그런 일이 있었다고 엄마에게 알렸으면, 은영이 엄마는 다른 아이들이 오해를 사지 않도록 선생님께 연락을 하는 것이 당연한 일이 아닌가.

다음으로, 황선미의 동화에서 늘 하나의 문제로 남아 있는 것 중의 하나인 작가의 자의성이 개입된 눈물 장면인데, 이 동화도 예외가 아니다. 종호의 집을 찾아간 다빈은 종호가 식탁을 치우면서 먹을 것을 준비하려고 하자, 같이 돈까스를 만들어 먹자고 한다. 종호가 냉장고의 여기저기를 뒤지는 동안 종호의 종아리를 보게 되고, 붕대를 감지 않은 쪽의 종아리에서 푸르딩딩하게 매 맞은 흔적을 보게 된다. 그리고 마늘을 찧으면서 서로 마주 보며 말한다.

"으아! 마늘 냄새 끝내 준다."
종호가 마늘을 찧으며 소리내서 웃었다. 나도 따라서 웃었다. 웃는데 눈물이 핑 돌았다. 종호도 눈물을 찔끔거렸다.

다빈이는 그동안 종호에게 누명을 씌워서 미안한 마음이 있었을 것이고, 종호는 다빈이가 집에 찾아와 준 데 대한 고마움이 있을 것이다. 그리고 두 아이가 비로소 친구가 되었다는 기쁨도 있을 것이다. 그러나 이 두 남자 아이가 돈까스 요리를 하면서 눈물을 흘린다는 행위는 지나친 자의성이 있는 것이 아닐까.

『나쁜 어린이 표』에 나오는 지나친 눈물의 장면처럼, 억지로 끌어내는 강요된 눈물은 아니지만, 여전히 어색한 부분임에는 틀림없다. 더불어 남자 아이 둘이서 요리를 하면서 서로의 마음을 열어 간다는 것도 석연치 않다.

3.

　도시의 아이들은 한 곳에 터를 두고 머물러 있는 아이들이 드물다. 어른들의 부박(浮薄)하는 삶이 아이들의 친구 관계를 불안하게 만든다. 어른들은 어린 시절 함께 꿈을 꾸던 친구들을 갖고 있으면서도 아이들에게는 친구를 사귀는 데 온갖 제재를 가한다. 학원이다, 과외다 하면서 공부하는 아이끼리 사귀게 만드는가 하면, 성말 친한 친구들은 어른들의 잦은 이사로 갈라놓기도 한다.

　유치원 시절부터 내내 함께 다니던 딸의 단짝 친구 지향이는 초등학교 3학년 무렵에 가까운 김해로 이사를 갔다. 그때부터 김해를 지날 때마다 지향이를 찾았고, 요즘에는 편지로 우정을 나누고 있다. 지향이네가 무슨 까닭으로 이사를 했는지는 자세히 알 수 없지만, 함께 살던 동네에서 유치원과 초등학교까지 함께 보냈던 친구와 헤어지는 것은 가슴 아픈 일이다.

　도시의 어른들은 자주 이사를 한다. 더불어 아이들의 마음들도 자주 옮겨다닌다. 붙박이처럼 한 곳에 머물지 못하고 옮겨 다닌다. 아들 친구 기표네 집도 여의치 못한 사정으로 이사를 했을 것이다. 떠나는 사람들이야 남은 사람들을 생각할 겨를이 없을 터이고, 새로운 곳에서 정을 두고 살아갈 것이다.

　그러나 남은 사람은 떠나간 그 사람의 자리가 늘 아쉽기 마련이다. 우리 아이들은 그 아쉬움을 너무도 많이 겪고 자란다. 함께 살아가는 일보다 이별하는 일에 익숙한 아이들이 되어가고 있는 것이다. 세상을 살아가면서 사람들과의 관계가 얼마나 소중한 것인지를 알기도 전에 이별을 체험하고 마는 아이들로 자라고 있는 것이다.

어린 시절 시골에서 자랐던 어른들이 사귀었던 친구들의 모습과는 사뭇 다르다. 초등학교 때부터 줄곧 친구로 지내다가 중학교에 진학하고, 고등학교 무렵 도시의 학교로 진학하면서 비로소 떨어져야 했던 때와는 엄청나게 달라졌다. 한 곳에 정착하여 살지 못하는 현대의 삶의 양상이 아이들을 부평초처럼, 떠도는 신세가 되게 하는 것이다.

초등학교, 중학교, 고등학교 시절까지 함께 보낸 친구가 있다는 것은 얼마나 값진 인생의 보석인지 모른다. 그 친구의 기억 속에는 과거의 일을 함께 공유하는 공간이 있기 때문이다.

사는 일에 시달리던 무렵에는 보이지 않던 일들도, 나이를 먹으면서 새롭게 보이는 일들이 있다. 그것은 사람들과의 관계이다. 돌아서서 보면 모두가 남인데도, 같은 자리에 서있는 순간에는 모두가 아름다운 사람들이다. 그 아름다운 사람들 중에 과거의 기억들을 함께 공유할 수 있는 사람은 더욱 아름다운 사람들일 것이다.

어린 시절을 함께 보낸 친구는 평생을 두고 기억의 공간에서 머무는 사람들이다. 가장 편하게 만날 수 있는 친구들은 함께 어린 시절을 보낸 친구들이다. 이 땅에서 머무는 동안 내내 그들과의 관계는 지속될 것이다. 어린 시절에 만났던 친구들은 세상을 살면서 만나는 그 어떤 친구보다도 소중한 사람들이다.

아이들이 어린 시절을 시골에서 보냈건, 도시에서 보냈건 어린 시절에 함께 한 시간이 많으면 많을수록 좋은 친구로 남을 것이다. 어른들의 힘들고 어려운 환경으로 말미암아 아이들이 마음 붙일 수 있는 친구를 갖지 못하는 현실이 안타깝다.

이상한 이야기로 혼란을 주는 동화

이상한 학교 윤태규 지음, 김종도 그림, 한겨레아이들, 2001.

1.

얼마 전, 『창비 어린이』(창작과비평사, 2003) 창간
호를 늦게 읽었다. 창간호에 실린 동화는 박관희
의 「지독하게 운좋은 아이」, 이주홍의 「뱀새끼의
무도」, 윤태규의 「야로야로 나라의 이상한 자동
차」였다. 이들 작품 중에서 윤태규의 작품이 눈에
들어왔다. 그동안 그의 작품을 읽으면서 꼭 한마
디 해주고 싶었던 말이 있었기 때문이었다. 그것
은 『이상한 학교』를 읽고 난 후 줄곧 생각했던 문
제점이었다. 먼저, 『창비 어린이』에 실린 동화를
살펴보기로 하자.

야로야로 나라는 자동차의 천국이다. 방학을 맞아
어머니와 함께 이모집에 놀러갔는데, 공항에서부터
이상한 자동차를 본다. 세모 모양 자동차, 물고기 모

양, 동물 모양 자동차, 사람 모양 자동차 등 갖가지 자동차가 있다. 금칠을 한 자동차, 금과 은을 칠해서 얼룩덜룩한 차, 길거리는 온통 이상한 자동차 전시장이었다.

축구공처럼, 생긴 이모의 차를 타고 가면서 야로야로 나라의 이야기를 한다. 이 나라에는 걸어다니는 사람들의 길을 모두 찻길로 만들어 버렸다. 그래서 길거리에는 걸어다니는 사람들이 없다. 정부에서는 사람들의 건강을 위해서 하루에 만보를 걸었는지 검사를 하는 기계까지 만든다. 지나다니는 차들은 금과 은, 다이아몬드로 장식하고 있다. 야로야로 나라는 이상한 나라이다.

아주 짧은 이 동화는 자동차 천국이 주는 현실의 문제점을 말하고 있다. 차를 장식하고 가까운 거리까지도 차를 몰고 가는 시대가 되었다. 화려한 모터쇼에는 늘 새로운 자동차가 만들어지고 있으며, 사람들은 차의 편리함을 넘어서 차의 노예가 되어 가고 있다. 가까운 앞날에 우리는 야로야로 나라처럼, 걸어다니는 길까지 모두 찻길로 만들어 버릴지도 모른다.

도시에 가까운 농촌은 아파트가 들어서고, 흙 길은 모두 시멘트 길과 아스팔트로 바뀌었다. 자연과 더불어 살아야 하는 사람들은 모두 인공의 구조물에 둘러싸이고 있다. 얼마 되지 않아서 우리의 도시는 야로야로 나라가 되어버릴지도 모른다. 이 동화를 읽으면, 아이들은 자동차의 편리함보다 자동차의 피해가 무엇인지를 잘 깨달을 것이다. 이 동화는 자동차를 떠받들고 살아가는 현실을 비판한 좋은 동화이다.

그러나 이 동화는 가상(假想)과 현실의 구분이 모호한 판타지 동화이다. 현실은 이야기의 서술자인 내가 공항에 내릴 때까지이고, 가상은 공항에서 이모를 만나서 차를 타고 가면서 보는 풍경이다. 그런데

이 가상은 완전한 판타지의 세계가 아니라, 현실의 가능성을 갖고 있는 비현실의 공간이다.

그런 점에서 잘못된 부분이 있다. 공항에 도착하여 차까지는 걸었을 것이고, 차를 내리고 탈 때는 걸을 수 있는 공간이 있을 것이다. 가까운 공원까지 간다고 해도 공원의 주위에 차를 세우고, 걸어 들어갈 것이다. 그런데 걸어다니는 사람이 없다는 말은 무슨 말인가. 아이들의 눈으로 세상을 보는 것이고, 어차피 비현실이고, 현실이라고 해도 뒤집어 볼 바에야 아무렇게나 말하면 되는 것인가.

판타지를 다룬 어린이 이야기가 자칫 허황된 이야기이거나, "억지로 만든 사건으로 가득 차 있을 때, 그것은 판타지가 아니고, 우작(愚作)"(L·H 스미드, 『아동문학론』, 새문사, 1994, 296쪽)이라 할 수 있다. 판타지는 비현실의 현실, 믿기 어려운 세계 속의 진실성이 있는 것이다.

판타지의 공간이 비현실이라 하더라도, 제 맘대로 만든 사건과 풍경은 단순한 공상일 뿐이다. 걸어다니는 것은 법을 어기는 것이기 때문에 거리에는 걸어다니는 사람이 없는데, 나라에서는 하루에 만보씩 걷도록 규정하고 있다. 공원이고 산이고 차들이 몰리는 바람에 걷는 것을 포기하고, 대학생 아르바이트를 시켜서 걷는 것을 대신해 주는 일이 생겼다고 한다.

나라의 정책이 이쯤이고 보면, 이 이야기는 앞뒤가 맞지 않는다. 나와 어머니는 공항에 나와서 이모가 기다리는 곳으로 걸어나왔고, 차에 타기 전에 이모가 차 밖에서 나와 어머니를 맞이하였다. 이모가 차에 타기에 앞서 기도를 하는 것은 이모가 차에서 내려서 걸었다는 말이 아닌가. 그런데 이 나라에서 걸어다니는 것은 정신병자로 취급받는다는 것은 무슨 말인가. 그러면서 만보씩 걷는 것을 검사하는 제도는 무엇인가.

자동차가 많은 현실의 문제점을 말하려다가 이야기가 뒤죽박죽이 되고 말았다. 현실의 문제점을 비판하는 좋은 이야기임에도 불구하고 이야기를 꾸려 가는 사건은 그만 허황하게 되어 버렸다. 공항에서 매우 가까운 거리에 이모집이 있고, 차들은 줄을 서서 천천히 가고 있다. 앞뒤의 이야기에 사건의 인과성이 없고, 말 그대로 이상한 이야기가 되고 말았다.

차를 타고 가면서 본 거리의 풍경만 묘사하면서 자동차가 많은 현실을 횡설수설 말한 동화에 불과하다. 이 이야기는 현실의 문제점을 말하면서 비현실의 공간에서 진실성을 놓쳐 버린 작품이 되고 말았다. 이 이야기의 어디까지가 참이고, 어디까지가 거짓인가.

2.

윤태규의 작품이 가진 문제점은 이미 앞서 나온 『이상한 학교』에서도 그대로 나타난다. 『이상한 학교』는 모두 9편의 작품이 실려 있는데, 이 중의 2편에서 나타난 작은 문제점은 이오덕의 『어린이책 이야기』(한길사, 2001)에서 잘 짚어내고 있다. 이렇게 잘 짚어서 고칠 부분을 말했는데도 불구하고, 최근에 나온 『이상한 학교』(한겨레아이들, 2003. 6. 4. 4쇄)에서는 여전히 처음에 잘못된 부분이 그대로 있다.

이오덕이 잘못을 밝힌 부분은 「이상한 학교」의 "회양목이야기"(『어린이책 이야기』, 280쪽)에서 겨우 두세 달만에 "제법 많이 자랐습니다"라는 부분, 「세 어린이의 이상한 이야기」에서 두 명의 선생님이라고 했는데, 지시 대상은 세 명의 선생님(284쪽)으로 나온 부분, 서술대상이 남자 아이에서 여자 아이로 바뀐 부분(285쪽)들인데, 이것은 분명 잘못된 사실이다.

책이 나온 시기로 볼 때, 이오덕의 지적은 벌써 2년이 앞서 있는데도, 최근에 나온 책은 이 문제점을 무시하고 있다. 이미 발표된 것을 고칠 수 없는 상황이거나, 다시 나오지 않았다면 모르겠지만, 아이들에게 새로 읽혀질 책이고, 다시 나온 책이라면 잘못된 부분을 고치는 것이 옳은 일일 것이다. 동화 작가가 독자나 평자의 말에 지나치게 민감할 필요는 없겠지만, 책에서 분명히 잘못된 부분은 고쳐야 하지 않을까. 이것은 거짓을 그대로 은폐하려는 안일한 태도이다.

그렇다고, 『이상한 학교』에 실린 모든 작품이 거짓으로 되었다는 말은 아니다. 여기에 실린 9편의 동화는 "제자리"에 있어야 할 것들이 "제자리"에 있지 못하는 현실(작가의 서문에서)을 비판하고 있는 수준 높은 작품들이다. 이 작품집의 이상한 이야기들은 어른들의 잘못으로 이루어진 사회를 바로잡고, 이상한 이야기 속에 숨겨진 진실성을 찾는 데 있다. 뒤집어 생각해서 바로 보이는 세상은 분명 잘못된 세상이다.

이상한 이야기가 진실된 이야기라고 한다면, 그 속에는 "믿기 어려운 진실"이라는 은유가 숨어 있다. 『이상한 학교』는 현실의 문제점을 날카로운 은유로 드러내는데, 그것은 이야기의 진실성이다. 여기에 실린 작품을 하나하나 살피면서 그 참과 거짓을 살펴보기로 하자.

「이상한 학교」는 중편으로 되어 있다. 다른 작품보다 길고 의미의 깊이가 있다. 이 작품집의 제목으로 삼을 만큼 무게가 실린 작품이기도 하다.

방글초등학교의 남쪽에 새 건물을 지으면서 문제가 생긴다. 남관을 새로 지은 기념으로 선생님의 배구시합이 있었는데, 이 경기를 응원하면서 남관의 아이들과 북관의 아이들이 나누어져서 싸우게 된다. 사소한 일로 남관 북관으로 나누어진 이 학교의 이야기는 믿기 어려운 현실의 이야기이지만, 우리의 분단 현실을 상징하는 은유가 숨겨져 있다.

새로 지은 남관은 2학년, 4학년, 6학년이 쓰고, 본래 있던 북관은 1학년, 3학년, 5학년이 쓴다. 사소한 문제로부터 시작한 남관, 북관의 싸움은 운동장의 반을 회양목을 심어서 나누고, 학부모 대표들이 모여 동네를 기준으로 반 배정을 하게 되는 극한의 상황까지 번지게 된다. 이 일로 인해 남관, 북관의 아이들은 냉전 상태로 학교 생활을 하게 된다.

1학기 마감 전시회에서 남관 선생님이 전시한 북한 돈을 북관 아이들이 훔쳐 마을금고에서 바꾸려다가 생긴 일 때문에 남관과 북관 사이의 골은 더욱 깊어지고, 학생회장도 남북으로 나누어서 출마하고, 선거공약으로 회양목을 뽑으려는 아이도 있게 된다. 아이들의 반목과 시기는 오랫동안 계속된다.

그러던 어느 날, 1, 2학년 아이들이 축구를 하면서 반으로 나누어진 학교의 회양목을 넘나들고 쓸모없는 회양목을 뽑으려고 한다. 상급 학생들은 서로 맞서고 있는데, 1, 2학년들은 서로 화합하는 마무리를 보여준다. 이 이야기는 누가 읽어도 남북 문제를 상징하고 있음을 알 수 있다.

이 작품의 문제는 운동장을 회양목으로 나누는 사건이다. 다른 일들은 현실로 일어날 수 있는 가능성이 있는 일이지만, 운동장의 반을 회양목으로 나누는 일은 억지가 있다. 고육지책(苦肉之策)으로 낸 발상이 축구장이 있는 운동장을 반으로 나누고, 운동장 모임도 회양목의 이쪽 저쪽에 서게 하는 것이다.

이것은 학교 교장 선생님의 생각이라고 하는데, 우리 나라 초등학교 교장 선생님의 발상이라면, 더욱 우스꽝스러운 일이다. 다른 사건들은 모두 현실에서 일어날 수 있는 가능성을 갖고 있는 사건이고 이

것만 비현실성을 갖고 있는데, 이것은 현실의 진실성을 억지로 끌고 가려는 거짓된 일이다. 다른 문제이며, 현실로 가능한 일일 수도 있지만, 중국 여행을 다녀와서 가져온 북한 돈을 1학기 마감 전시회에 전시를 하는 일이 가능하다면, 북한 돈을 갖고 있다는 사실 때문에 파출소에 불려 가는 선생님도 문제가 아닐까.

「아주 이상한 상자」는 말을 잊어버린 나라의 이야기이다. 영준이네 집은 저녁에 가족들이 모이면 이야기 마당을 연다. 매일 만나서 하루의 일을 이야기하면서 가족들끼리 즐거운 시간을 보낸다. 어느 날 아버지가 이상한 상자를 사 오면서 가족들의 이야기는 사라지고, 이상한 상자만 져다보게 뇌었나. 이상한 상사에서 나오는 말에 귀 기울이고 가족들은 서로의 일을 말을 잊은 채, 모두 벙어리가 되어 버린다.

텔레비전을 앞에 두고 가족들의 대화를 잃어버리는 현실을 비판하고 있다. 누구에게나 가능한 이야기이고, 매스컴 시대의 절실한 현실 문제이기도 하다. 이 이야기는 이상한 상자라는 말을 하지 않고, 바로 텔레비전이라고 하면 될 터인데, 무엇 때문에 이상한 상자라고 했는지 알 수가 없다.

이 동화를 함께 읽은 어린이 독자들은 한결같이 "이상한 상자는 텔레비전인데"라고 말한다. 이 이야기가 현실과 동떨어진 이야기라면 모를까 이야기 자체가 우리 곁에 늘 일어나는 일이고 보면 굳이 텔레비전을 "이상한 상자"라는 말로 돌려 말할 필요가 없는 것이다.

이상한 상자가 무엇일까라는 호기심을 자극하려는 작가의 의도는 아쉽게도 빗나가고 말았다. 호기심보다는 씁쓸한 의문을 불러일으키고 있다. 이 이야기는 직접 텔레비전의 문제점을 말하면서 벙어리가 되어 버리는 현실을 꼬집었으면 한다. "이상한"이라는 수식어에 얽매이다가, 더 이상한 모양이 되어 버린 셈이다.

「솔봉이의 이상한 일기」는 동물의 마음을 읽어 내려는 아름다운 마음씨가 돋보이는 작품이다. 진수의 집에 기르는 개 솔봉이가 도시의 이모집에 살면서 겪는 이야기로 진수가 개 솔봉이의 입장이 되어 쓴 일기이다. 솔봉이는 시골에서 살다가 아파트로 옮기면서 이름도 "키디"로 바꾸고 맛좋은 음식과 귀여움을 독차지하는 개로 바뀐다.

그렇지만, 곧 솔봉이는 외롭고 쓸쓸한 나날을 보낸다. 진수가 쓴 솔봉이의 일기를 본 이모는 솔봉이를 다시 시골의 진수집으로 돌려 보낸다. 하마터면, 아파트에서 갇힌 채, 애완용으로 길러질 뻔한 솔봉이라는 개의 마음을 소중하게 전달해 준 진수의 따뜻한 마음과 가두어 기르는 애완용 개의 문제점을 비판하고 있다.

이 일기는 이상한 일기가 아닌, 진수의 솔직한 마음을 담은 진실된 일기이다. 진수가 이모에게 빼앗긴 개 솔봉이 일기라고 해도 좋다. 진수가 헤어진 개 솔봉이의 마음이 되어 쓴 일기이다. 실제 개 솔봉이의 마음이 아닐 것이고, 진수의 마음이 그대로 개의 마음에 비춰진 것이다. 아파트에서 살고 있는 개의 신세를 잘 읽어낸 작품이다. 생명을 가진 모든 것들은 자유를 누려야 한다. 다시 진수집으로 돌아와 들판을 달리는 솔봉이와 진수의 모습이 그림처럼 남아 있는 이야기이다. 아이들에게 동물을 사랑하는 마음과 진정한 자유의 의미가 무엇인지를 일깨워 준다.

이 작품에도 문제점으로 들 수 있는 것은 진수가 그렇게 좋아하는 개를 진수의 이모가 진수에게 말도 하지 않고 데려가는 점이다. 이모가 진수의 심정을 조금만 헤아린다면, 그렇게 막무가내로 솔봉이를 데려가지 않을 것이다. 철없는 이모이다. 그리고 솔봉이와 헤어진 진수의 마음을 살펴보자. 진수는 솔봉이와 헤어져 가슴이 아팠고, 울기도 했다. 그런데도 헤어진 그날부터 마음을 고쳐먹고 솔봉이의 하루를 정리하는 일기를 쓴다. 보통의 아이들에게는 일어날 수 없는 아름다운 마음씨이다. 이것은 참인가 거짓인가.

3.

『이상한 학교』는 이상한 이야기로 혼란을 불러일으키고, 상황에 맞지 않은 이야기로 독자들의 판단을 흐리게 한다. 동화의 속성 중에서 현실과 환상을 넘나드는 기발한 발상이 있지만, 윤태규의 동화에는 현실 속에 일어나는 비정상적인 이야기는 있지만, 그 현실의 상황이 잘못되어 있다.

우리 사회의 문제점을 지적하고 있으면서도 현실과 비현실의 경계를 잘못 짚어낸 동화이다. 참과 거짓을 오고 가는 유연한 방법이 동화에서 필요하다. 그것은 현실에서 일어나는 일을 말하고, 그것을 소재로 한 작품일수록 더욱 분명한 경계가 있어야 할 것이다. 좋은 동화는 재미도 있어야 하겠지만, 현실을 전달하는 방법에 있어서 진실성이 있을 때 돋보이는 법이다.

더불어 살아가는 아름다운 세상을 위하여

가방 들어 주는 아이 고정욱 지음, 백남원 그림, 사계절, 2002.

1.

고정욱의 『가방 들어 주는 아이』를 읽으면서 새삼스럽게 한 친구가 떠올랐다. 가까이에 있으면서도 서로 일에 쫓겨 만나지 못하고 사는 날이 훨씬 많아졌지만, 이 책을 읽으면서 내내 대학 시절에 만난 그 친구의 얼굴이 떠올랐다.

그 친구는 소아마비 장애를 갖고 있었다. 80년대의 어두운 대학 시절을 함께 했던 친구였다. 가난하고 힘든 대학 시절 두류공원 길을 가로질러 새벽녘까지 걸었던 기억이 있다. 절뚝이며 걸어가는 친구의 보조를 맞추느라 가끔씩 길이 어긋나기도 했지만, 어느새 그 친구와 나는 나란히 걷는데 익숙해졌다. 가로등 불빛을 따라 걸으면서 어두운 시대를 고민하기도 했고, 앞으로 살아갈 일들을 말하기도 했다.

장애를 겪고 있으면서도 심성이 무난하여 주위에 많은 친구들이 있었지만, 그는 불편한 몸을 이끌고 부단히도 나를 찾아왔다. 처음에는 그와 함께 길을 걸으면서 주위의 따가운 시선도 있었고, 길을 걷다가 서로 어긋나서 어색한 웃음을 주고받은 적이 한두 번이 아니었다. 횡단보도를 건널라치면 서로 앞세우려 하기도 했다. 걸음이 늦기 때문에 먼저 건너라는 그의 마음과 늦어지면 달리는 차들이 있기 때문에 뒤에서 건너려는 내 마음이 엇갈리는 어색함이었다. 그 어색함이 있고 난 뒤, 언제부터 횡단보도를 건널 때는 아예 나란히 걸어가기로 했다. 미리 약속한 것도 아니었지만, 함께 길을 걸으면서 자연스럽게 걸음의 보조를 맞추이 나갔다. 어느새 서로의 마음이 하나가 된 것이다.

시인 윤동주를 무척 좋아했고, 가난한 사람들을 위해 더불어 살아가는 길을 걸으리라고 말했던 친구이다. 지금은 누구보다도 훌륭한 한의사로 살아가고 있다. 육체의 병보다 마음의 병을 치료하는 일이 더 중요하다고 환자들에게 마음의 병을 상담해 주느라 많은 환자들을 치료할 수 없지만, 하루가 짧을 정도로 열심히 살아가고 있다. 대학 시절부터 무료 자원봉사활동을 한 일을 요즘도 꾸준히 실천하고 있다.

장애를 가진 친구이지만, 내게는 너무도 소중한 친구가 되었다. 장애는 살아가면서 불편한 일일 뿐이지, 그것이 현실의 장애가 되지 못한다는 것을 깨달은 것은 그 친구를 사귀고 난 뒤의 일이었다. 그 친구는 이제 제법 가족을 건사할 정도로 살림도 늘었고, 남부럽지 않게 살게 되었지만, 여전히 검소함과 자신을 낮추는 일에 더 익숙한 친구이다.

어느 해 따뜻한 봄날, 그 친구와 우리 가족은 강변의 유원지에 놀러갔다. 잔디에 새싹이 자라고 있는 언덕빼기를 나란히 걸어가고 있는데, 우리 집 아이와 그 친구의 아이가 달리기를 하고 있었다. 아이들이 뛰는 모습을 보는 게 가장 행복하다고 말하는 그 친구의 어깨 너머로 젊은 시절 나란히 길을 걸었던 세월이 훌쩍 지나가고 있었다.

영원히 달릴 수 없는 친구, 그 친구의 아들이 달리고 있는 모습을 보면서 우리 아이들이 적어도 장애인으로 태어나지 않았고, 건강하게 자라고 있다는 것만으로 감사하다는 사실을 새삼 깨달았다. 장애인 친구를 두고 함께 살아가면서 장애인에 대한 진정한 배려는 정상인과 동등한 입장에서 서로를 이해하는 마음이라는 사실을 알았다. 내남없이 아이들을 내몰고 있는 현실에서 우리의 아이들이 두 팔과 두 다리를 가지고, 건강하게 자라고 있다는 사실만으로 감사하게 생각했다.

2.

가방을 들고 앞서서 걸어가는 석우의 모습에서 한동안 친구와 보조를 맞추지 못해서 어색한 걸음을 걸었던 내 모습이 떠올랐다. 그 친구와 함께 길을 걸으면서 느꼈던 이상한 불편함 같은 것이 석우의 마음일 것이라는 생각이 들었다. 이 책은 다른 친구들과 운동장에서 뛰어 놀고 싶은데도 가방을 들어다 주어야 하기 때문에 축구를 포기할 수밖에 없는 장애인 주변의 친구 심리를 잘 드러내고 있다. 상대방에 대한 배려가 부족한 시대에 장애인과 함께 살아가는 아름다운 삶의 모습을 보여준다.

이 동화는 MBC! 느낌표 "책을 읽읍시다"에서 선정된 도서이다. 그만큼 좋은 동화이기도 하기만, 색다른 의미를 주는 동화이기도 하다. 고정욱의 다른 작품들은 장애인의 고통과 현실에 대한 이야기였는데, 이 작품은 장애인을 둘러싸고 있는 주변 사람들의 시선과 심리에 초점을 둔 이야기라서 색다른 시도를 보이고 있다.

장애인의 고통은 장애인이 아니면 모를 수도 있지만, 장애인 주변에 있는 사람들의 고통은 장애인이 아닌 모든 사람들이기 때문에 더욱 많은 사람들이 공감할 수 있을 것이다. 보편성의 측면에서 장애인의 비극을 확대한 것이라 할 수 있다. 장애인의 비극은 주위에 있는 모든 사람들의 비극으로 끝나는 것이 아니라, 더불어 함께 하면서 새로운 삶의 의미를 찾아가는 일이라는 것을 잘 보여주고 있다.

누구보다도 당당하고, 구김살 없이 살아온 작가의 모습이 이 작품에 투영되어 있어서 더욱 깊은 감동을 준다. 이 동화는 편견에 사로잡힌 어른들을 비판하고 세상을 바르게 볼 줄 아는 아이들의 시선에서 장애인의 문제를 밝히고 있으며, 작가 자신이 장애인으로 살면서 느꼈던 일들에서 장애 문제의 본질을 짚어내고 있다. 장애인을 있는 그대로 보는 것이 필요하고, 장애인을 바라보는 시선은 마음에서 우러나는 진정함에서 시작해야 한다.

마음에서 우러나는 본성은 편견에 사로잡힌 어른들에 있는 것이 아니라, 꾸밈없는 아이들의 마음에 있다는 것을 보여주고 있다. 그는 장애인을 소재로 한 이야기를 쓰면서 장애인에 대한 편견을 바로잡고, 장애인의 고통을 사람들과 함께 하고 있다. 그들의 고통과 행복을 함께 하면서 모든 사람이 더불어 살아가는 아름다운 삶의 모습을 보여준다.

또한, 이 동화는 장애인 친구인 석우가 변해가는 모습에서 장애인에 대한 따뜻하고 진실된 마음이 무엇보다 중요하다는 것을 보여주고 있다. 장애를 소재로 한 이야기이면서도 주인공은 장애인의 주변에 있는 친구라는 점에서도 장애인의 문제는 장애인에게 있는 것이 아니라, 주위의 사람들에게 있다는 문제의식을 보여준다.

고정욱은 우리 시대 동화 작가들 중에서 장애인의 문제를 잘 짚어 내고, 그 고통을 함께 나누려는 몇 안 되는 작가 중에 한 사람이다. 어른들과 아이들이 함께 읽으면서 더불어 사는 지혜를 배울 수 있는 좋은 동화이다.

새 학기 첫날, 2학년 2반에 양 팔꿈치에 알루미늄 목발을 끼고 있는 장애아 민영택이 들어온다. 담임 선생님은 영택이와 가장 가까운 곳에 사는 문석우에게 가방을 들어 주라고 한다. 석우는 아침마다 학교에 가는 길에 영택이 가방을 들어 주고, 집에 갈 때도 영택이네 집까지 가방을 들어 준다.

하루는 학교가 끝나고 운동장에서 공을 차던 서경이가 축구를 하자고 해서 운동장에서 축구를 하고 늦게 가방을 갖다주게 되었다. 걱정을 하면서 기다리던 영택이 엄마는 석우에게 초콜릿을 주면서 "고생했다"고 말한다. 그 말을 들으면서 미안한 마음이 들었다. 미술 시간에 준비물을 준비하지 못하는 날은 영택이 엄마가 챙겨 주기도 하고, 문방구 아저씨에게 칭찬을 받기도 한다. 그러면서 차츰 가방 들어 주는 일이 나쁘지만 않다고 생각하게 된다.

어느 날, 석우 부모가 영택이 가방을 들어 주는 사실을 알게 되고, 일 년만 들어 주라고 한다. 석우는 영택이의 가방을 들어주는 대신 청소와 주번에 빠지게 되었지만, "쩔뚝이 쫄짜"라는 친구들의 놀림을 받게 된다.

더운 여름날, 잠시 축구를 하고 영택이를 따라가다가 할머니들이 영택이를 보면서 혀를 차는 모습을 보고는 화가 나서 영택이 곁에서 부축하면서 나란히 걸어간다. 석우는 영택이의 아픔을 느끼면서 서서히 우정을 쌓아간다. 가을이 되어 영택이의 생일날이 되었다. 영택이 엄마는 영택이 반 친구들을 모두 초대했는데, 서경이와 석우만 영택이 집에 갔다. 실망한 영택이는 장애인으로 태어난 자기 다리를 치면서 울었다.

겨울 방학이 되어 영택이는 다리 수술을 하러 갔다. 겨울 방학이 끝나고 영택이는 수술이 잘 되어서 지팡이 하나로 걸을 수 있게 되었다. 3학년으로 올라가면서 석우는 3학년 2반이 되고, 영택이는 5반이 되어 헤어지게 되었다. 석우는 한편으로는 홀가분하기도 했고, 한편으로는 섭섭하기도 했다.

3월 3일 새 학기 개학날 석우는 영택이 집 앞에서 서성대다가 2학년 아이들이 자기를 놀리는 모습을 보고는 영택이 집에 들르지 않고 학교에 간다. 새로운 반에 앉아 있을 때, 엄마와 함께 복도를 지나가는 영택이를 본다. 석우는 미안한 생각이 들었다.

개학식을 하면서 석우는 영택이 가방을 들어 주었다고 해서 모범상을 받는다. 석우는 그 자리에서 울음을 터뜨리고 만다. 다음날 아침, 학교에 가면서 서경이를 만나서 영택이가 같은 반이 되었다는 말을 듣는다. 석우는 기뻐하면서 영택이의 시간표를 바꾸기 위해 영택이에게 달려간다. 그 뒤를 서경이가 따라가면서 "네 가방은 주고 가라"고 한다. 저 만치서 영택이가 걸어오고 있었다.

초등학교 2학년 석우의 순박한 마음과 장애인을 둘러싼 주변의 갈등이 영택이와 석우의 잔잔한 우정 속에 포섭되면서 작은 봉사정신이 장애인 친구에게는 너무도 큰사랑이라는 사실을 알게 한다. 장애인과 그 친구의 값진 우정을 잘 드러내고 있다. 장애인에게 필요한 것은 사람들 사이에서 아무런 부담이 없이 살아가는 것이다.

담임 선생님이 시켜서 억지로 시작한 일이 나중에는 진정한 희생과 봉사정신으로 바뀐다는 데서 때묻지 않은 동심을 읽을 수 있다. 그리고 석우의 순박한 마음에서 장애인에 대한 진정한 사랑이 무엇인지를 알 수 있게 한다. 영택과 석우의 우정에서 장애인에게 진정 필요한 것은 참사랑과 진정한 봉사정신에서 우러난 마음이라는 사실을 깨닫게 한다.

장애를 가진 사람과 그렇지 않은 사람은 서로를 위한 배려가 필요하다. 상대방을 위해서 할 수 있는 일이 무엇인가를 함께 고민하는 사이에 더불어 살아가는 지혜를 배우게 될 것이다. 이 세상의 모든 사람들은 장애를 갖지 않은 사람이 없으며, 살아가면서 수없이 많은 장애의 원인을 만나게 된다. 그 개연성을 인정한다면, 장애인을 멸시의 시선으로 바라보아서는 안 될 것이다.

장애인은 정상인이 보기에 이상하게 보일 뿐이지, 그 정신에 장애가 있는 것은 아니다. 육체가 장애인이라고 해서 정신마저도 장애인으로 취급하는 것이 장애인을 바라보는 우리 사회의 시선이다. 장애인을 정상인이라는 생각을 하게 될 때, 장애인에 대한 편견을 버릴 수 있을 것이다. 그런 사람이 많아질 때, 더불어 살아가는 아름다운 사회가 될 것이다. 어쩌면 장애인들은 사람들이 살다가 마지막으로 만나게 되는 필연의 과정인지 모른다.

장애인을 둘러싼 아이들의 아름다운 실천을 보여준 이 작품의 소재 설정은 매우 참신하고 깊은 여운을 준다. 그럼에도 불구하고 이 책은 구성의 허점과 과장된 장면의 설정으로 작품의 내용이 주는 어색함을 떨칠 수 없다. 이것은 사건의 작의성(作意性)과 과장성 때문이라 할 수 있으며, 이 때문에 현실성이 떨어진다고 할 수도 있다.

좀더 심하게 말하면, 소재의 설정이 주는 참신함이 사건 전개의 과장성으로 해서 작품의 감동을 상쇄시키고 있다고 할 수 있다. 사건 전개 있어서 과장성과 작의성이 보이는 부분을 순서에 따라 짚어나가 보기로 하자.

먼저, 담임 선생님의 아이들에 대한 무관심과 폭력의 문제이다. 새 학기 첫날 영택이 어머니가 학교에 와서 영택이의 가방을 들고 다닐 아이를 부탁한 모양인데, 그 말을 듣고 바로 영택이 집 가까이 사는 아이들은 손 들어라고 한다. 어색하게 손을 든 석우에게 담임 선생님은 일 년 동안 영택이의 가방을 책임지고 들고 다니라는 명령을 한다. 석우는 얼떨떨해 하면서 "네"라고 답하고 말지만, 그것은 선생님의 무관심과 폭력이 빚어낸 잘못된 일이다.

　석우는 선생님의 엄한 말투에 기어 들어가는 목소리로 대답했습니다.
— 13쪽

선생님의 엄한 말투 때문에 석우는 일 년 동안 영택이의 가방을 들어 주게 된 것이다. 이것은 담임 선생님의 폭력이고, 아이들이 스스로 할 수 있는 계기를 만들어 주지 못하고, 아이들 부모님의 양해를 구하지 않은 채 일어난 독단의 행동이다. 장애인이라고 무조건 도와주라고 하는 것은 영택이에게도 자존심이 상하는 일일 수도 있다.

물론 영택이 어머니가 부탁을 했겠지만, 담임 선생님이 석우의 생각과는 관계없이 강요하는 것은 옳은 일이 아닐 뿐 아니라, 장애인 친구를 억지로 만들어 내려는 작가의 의도가 개입된 것이다. 영택이가 가방을 들고 다니지 못할 정도의 학생이라면 개인 사물함을 만들어서 간단한 준비물 정도만 들고 다니게 하든지 진정한 봉사정신을 갖고 영택이를 위해서 일할 수 있는 아이를 찾아야 할 것이다. 집이 가깝다는 사실만으로 석우에게 일 년의 짐을 쉽게 떠맡길 수 있을까.

가방을 갖고 다니지 않는 방법은 얼마든지 있을 수 있고, 영택이 어머니도 그 일을 할 수 있을 것이다. 그런데 너무도 쉽게 석우에게 일을 떠맡기고 있다. 학교에서 할 수 있는 모든 가능성을 배제하고 초등학교 2학년인 석우는 일 년 동안 영택이의 가방을 들어 주는 아이가 된 것이다. 담임 선생님의 권한으로 석우는 주번과 청소를 안 하는 특권까지 누리게 되었지만, 석우는 그 일로 반 아이들에게 "찔뚝이 쫄짜"라고 놀림을 당하는 아이가 된 것이다.

가방을 들어 주는 일은 장애인인 영택이에게는 당연한 일인지 모르겠지만, 석우에게는 고통스럽고 짜증나는 일이다. 그 일을 맡기면서 석우의 부모에게는 통보도 하지 않고 맡길 수 있는 일일까. 영택이를 위해서 강제로 그 일을 해야 하는 석우의 심정을 부각시키기 위해 한 일이기는 하지만, 현실의 상황을 염두에 둘 때, 앞뒤가 맞지 않는 일이다. 나중에 석우의 엄마가 문방구에 공책을 사러 갔다가 그 사실을 알게 되는데, 그날의 대화를 들어보면 더 어색하기만 하다.

"힘들지는 않니?"

"네……. 근데 엄마 내가 가방을 들어다 주는 거 어떻게 알았어요?"

"공책 사 주려고 문방구에 갔더니 너 착한 일을 한다고 아저씨께서 그러시더라. 그래서 알게 됐지."

"선생님이 한 동네에 산다고 들어다 주래요."

그러자 곁에 있던 아버지가 말했습니다.

"뭐 그런 걸 다 시키냐? 너 말고 다른 아이들도 많을 텐데."

"아니예요, 제일교회 근처에 사는 아이는 나밖에 없어요."

아버지는 뭔가 생각하더니 고개를 돌리며 말했습니다.

"그래, 그럼 일 년만 해라."

— 40쪽

자기 아이가 장애인의 가방을 들어 주었다는 사실을 뒤늦게 알았는데도 이런 대화가 나올 수 있을까. 석우가 미술 준비물을 사려고 돈 천 원을 달라고 할 때도 전날 물건을 사느라고 돈을 하나도 남김 없이 다 썼다고 하면서 그냥 보낸 어머니라서 아이에게 관심이 없는 것일까. 석우의 어머니가 뜬금없이 문방구에 공책을 사러 간 까닭은 무엇일까. 그 전에 석우는 가방을 들고 다니는 것 때문에 불만을 갖고 있었는데도 석우의 부모님은 장애아의 가방을 들어 주는 줄 몰랐다.

축구를 하느라고 가방을 늦게 갖다 주는 날, 영택이 어머니에게 얻은 초콜릿을 늦게 어머니와 함께 들어온 동생과 나누어 먹을 때도 석우의 어머니는 초콜릿이 어디에서 났느냐고 묻지를 않았다. 석우의 아버지는 사업에 실패하여 덕흥빌라의 옥탑방 신세를 지고 있는 가난한 집이고, 영택이의 집은 어느 정도 부유한 집이다. 가난한 아이가 부잣집 장애인 아이의 가방을 들어 주는 일을 하는데 그 까닭을 자세히 물어보지도 않은 부모가 있을까.

지금까지의 일에 대해서 간단하게 말하고는 "그래 그럼 일 년만 해라"라고 무덤덤하게 말하고 있다. 문방구 아저씨가 석우의 어머니께 자세한 얘기를 했는지 모르겠지만, 등·하교길에 아이들의 놀림을 받으면서 가방을 들어다 주는 고통을 알고 있는 것일까. 이처럼, 상식에 벗어난 상황의 설정은 무리가 따른다.

다음으로 장애인도 정상인과 동등한 입장에서 상대방을 이해해야 하는데 영택이는 배려하면서 석우의 고통은 생각하지 않고 있다. 영택의 어머니는 친구를 사귀기 위해서 가방을 들어 주는 아이를 부탁했는지 모르겠지만, 가방을 들어 주는 아이의 심정을 충분히 헤아리는 일이 필요할 것이다.

석우는 영택이의 가방을 들어 주면서부터 좋아하던 축구를 못하게 되었다. 그 대신 축구를 하느라고 가방을 늦게 갖다 주는 날, 석우는 영택이 어머니에게 초콜릿 선물을 받는다. 석우가 미술 준비물을 해 가지 않았을 때는 공교롭게도 미술 준비물을 사 가지고 가라고 하면서 돈을 준다. 그러면서 "너 돈 있으면, 이건 뭐 사 먹어."(33쪽)라고 말한다. 문방구 아저씨마저도 석우가 좋은 일을 한다고 하면서 "옛다, 모범생이니까 사탕 하나 먹어라."(35쪽)라고 한다.

이쯤되면 가방을 들어 주는 일은 석우의 고통과는 관계없이 어른들의 칭찬으로 석우의 고통을 포장하고 있다는 생각이 든다. 이 때문에 석우는 비록 가방을 들어 주는 일을 선생님이 시켜서 한 일이지만, "선생님은 남을 도울 때 대가를 바라면 안 된다고 했습니다. 하지만 막대 사탕은 누가 뭐래도 달콤했습니다"(36쪽)라는 이상한 감정에 사로잡히고 만다. 석우는 영택이를 도와주면서 달콤한 막대사탕의 유혹에 빠진 것은 아닐까.

석우는 아이들에게 놀림을 당하고 있는데, 영택이 어머니는 그 보답으로 아이스크림도 사주고, 돈도 주고, 추석 때 석우네 집에 사과와 배 한 상자를 사주기도 한다. 겨울 방학 무렵에는 오리털 파카를 선물로 주기도 했다. 영택이 어머니가 성의를 표하기 위해 한 일이지만, 아이들의 마음에는 사탕처럼 달콤한 유혹일 수도 있다. 그래서 어머니가 파카를 되돌려 주러 간 사이에 석우는 "그 파카가 되돌아오기를 간절히 기다리"는 아이가 되어버리는 것이다. 장애아인 영택과 석우의 아름다운 우정에 어른들의 물질 보상이 먹칠을 하는 것임을 작가가 보여주기 위한 것이었다면 모르지만, 이미 석우는 그 속물근성에 물들어가고 있는 아이가 되어버린 것이다.

이 뿐만 아니라, 이 동화는 강요된 인간관계를 만들어 가고 있다. 선생님이 시켜서 이루어진 강요된 행위는 석우의 자유의지와는 무관하게 이루어지고 있으며, 영택이 어머니의 물질보상과 문방구 아저씨의 막대 사탕, 석우 부모님의 무관심 속에 비뚤어진 인간관계가 이루어지고 말았다. 영택이 어머니의 진심 어린 선물이라고 하더라도 석우의 고마움에 보답하는 참된 일은 장애인인 영택이와 석우의 우정일 뿐이다.

그런데도 이 동화는 아이들의 천진난만한 우정을 어른들의 물질보상과 강요된 인간관계로 만들어 가고 있다. 새 학년이 되어 석우는 영택이 집 앞까지 가서는 어떻게 할까 망설이고 있었는데, 그날 석우에게 주어진 모범상은 석우의 마음을 더욱 아프게 만들고 말았다.

　누르자니 일 년 내내 또 영택의 가방을 들고 다녀야 할 것만 같았습니다. 하지만 안 누르자니 일 년 동안 사귄 친구 영택에게 너무하는 것 같았습니다.

— 86쪽

이 정도이면 석우가 가방을 들어 주는 일이 얼마나 고통스러운 일인가를 알 것이다. 영택과 사귀면서 친구들의 놀림도 많이 받았고, 무엇보다 좋아하는 축구도 하지 못하면서 일 년을 보냈다. 이제 새 학년이 되고, 반이 달라져서 새로운 친구가 가방을 들어 줄 것이라고 생각하면서 망설이고 있다. 이미 석우는 영택이의 가방을 들어 주면서 스스로의 멍에에 빠져버린 것이다. 그것은 영택이를 진정한 친구로 생각하지 않기 때문에 생긴 일일 것이다.

만약에 주위의 부모나 선생님이 영택이와 인간관계에 대해 좀더 진지하게 생각했더라면, 석우는 영택이를 진정한 우정으로 사귈 수 있었을 것이다. 영택이는 겨울 방학을 지내고 돌아와서는 작은 지팡이로 다닐 정도로 많이 나아졌다. 수술에 성공하여 어느 정도 나았으면 가방을 들 수 있는 상황도 생길 수 있을 것이다. 그렇게 무거운 마음으로 초인종을 누르지 못하고 학교에 온 석우에게 뜻밖에 모범상이 주어진다. 석우는 상장을 받아 들고 울고 말았다. 석우의 울음은 무엇을 말하는 것일까.

아침에 영택이의 가방을 들어 주지 못한 미안함 때문이기도 할 것이고, 영택이와 헤어지는 일 때문이기도 할 것이다. 아직도 혼란스러운 상황에서 다음날 교장 선생님은 영택이를 석우의 반으로 해주라고 한다. 석우는 기뻐하면서 영택이에게 달려간다. 어제까지 혼란스럽던 아이가 하루 아침에 바뀌고 말았다. 영택이는 장애인이지만, 다른 아이들과 특별하게 다른 대우를 받아서는 안 된다. 석우와의 우정을 생각한다면 정당한 방법으로 친하게 지낼 수 있어야 한다. 주위의 시선으로 우정을 만들어 가는 것은 감동을 주기보다는 오히려 어색함을 줄 뿐이다.

작은 문제이긴 하지만, 영택이가 길을 가는데, 할머니들이 영택이를 보고 한마디씩 한다.

"인물은 훤한데 아깝네."
"에그, 쯧쯧! 저런 자식은 없는 편이 낫지."
"전생에 업이 많아서 그려."

— 46~47쪽

아이들에게 할머니들이 이런 말을 할 수 있을까. 어쩌다 이런 말을 하는 할머니들이 있기는 하겠지만, 무리한 상황 설정이라는 생각이 든다. 이 말을 들으면서 석우는 영택이의 가까이 다가가는 계기가 되었지만, 할머니들의 말에는 지나친 억지가 있다는 생각이다.

또한, 영택이의 수술이 어떤 것인지 의문이 든다. 두 달 만에 그 정도 나을 수 있는 일이었다면, 왜 일찍 수술하지 않았을까. 어떤 장애인지 자세히 말할 필요는 없을지라도 사건 전개와 관련이 있는 일이라면 독자에게 의문은 남기지 않아야 할 것이다. 장애인을 친구로 사귀는 어려움을 말하려다가 작은 부분을 놓치고 만 것은 아닐까.

3.

사람들에게 많이 읽히는 작품이고, 어디에서 선정한 도서라고 해서 섣부르게 지나치지 말아야 한다. 다시 한번 꼼꼼하게 읽으면서 장애인과 더불어 살아가는 아름다운 세상이 어색한 허구로 그칠 것이 아니라, 현실에 뿌리 내리는 정당한 이야기가 되었으면 한다. 작가의 과장과 작위성이 장애인의 진정한 사랑과 행복을 이해하는 데 사족이 되어서는 안 될 것이다. 좋은 동화에 뜻하지 않는 허점은 여간 실망스러운 일이 아니다.

장애인을 소재로 다룬 동화라는 점에서 특이히고 호감이 가는 작품임에도 불구하고, 내용이 산만하면 장애인에 대한 사랑이 흐려질 수 있다. 정상인이 장애인들에 대한 편견을 버려야 하기도 하지만, 정신적으로 꿋꿋하게 살아갈 수 있는 사회가 되었으면 한다. 육체의 장애보다도 더 위험한 것이 정신의 장애라는 사실을 깨달아야 할 것이다.

판타지 문학의 진정성

떡갈나무 목욕탕 선안나 지음, 방정화 그림, 파랑새어린이, 2001.

1.

　동화에서 판타지 기법은 보편의 생각을 넘어서서 진실성을 찾아내는 색다른 방법을 말한다. 판타지는 상상력과 현실에서 일어나지 않은 것을 형상화하는 힘을 말하는데, 그 방법은 상상력으로 얻어진 육감을 상징과 비유의 방법으로 형상화한다. 상상력이라고 해서 마음대로 조작하는 것을 말하는 것은 아니다. 판타지 속에는 순수한 기쁨을 주는 것, 독자를 즐겁게 하는 것, 명랑한 유머를 맛보게 하는 것을 장점으로 갖고 있어야 한다. 뛰어난 판타지 작품은 상상력, 기발함, 도덕적인 조촐함, 그들의 생활을 함께 하는 따뜻한 마음씨가 있어야 한다.

　동화만 유독 판타지 기법을 활용하는 것이 아니라, 어른들의 작품 속에서도 판타지 기법을 많이 이용하고 있다. 동화의 특질이 환상이 아니라, 색다른 감동을 주고 기발한 상상의 세계를 보여주면서 그 세계에서 공유하도록 하기 위해서 판타지 기법이 쓰이고 있는 것이다. 동화에서 판타지는 공상과 다르고, 망상과도 다르며, 환상이라는 독특한 상상력을 동원한다. 여기서 환상(幻想, fantasy)이라고 하는 것은 생각의 변화에 초점을 둔 말이지, 생각을 홀리게 한다는 말에 초점을 둔 말은 아니다. 상상력을 동원하여 생각과 경험의 세계를 바꾸어 보는 행위가 판타지의 본질인 것이다.

  기원론에서 볼 때, 판타지 문학은 윌리엄 모리스가 말하는 모험과 공상의 의미로 쓰이고 있기는 하지만, 문학에서 말히는 판타지의 본질은 상상력을 동원하여 현실을 맛깔스럽게 드러내는 하나의 방법론이라 할 수 있다. 문학에서 현실을 드러내는 방법은 여러 가지가 있다. 직접 드러내는 방법, 숨기는 방법, 빗대어 드러내는 방법들이 있다. 아동문학에서 현실에 소재를 둔 판타지는 현실을 우회의 방법으로 드러내거나 빗대어 드러내는 방법이다. 이것은 은유의 방법이다.

  현실에 소재를 두지 않은 판타지는 작가의 상상력에 기대고 있지만, 그 내용은 기발하면서도 재미있고 독자들의 감동을 주어야 한다. 비록 비현실적인 이야기이긴 하지만, 현실 세계에 적용될 수 있으면 더욱 좋은 판타지 문학이 될 것이다. 모든 작가가 현실에 뿌리를 두고 있기는 하지만, 반드시 현실을 드러내야 훌륭한 작품이라는 명제는 성립할 수가 없다. 왜냐하면 다른 예술 장르도 마찬가지이지만, 문학은 인간의 정신을 표현하는 것이기 때문이다. 때론, 현실을 솔직하게 그려내기도 하지만, 상상력을 동원한 판타지의 세계를 그리기도 한다.

  어른들과 아이들에게까지 두루 읽히는 『어린 왕자』는 현실의 이야기라고 할 수는 없다. 그런데도 『어린 왕자』에 대한 상상력은 오랫동안 사람들의 마음을 사로잡는 아름다운 동화이다. 「이상한 나라의 앨리스」, 「걸리버 여행기」는 단순한 상상력의 세계로 끝나지 않는 인간에 대한 따뜻한 사랑이 있다. 인생의 깊이와 경험이 우러난 작품이다.

아동문학에서 판타지 문학은 현실을 바탕으로 하느냐 하지 않느냐의 문제가 아니라, 얼마나 기발하게 현실의 문제를 우회의 방법으로 드러내느냐 그렇지 않느냐의 문제일 것이다. 판타지가 가진 속성이 현실과는 무관한 이야기라고 한다면, 얼마나 깊은 감동을 주느냐의 문제일 것이다. 현실과 동떨어진 판타지 작품일수록 자칫 싸잡아 판타지가 지닌 가벼운 영역에 넣어서 매도할 가능성이 있다. 판타지 작품일수록 좀더 치밀하고 세심한 분석이 요구되는 것도 이 때문일 것이다.

2.

동물의 세계는 단순히 사람들과는 다른 세계일 뿐일 수도 있지만, 그 동물의 세계도 생명을 가진 존재로 볼 때, 사람들의 세계와 진배없을 것이다. 멀리는 『이솝우화』로부터 조지오웰의 『동물농장』에 이르기까지 동물을 소재로 인간의 문제에 접근한 많은 작품들이 있다. 이것은 동서고금을 막론하고 다루어진 것이다.

우리 나라 설화의 분류 속에 동물담(動物談)이 있는 것도 동물을 다룬 작품이 많다는 것을 의미할 것이다. 동물은 인격체가 아니기 때문에 동물은 사람에 빗대어 표현되고 있다. 동물의 이야기이지만 그 진실은 사람의 이야기이다. 이것을 인정한다면, 동물 우화가 가진 문학의 의미를 새롭게 살펴볼 수 있을 것이다. 동물을 소재로 한 작품을 "헛된 환상"으로 몰아가는 것은 올바른 문학독법이 아니다. 다만, 현실에서 환상으로 옮겨가는 기법의 문제일 뿐이다.

선안나의 『떡갈나무 목욕탕』(파랑새어린이, 2001)에는 여섯 편의 동화가 실려있다. 이 여섯 편은 모두 현실의 이야기와는 무관한 동물과 유령, 천사들을 소재로 하고 있다. 이 작품은 현실의 문제와는 다른 곳에 있는 이야기이기 때문에 잘못 읽으면 판타지 문학의 "헛된 망령"으로 오도될 가능성이 있는 작품이다.

「나는 그냥 나야」는 꼬마 숫산양 "흰구름"의 이야기이다. "흰구름"은 몰려다니는 다른 산양과는 다르게 혼자 있기를 좋아하는 특별한 숫양이다. 친구들과 잘 어울리지 못하다가 친구들을 초대했을 때, 모든 친구들이 좋아하게 된다. "흰구름"은 늘 자기가 좋아하는 것을 할 뿐이라고 한다.

이 이야기는 산양의 생활 특성을 잘 살리면서 어울려 지내지 못하지만 자기만이 가진 특별한 일을 하는 것은 의미가 있다는 것을 가르치고 있다. 산양 "흰구름"이 특별하지만 함께 어울려 살아가는 새로운 방법을 가르쳐 주는 것이다. 아이들의 일에 빗대면, 잘 어울리지 못해 속상한 놀이집단에서 자기만의 세계를 잘 가꾸어 가는 것이 무엇보다 중요하다는 것을 보여줄 수 있는 동화이다.

「가시나무 숲의 괴물」도 숫산양 "흰구름"의 이야기이다. 가시나무 숲을 들어가지 말라는 경고문을 보고 호기심을 느껴서 여러 산양들에게 물어보지만, 유령과 괴물 이야기만 하게 된다. 결국 "흰구름"은 용기를 내어 가시나무 숲을 들어가게 되는데, 알고 보니 그 괴물은 염소인 "먹구름"이라는 사실을 알게 된다.

이 이야기는 아이들에게 모험심과 호기심을 동시에 보여주는 작품이다. 허위의 진실성을 밝히려는 숫산양의 모험으로 진실을 찾아가는 용기를 배우게 한다. 자칫, 어른들이 경고하는 내용을 믿지 않고 흰구름처럼, 마음대로 행동하게 할 수도 있지만, 아이들에게 "호들갑 아주머니", "알딸딸 할아버지"와 같은 재미있는 이름을 사용하면서 흥미성과 모험심을 이끌어내고 있다. 아이들의 마음을 잘 읽은 기발한 상상력이 돋보이는 작품이다.

「떡갈나무 목욕탕」은 치악산의 노마라는 순박한 떡갈나무 목욕탕 아저씨와 꼬마 너구리의 이야기이다. 사냥꾼에게 쫓긴 꼬마 너구리가 다리에 피를 흘리면서 떡갈나무 목욕탕으로 피해 들어온다. 이 꼬마 너구리를 정성껏 치료를 해주고, 돌려 보내자 나중에 숲 속의 동물 친구들이 함께 이 목욕탕을 찾으면서 신나게 논다는 이야기이다.

이 동화에서 사냥꾼과 노마는 사람이고, 꼬마 너구리는 동물이다. 사람과 동물의 이야기에 배경이 되는 치악산 숲 속의 「떡갈나무 목욕탕」은 현실의 공간일 수 있지만, 동물들이 노마 씨에게 목욕탕 예약을 하는 행위라든지, 시간 배경이 겨울인데도 푸른 나뭇잎 마흔일곱 개가 있었다는 것은 현실의 공간이 아닐 수 있다. 그러나 이것은 동물과의 더불어 살아가는 세상을 꿈꾸는 아이들의 상상력이라면 얼마든지 가능한 일일 것이다. 사냥꾼은 너구리를 못 잡아서 안달이 났지만, 노마 씨는 잠바로 너구리를 감싸 주고, 낡은 속옷으로 상처 난 부위를 치료해 준다.

인간과 더불어 살아가는 동물에 대한 진정한 사랑을 잘 보여주고 있다. 쉽고 간결한 문장으로 아이들을 상상의 세계로 이끌고, 동물에 대한 인간의 따뜻한 정이 흐르는 뛰어난 작품이다. 야생동물을 잡는 나쁜 인간과 동물을 사랑하는 착한 인간의 본성을 뚜렷하게 대립시키면서 아이들에게 착한 인간의 심성을 본받게 한다. 이 작품은 야생동물과 더불어 살아가는 인간의 본성을 우회의 방법으로 드러낸 아름다운 작품이다.

「놀이동산의 꼬마 유령」에서 장
난을 좋아하는 꼬마 유령이 놀이기
구 타는 일이 지겨워지자, 사람들을
놀리는 장난을 하게 되고, 결국 그
놀이동산은 문을 닫게 되고, 사람들
이 오지 않게 되었다. 혼자서 고민
을 하다가, 어느 날 천사 아줌마를
만나서 하늘 나라로 간다는 이야기
이다.

유령 이야기라는 점에서 현실 이
야기는 아니다. 이 작품에서 비현실
성은 신화와 같은 고정되거나 집단

그린이 : 방정화, 『떡갈나무 목욕탕』에서.

의 신뢰성을 바탕에 둔 믿을 수 없는 이야기가 아니라, 현실과 상상
의 세계를 넘나드는 이야기이다. 기발한 유령의 이야기이면서 현실
의 상황을 연결시키고 있다. 간혹, 놀이동산을 갔다 온 아이들은 계
속 놀이동산에서 놀고 싶어하는데 그 아이들의 심리를 읽어낸 동화
이다. 영원히 놀이동산에서 놀고 싶다는 생각과 장난을 좋아하는 아
이들에게 색다른 경험과 가르침을 줄 수 있는 작품이다.

「살쾡이 양의 저택」은 만화가인 아빠와 분이의 이야기이다. 동네
의 양말이 없어지는 것을 이상하게 생각한 분이는 새 양말을 빨랫줄
에 늘어놓고 기다린다. 그때 양말을 훔쳐 가는 꼬마를 아빠와 함께
따라가다가 살쾡이 양의 저택에 가게 된다는 이야기이다.

이 작품은 기발한 상상력을 갖고 있지만, 이상한 나라에 들어가는
앨리스의 이야기와 흡사하다. 또한, 살쾡이 양이 양말을 훔치는 동기
가 분명하지 않고, 살쾡이가 동물인지 꼬마인지 분명하지 않다. 살쾡
이 양의 저택에 들어가는 장면도 문제다. 바위 문을 세 번 두드리고,

발로 세 번 구르고 빙글빙글 세 바퀴를 돈 다음 "구불렁 우불렁 구불 우불렁, 길아 열려라 얍!"이라는 주문과 함께 바위 너머의 막다른 골 목에 다다른다. 「알라바바와 40인의 도둑」 이야기에 나오는 것처럼, 주문에 따라 새로운 세계로 나오는 것이다.

그런데 들어갈 때는 분이가 살쾡이 양을 잡으려 하다가 넘어지고 난 뒤에 바로 들어가게 되는데 나올 때는 이처럼 복잡한 방식이 주어 지고 있다. 이것은 이야기의 일관성이 결여되었다고 할 수 있다. 이 보다 더 중요한 문제는 수집 취미에 있다. 살쾡이 양의 다른 친구들 은 장갑, 머리띠, 단추, 공, 구슬을 모은다. 취미생활을 하는 것은 도 둑질을 해도 합당한 일일까. 아이들이 하나의 물건을 모으고 자기 소 유로 갖고 싶은 것은 당연한 일이다.

그 아이들의 심리를 막는 행위는 옳은 일이 아니지만, 아이들의 수집 취미가 남의 물건을 훔치는 일인데도 그 일이 합리화되는 것처 럼 상상력이 옮겨진다면, 그것은 아이들에게 옳은 본보기가 되지 못 할 것이다. 이 동화는 살쾡이 양처럼, 아이들이 남의 물건을 훔치면 서까지 수집을 하는 것이 되려 재미있는 일인 것처럼 느껴지게 할 수 있다.

「꽃을 삼켜버린 천사」는 장애아로 태어난 구원이의 이야기이다. 새내기 천사가 고참 천사와 함께 땅 나라에 와서 죽은 사람의 가슴에 피어 있는 꽃을 거두어 가는 일을 한다. 새내기 천사가 검은 꽃을 단 사람의 꽃과 다른 사람들의 가슴에 핀 꽃을 삼켜 버리고 팔과 다리가 없는 장애 아이로 다시 태어난다는 이야기이다. 사람들의 가슴마다 꽃씨가 심겨져 있고, 착한 일을 하면 아름다운 꽃이 핀다는 기발한 상상은 이 이야기를 재미있는 동화로 만들어 주고 있다.

아이들은 이 이야기를 읽으면서 새내기 천사의 아름다운 마음에 감동을 받을 것이고, 장애아에 대한 편견도 많이 없어질 것이다. 장애아가 천사 구원이 같은 마음으로 세상에 태어났다고 가르치는 것은 아이들에게 장애인의 가슴도 따뜻한 인간애를 갖고 있다는 것을 가르쳐 줄 것이다. 이 동화는 아이들에게 아름다운 세상을 보여주는 작품이다. 판타지 문학이 주는 기발함과 도덕적인 조촐함, 재미와 감동을 주는 아름다운 동화이다.

3.

어른들의 문학에서도 허구성이 짙은 이야기도 있으며, 이른바 판타지 문학도 횡행하고 있다. 동화가 판타지의 요소를 갖고 있기는 하지만, 그것이 판타지에 머물지 않는 것은 그 속에는 현실을 가르치고 인간을 사랑하는 따뜻한 이야기가 있기 때문이다. 판타지 문학은 아이들에게 건강한 꿈을 심어 주고 아름다운 상상의 세계로 여행하게 한다. 판타지 문학 속에서 아이들은 앞으로 성장해 가는 영양분을 섭취하고, 아름다운 꿈을 그려 보기도 한다. 그 속에서 따뜻한 마음을 가진 아이들로 성장하며, 새로운 세상을 꿈꾸는 밝은 아이로 자란다.

어린 시절에 읽었던 「걸리버 여행기」의 환상이 바다 끝까지 가서 그 섬을 만나고 싶다는 생각을 하게 하듯이 판타지 문학은 아이들에게 어른으로 성장할 때까지 풍부한 상상력과 건강한 의식을 갖게 한다. 판타지 문학은 아이들에게 매우 중요하다. 나쁜 판타지와 좋은 판타지를 구분하여 쓸 수 있는 눈이 작가에게 있어야 하고, 좋은 판타지 문학을 골라서 읽어 주는 어른들의 시선도 필요할 것이다. 판타지 문학이 주는 진정한 의미는 아이들에게 재미있는 세계로 안내하는 길라잡이가 되어야 한다는 것과 그 세상이 사람이 살아가는 일상에 풍부한 자양분이 되어야 한다는 것이다.

　　『떡갈나무 목욕탕』은 아이들에게 새로운 세계의 모험과 기발한 상상력의 세계를 보여주고 있다. 동물들의 세계를 사람들의 세계에 빗대는 기발한 상상은 이 작가의 탁월한 능력 때문에 가능할 것이다. 더러는 꼬마 너구리처럼, 숫산양 흰구름처럼, 그들의 세계에서 살고 있는 인간의 모습을 살펴볼 필요가 있을 것이다. 이런 가능성은 현실에서도 충분히 일어날 수 있는 일이다. 사람들의 경험에 비추어 볼 때, 동물들은 때론 사람보다도 더욱 영특하게 행동할 때가 있다.

　　이 동화를 통해서 진정한 판타지 문학의 의미를 생각해 보았으면 한다. 이 동화가 아이들에게 주는 깊은 감동을 쉽게 생각한다든가, 헛된 망령을 전하는 판타지 문학으로 몰아가서는 안 될 것이다. 이 작품이 갖고 있는 판타지 문학의 의미를 간단한 허상으로 몰아가는 것은 너무도 허술하고도 위험한 분석이라 할 수 있다. 오히려 이 작품으로 판타지 문학이 주는 진정한 의미를 깊이 새겼으면 한다.

통일의 꿈을 가꾸는 이야기

딱친구 강만기 문선이 지음, 민애수 그림, 푸른숲, 2003.

1.

　얼마 전, 『한겨레 신문』에 실린 제9차 이산가족의 상봉 기사를 읽었다. 1971년 독일에서 노무관으로 일을 하던 유창근(75세) 할아버지는 귀환을 1개월 정도 남겨 두고 사라진 동생 유성근 씨와 조카 경희(41세) 씨를 만나 혈육의 정을 나눈다. 30년이 지난 시간을 뛰어넘어 북한에 살고 있는 동생을 만난다. 최고령자인 김옥준(96세) 할머니는 이제는 저 세상 사람이 되어버린 셋째 딸 조양순 씨 대신 외손자 김진명(38세) 씨를 만난다. 딸은 죽고 없지만 그 딸의 혈육인 손자라도 만나고 싶은 것이다.

　형제와 가족을 지척에 두고도 견우와 직녀처럼 만나야 하는 이산가족의 상봉을 지켜보면서 상처나고 동강난 이 땅을 생각해 본다. 이산가족은 이

땅의 분단 이데올로기가 만들어낸 비극이다. 이산가족 문제는 비극의 땅에서 살고 있는 우리 모두의 일이기도 하다.

남북으로 나누어진 채 반 세기를 훌쩍 넘겼다. 휴전선의 철책도 녹이 슬어 곰삭아 내릴 시간인데도 이 땅의 철책은 해마다 더 튼튼해지고 있다. 사람들의 발길이 끊어진 비무장지대에는 희귀한 동물과 식물의 천국이 되고 있다. 비무장지대의 반대편에는 서로 이념이 다른 두 개의 국가가 그들의 역사를 꾸려가고 있다. 한국 전쟁의 비극이 끝나지 않은 채, 그대로 머물고 있는 이 땅에서 살아가고 있다. 서로의 정권 연장을 빌미로 쪼개진 국토의 이쪽과 저쪽에서 죽음의 칼날을 갈고 있다. 이 땅에 분단의 비극을 넘어서 평화의 날이 오기를 갈망해 본다.

한반도의 평화 정착을 선언하였지만, 여전히 가장 위험한 세계의 화약고 중의 하나이다. 동강난 이 땅은 휴전 중이다. 시인 신동엽은 분단의 비극을 온몸으로 체감하면서 통일의 꿈을 노래하였다. 우리 민족의 꿈은 통일이다. 신동엽 시인이 꿈꾸던 한반도의 봄은 언제 올 것인가.

꽃피는 반도는
남에서 북쪽 끝까지
완충지대,
그 모오든 쇠붙이는 말끔히 씻겨가고
사랑 뜨는 반도,
황금이삭 타작하는 순이네 마을 돌이네 마을마다
높이높이 중립의 분수는
나부끼데.

— 신동엽, 「술을 많이 마시고 잔 어젯밤은」 부분

술을 많이 마신 날, 정신없이 취해 있는 순간에도 분단의 비극을 고민하는 시인이 있다. 순수한 영혼에 싹트는 통일의 꿈을 꾸고 있다. 이 땅의 모든 쇠붙이가 사라지는 날, 중립의 초례청 앞에서 맑고 깨끗한 영혼으로 함께 만나기를 꿈꾼다. 분단을 넘어서 중립의 분수가 나부끼는 날이 올 것이다.

어른들이 이루지 못한 통일의 꿈은 아이들에게 새로운 통일의 꿈으로 이어질 것이다. 순이네 마을과 돌이네 마을을 마음껏 돌아다닐 수 있는 그 날은 반드시 올 것이다. 분단의 철책이 걷혀지고 사랑이 뜨는 한반도를 만들 수 있을 것이다. 어른들이 만든 분단의 비극을 넘어서 아이들에게 통일의 꿈을 기대해 본다. 어른들은 이 땅의 아이들에게 무엇을 물려주어야 할 것인지를 진지하게 생각해 보아야 한다. 이산가족 상봉을 위해 떠나는 우리의 이웃들을 보면서 통일을 꿈꾸어 본다.

2.

문선이의 『딱친구 강만기』는 분단의 비극을 극복하고 통일의 희망을 보여준 장편동화이다. 가난과 질병으로 고통을 받고 있는 북한을 탈출하여 남한으로 오게 된 강만기 가족의 이야기에서 이 땅의 어린이들에게 북한이 우리 민족이라는 사실을 확인시켜 준다. 열한 살 강만기의 모험과 시련을 통하여 어려움을 극복하는 북한 소년의 이야기가 깊은 감동을 준다.

강만기 가족은 함경북도 청진에 살고 있었다. 만기의 가족은 아버지, 어머니, 옥단이 누나 이렇게 네 식구이다. 어느 날, 무역업을 하는 아버지는 식량난을 견디지 못하여 탈북을 결심한다. 1998년 겨울, 만기 가족은 압록강 상류의 혜산시에서 장백 조선족 자치현으로 탈출한다. 압록강을 건너던 도중에 옥단이 누나가 강물에 빠질 뻔한 위기를 넘기고 무사히 중국에 도착한다.

그러나 도착하자마자 어머니는 낯선 사람들에게 납치를 당하고, 아버지와 만기의 가족은 길림성 화룡시에서 쇠고기 장사를 하는 조선족의 집에 머물게 된다. 납치된 어머니의 소식은 알지 못한다. 만기의 가족은 조선족 주인집에서 온갖 학대와 힘든 노동으로 어렵게 생활하게 된다.

이듬해 여름, 아버지는 돈을 벌어서 아이들을 데려가려고 남한으로 간다. 그 해 겨울이 되었을 때, 아버지로부터 소식이 오고 만기와 옥단이는 선양공항에서 비행기를 타고 대한민국 김포공항에 도착한다. 서울에 도착한 만기는 안성의 하나원에 가서 남한 생활 적응 시간을 보낸다. 바다 초등학교 3학년에 입학하면서 남한의 아이들에게 놀림을 받는다. 아이들이 북한에서 왔다며 이상한 눈으로 바라보고 선생님들도 차갑게 대하자 만기는 마음의 문을 닫고 만다.

서울에 있는 아버지의 임대 아파트로 옮기고 학교도 서울로 전학을 한다. 탈북자라고 놀림을 받을 것 같아서 중국 조선족 교포이고, 안성에서 전학 온 학생으로 소개한다. 학교 생활에 잘 적응하지 못하던 만기는 민지와 친하게 지내면서 차츰 학교 생활에 적응해간다. 그러나 아버지의 재혼 문제로 옥단이 누나가 가출하고, 만기도 아버지의 재혼 문제로 고민에 빠진다.

옥단이가 집으로 돌아오자 아버지는 재혼 문제를 미루고, 요리사 자격증을 따게 된다. 그리고 식당을 하기 위해 계약을 하였는데, 사기를 당하고 계약자를 만나러 가는 도중에 교통사고를 당하게 된다. 탈북자라는 사실을 숨기도 지내던 옥단이는 친구들에게 북한에서 온 아이임을 밝힌다. 만기도 수련회에 가서 친구들과 진실게임을 하면서 민지를 좋아한다고 말하고, 북한에서 왔다는 사실을 밝힌다.

이 동화는 남북의 어린이가 어깨 걸고 살아가는 아름다운 공동체의 삶을 보여주고 있다. 어린이는 통일의 꿈나무들이다. 어른들이 이념과 외세의 이권다툼 때문에 이 땅이 분단 국가로 되고 말았지만, 아이들은 이 분단의 비극을 넘어서 통일된 나라에서 함께 살아가야 한다. 남과 북이 다른 나라가 아니고, 남과 북은 우리 민족의 역사가 살아있는 땅이다.

단군 할아버지가 나라를 세운 곳, 배달 민족이 연면히 역사를 수려온 곳이다. 이곳은 우리의 아이들이 삶의 터전을 두고 살아가야 하는 곳이다. 이 땅에서 살아가는 어린이들은 분단된 나라를 하나로 합칠 수 있는 새로운 희망이다. 아이들은 통일을 향한 굴렁쇠를 함께 돌릴 수 있는 꿈나무들이다.

강만기와 이민지처럼, 남과 북이 친구처럼 어울리는 날이 올 것이다. 이 땅은 우리 민족이 대대로 살아온 곳, 우리의 할아버지가 살아왔던 곳이다. 이 땅의 흩어진 가족들이 오순도순 모여 이야기꽃을 피우면서 살아가는 날, 부산에서 열차를 타고 신의주까지, 함경북도의 끝자락 온성까지 달릴 수 있는 날이 올 것이다. 이 땅의 아이들은 한반도를 가로질러 만주벌판을 누비던 선조들의 기질을 알 것이고, 그 벌판에서 대대로 살아온 민족의 정신을 배울 것이다.

이 동화는 북한 가족에 대한 따뜻한 사랑을 갖게 한다. 강만기가 어머니를 잃어버리는 아픔은 우리의 땅을 잃어버리는 아픔이다. 이 땅의 아이들에게 더 이상 비극의 역사를 물려 주지 말아야 할 것이다. 통일된 나라에서 아름다운 꿈을 펼칠 수 있는 세상을 만들어야 할 것이다. 어른들은 아이들에게 남북 분단을 넘어서 통일의 싹을 심어주어야 할 것이다. 이 동화는 남북의 아이들이 하나되는 아름다운 나라를 꿈꾸게 한다. 이 땅의 현실 문제를 다루면서 미래의 희망까지 보여주는 좋은 동화이다.

그러나 이 동화는 사건의 진실성 문제와 구성의 혼란으로 해서 좋은 동화의 가치를 떨어뜨리고 있다. 허구로 짜여진 이야기라 하더라도 현실에서 일어날 가능성이 있는 이야기여야 한다. 잘 알려져 있지 않은 북한 이야기도 현실성에 접근하는 것이어야 한다. 동화는 시간의 흐름으로 진행되는 사건의 연속성이다. 그런데 사건을 지나치게 많이 넣으면서 구성이 혼란하게 되면 주제가 분명하게 드러나지 않을 수 있다.

이 동화의 배경은 1998년 함경북도 청진이다. 함경북도 청진은 북한의 대표적인 항구도시로 1977년 직할시로 되었으며, 1985년에는 함경북도에 편입된 도시이다. 여기에서 무역업을 하는 아버지와 함께 살아가고 있었다. 그런데 만기 가족은 북한의 심각한 식량난 때문에 탈북을 계획하게 된다. 만기 가족은 량강도의 혜산시로 가서 압록강 상류를 통해서 탈북한다. 북한의 경제 위기는 1990년부터 시작되었고, 강만기는 1998년 겨울에 북한을 탈출한다.

거주 이전의 자유가 제한되어 있는 만기 가족이 탈출을 하는 경로와 동기들이 북한의 실정에 맞지 않다. 탈출의 경로와 북한의 실정을 좀더 정확하게 제시하고, 사건의 인과성이 합리적으로 드러났으면 한다. 그리고 겨울에 압록강을 건너는데, 강물에 빠진다. 압록강의 상류는 장백산 부근인데, 겨울에 강물이 풀려 있다는 것은 북한의 날씨를 잘못 이해한 것이 아닐까.

만기의 가족이 북한을 탈출하여 중국 땅을 밟았을 때 더욱 황당한 사건이 일어난다. 안내원과 함께 강물을 건넜는데, 강물을 건너는 장면에서 갑자기 안내원은 사라지고 없다. 그 다음 장면이 다음과 같이 이어진다.

　가이드 아저씨 말대로 만기 가족은 쉬지 않고 바삐 걸음을 재촉했다.
그런데 얼마 못 갔을 무렵, 갑자기 나무 뒤에 숨어 있던 남자들이 어머니
한테 달려들었다. 어머니는 비명을 질렀고, 아버지는 어머니를 구하려고
그 사람들과 맞서 싸웠다. 하지만 상대는 한두 명이 아니었다. 한참 싸우
던 아버지가 총부리에 머리를 맞아 정신을 잃고 쓰러졌다.

— 30쪽

　중국에 도착하여 가이드 아저씨의 안내로 함께 길을 가나가 당한
봉변이다. 이 장면에서도 가이드 아저씨가 나타났다가 사라진다. 납
치하는 사람과 실랑이를 하고 있고, 아버지는 기절하였는데, 가이드
아저씨에 대한 언급은 없다. 가이드 아저씨가 갑자기 사라진 이유는
무엇일까. 가이드 아저씨와 어머니를 납치한 사람은 같은 편이라는
말인가.
　가이드 아저씨는 만기네 가족을 "중국 길림성 화룡시에서 조금 떨
어져 있는 조그마한 시골 마을"(36쪽)로 안내해 주는 것으로 보아서
어머니를 납치하는 사람들과는 같은 편은 아니라 할 수 있다. 함께
길을 가다가 갑자기 나무 뒤에 숨어 있던 사람들이 나타나 아버지와
싸움을 하고 있으며, 만기와 누나까지도 어머니를 데려가는 사람들
을 붙들고 싸우고 있다. 가이드 아저씨는 어디로 간 것일까. 사건과
인물의 상황에 무리가 따른다.
　만기의 가족이 남한으로 오기 위해 피신해 있는 곳은 쇠고기 장사
를 하는 조선족 집이다. 이 집은 소를 스무 마리 정도 기르고, 개도
다섯 마리나 있다. 할아버지와 할머니, 주인집 부부, 그리고 딸 아령
이가 살고 있다. 아령이의 나이가 만기의 또래인 것으로 미루어 주인

집 아저씨는 그다지 나이가 많지 않은 것 같다. 그렇다면 주인집 아저씨는 만기의 아버지와 비슷한 연배일 것이다. 그런데도 만기의 아버지에게 혹독한 노동을 시킨다. 화룡시에 살고 있는 조선족들은 같은 민족이다. 조선족들이 모두 북한의 탈북자를 좋게 생각하지 않을 수 있고, 탈북자를 이용할 수도 있을 것이다. 그런데 주인집 아저씨는 만기의 가족을 중국인이 조선족을 학대하는 것만큼이나 심각하게 노동을 착취한다. 이 부분의 사실성도 따져 보아야 할 것이다.

이미 별이 솟은 어둑어둑한 밤. 아버지는 여느 때보다 네 시간이나 더 늦게 엉망이 된 몰골로 돌아왔다. 온몸이 땀으로 범벅이 되어 있었고 머리칼은 뭉쳐져 있었다. 축축해진 옷 속으로 한기를 느끼는지 덜덜 떨었고, 왼팔이 부러진 채, 다리마저 절뚝거렸다.

— 43쪽

비가 오는 날, 소를 잃어버린 아버지가 소를 찾다가 들어오는 장면이다. 소를 어떻게 찾아 헤맸는지 모르지만, 왼팔이 부러지고 다리마저 절뚝거리면서 들어오는 아버지에게 "이런 밥만 축내는 식충이. 소 한 마리 값이 도대체 얼마인 줄 아네?"라고 말한다. 주인집 아저씨의 이 말은 만기의 아버지에게 할 수 있는 말일까.

더욱이 왼팔이 부러진 상황을 생각해 보면 주인집 아저씨의 학대는 그 정도가 지나치게 설정되어 있다. 소를 잃어버린 책임이 만기의 아버지에게 있지만, 주인집 아저씨는 무엇을 하고 있었다는 말인가. 스무 마리의 소를 키우는 주인집 아저씨는 집에서 간혹 소만 잡고 다른 일은 하지 않는 것일까. 주인 아저씨는 어떤 사람인가.

이런 상황은 여러 부분에 나온다. 옥단이 누나는 주인집에서 온갖 궂은 일을 한다. 새벽에 일어나 이불을 개고, 아침밥을 짓고, 국을 끓이고, 설거지를 한다. 빨래와 집안 일까지도 모두 한다. 옥단이 누나의 나이는 13살이고, 남한에서는 초등학교 6학년이다. 그만한 능력이 있는 것일까. 빨래를 할 때 필요한 물을 길어 와야 하는 부분은 더 어색하다.

> 십 리터쯤 되는 양동이 두 개를 어깨에 메고, 오백 미터 남짓한 먼 곳에서 매일 몇 차례씩 물을 길어 와야 했다.
>
> — 39쪽

힘든 노동에 시달리는 옥단이의 생활을 묘사하고 있는 부분이다. 10리터의 물동이는 어른들이 지기에도 힘든 것이다. 옥단이 누나는 남한에 와서 중학교 1학년에 들어가는데, 중국에 있을 때는 13살 소녀이다. 이 아이가 어른들이 지고 다니는 물동이를 두 개씩 메고 물을 긷는다는 것은 이해가 안 되는 것이다. 힘든 노동을 말하는 것이 지나치게 표현되었다는 것을 알 수 있다.

또한, 아령이는 수시로 만기에게 골탕을 먹인다. 아령이는 만기와 비슷하거나 약간 어린 나이인 것 같지만, 여기에서는 아령이의 나이를 밝히고 있지 않다. 그런데도 만기가 같이 놀아주지 않는다고 괴롭혔다. 옥단이 누나에 비해 만기의 노동은 뚜렷하게 제시되지 않았으며, 잔심부름 정도가 고작이었다.

> 누명을 쓴 만기는 너무도 기막혀 아무 말도 못하고, 붙박이처럼 서 있었다. 그 날 만기는 창고에 갇혀 점심밥과 저녁밥을 굶는 벌을 받았다. 아령이는 창고 창문에 까치발로 서서 얼굴을 빠끔히 디밀었다. 그리고 혀를 불쑥 내밀고는 달아나 버렸다.
>
> — 48쪽

아령이와 숨바꼭질을 하다가 아령이가 실수로 주인 아줌마가 아끼는 도자기를 깨트리고 말았다. 이 일로 만기는 누명을 쓰고, 점심과 저녁을 굶고 창고에 갇힌다. 아령이의 장난이 정도가 심하고, 주인 아줌마의 횡포도 만만치 않다. 만기의 가족이 탈북을 하고 난 뒤 힘들었다는 사실을 강조한 것이지만, 여러 부분에서 무리한 설정이 나와 있다.

북한의 탈북자를 대성공사의 안내원이 하나원에 데려가고 남한에서 살아갈 수 있는 생활 적응 훈련을 한다. 그러나 만기는 남한 생활에 잘 적응을 못하고 있으며, 가족들은 아버지의 재혼 문제 때문에 고민을 한다. 북한에서 온 수향이는 남한 생활에 잘 적응하는데, 만기는 잘 적응하지 못한다. 만기의 성격에도 문제가 있는데도 남한의 친구들이 놀린다는 이유를 더 많이 부각시키고 있다. 이 동화는 구성이 산만하고, 사건의 진실성이 부족하다.

아버지는 눈을 부릅뜨고 대뜸 화를 버럭 냈다.
"인터넷이고 핸드폰이고 다 끊을 테니 그렇게 알라. 고런 것들 공부하는데 훼방이나 되고 돈만 낭비한다. 하나 도움이 안 된다."
— 166쪽

북한에서 고생을 하고, 남한에 와서 정착금을 받고, 식당에 일을 하는 아버지가 돈을 벌어서 생활한다. 만기의 아버지가 남한에 와서 생활한 때를 살펴보면 길어야 일 년 남짓 되는 기간이다. 그리고 만기와 옥단이 누나가 남한에서 생활한 기간은 6개월도 안 되는 기간이다. 그 기간 동안에 만기의 가족은 집에 인터넷을 설치하고, 중학생인 옥단이 누나는 핸드폰까지 갖고 다닌다. 만기의 가족이 남한에 오는 때는 북한을 탈출한 뒤 약 1년 6개월 만의 일이다. 1998년에 북한을 탈출하여, 1999년 겨울에 남한에 온다. 1999년에 핸드폰이 보편화되었을까.

이처럼, 이 동화의 전체 구성은 산만하다. 옥단이 누나의 나이와 아버지가 북한에서 무역업을 했다는 말도 군데군데 작가의 필요에 따라 이야기함으로써 인물과 시간의 흐름에 혼란을 가져오고 말았다. 이것은 북한의 실상을 다루는 부분에서도 신빙성을 갖지 못하게 하고 말았다.

또한, 부분의 문제이긴 하지만, 사투리의 구사가 적절하지 않다. 함경북도 지역의 사투리의 특색이 있을 것이고, 북한의 문화어도 있을 것인데, 부분의 어휘만으로 대화를 사용하면서 오히려 어색하게 되고 말았다. 북한의 말을 좀더 깊이 연구해 볼 필요가 있을 것이다.

"이 코흘리개 에미나이래 입 닥치지 못하겠네?"

—31쪽

"아지미, 이왕 기다려 준 거 좀더 기다려 주면 안 됩니까? 예? 아지미 제가 없는데 아바지한테 소식 오면 우린 어쩝니까?"

옥단이 누나는 기를 쓰고 매달렸다.

—80쪽

이 대화에서 북한의 사투리 대신 몇 개의 어휘만으로 북한의 대화를 사용하고 있음을 알 수 있다. 완전한 북한의 대화를 사용하지 않더라도 근접한 북한 사투리를 사용해야 할 것이다. 대화에서도 문제고, 어휘에서도 문제가 된다. "가이드"(30쪽)는 안내원이다. 북한에서는 "가이드"라는 말보다는 안내원이라는 표현이 옳을 것이다. 그리고 "숨기내기"(46쪽)보다는 숨굴막질이라는 함경도 지방의 사투리가 더 좋을 것이다.

전체 시간의 흐름이 분명하지 않다. 이 동화는 시간 흐름을 하나하나 정리하여 읽어야 한다. 만기가 탈북하는 때는 1998년 겨울이다. 길림성 화룡시에서 쇠고기 장사를 하는 조선족 집에 머문다. 이듬해 봄은 만기가 열한 살이 되는 해이다.

그 해 여름에 아버지는 남한으로 떠난다. 같은 해인지 분명하지 않지만, 시간의 흐름으로 미루어 볼 때, 그 해 겨울이다. 그때 아버지에게서 연락이 오고, 약 일주일 뒤에 선양공항에서 비행기를 타고 대한민국 김포공항에 도착한다. 서울에 도착한 만기는 안성의 하나원에 가서 생활 적응 시간을 보낸다. 바다초등학교 3학년에 생활을 하면서 아이들에게 놀림을 받는다. 하나원에서 서울로 전학을 하면서 탈북자라는 사실을 숨기고, 나이도 속인다. 시간의 흐름에 따라 정리를 하면 좀더 분명하게 줄거리가 파악된다.

시간의 흐름이 산만하기 때문에 체육대회를 언제 하는지, 수련회를 언제 떠나는지도 산만하게 되고 말았다. 수련회 가는 날은 여름인 것 같은데, 꽃이 피어 있는 것으로 묘사돼 계절이 혼동되어 있다. 우리 나라는 계절의 변화에 따라 꽃이 피고 진다.

수련회장 앞마당에는 분꽃과 봉선화가 군데군데 소담스레 모여 있었다. 그리고 담벼락에는 나팔꽃이 그물처럼 퍼져 있고, 담 뒤에는 아카시아 나무가 즐비하게 늘어서 있었다.

—218쪽

선생님이 갑자기 만기의 손을 잡아끌고 내달리기 시작했다. 아카시아 잎새에서 나는 싱그러운 내음이 코끝에 스쳤다.

—219쪽

분꽃은 6~10월에 피고, 봉선화는 6월 이후부터 꽃이 피기 시작한다. 나팔꽃은 7~8월에 여러 가지 빛깔로 핀다. 아카시아는 아까시나무를 잘못 부른 것이다. 아카시아라는 말을 쓰면 아이들도 그 꽃을 혼동할 것이다. 인용하는 꽃을 좀더 정확하게 찾아보는 것은 성실한 작가의 태도이다.

아카시아는 열대지방에서 자라는 나무이고 우리 나라에는 자랄 수 없다. 아까시 나무는 5~6월에 꽃이 핀다. 아까시, 분꽃, 봉선화, 나팔꽃이 한꺼번에 피어있는 계절은 언제인가. 여름 수련회의 일정을 밝혀서 그때 어울리는 꽃을 묘사해야 할 것이다. 귀화식물이 이 땅에서도 잘 자란다는 선생님의 말을 강조하기 위해서인 것 같은데, 만기는 귀화식물처럼, 다른 곳에서 온 친구가 아니라, 우리 민족이라는 사실을 강조해야 할 것이다.

3.

이 땅에서 자라는 아이들에게 북한의 실상을 알려 주는 것은 환영할 일이다. 이 동화의 처음 부분에 나오는 눈 오는 장면은 건강한 북한 어린이의 삶을 보여주고 있다. 눈 오는 날, 아이들이 눈싸움을 하고, 썰매를 타는 장면은 마치 어린 시절 동구 밖에서 놀던 일처럼 친근하게 와 닿는다. 통일의 꿈이 아른하게 느낄 수 있을 정도로 친숙하게 다가왔다.

북한의 항일가요 중에서 우리가 어린 시절에 자주 불렀던 동요가 있다. 이 동요를 부르면서 어깨 걸고 함께 걸을 수 있는 날이 왔으면 한다. 통일의 꿈나무들은 우리 아이들이다. 이 땅에서 자라는 아이들에게 통일의 희망을 걸어본다. 아이들이 서로 어깨를 잡고, 줄을 지

어서 노래를 부를 수 있는 날이 언젠가는 올 것이다. 이 책을 읽으면
서 통일의 꿈을 생각해 보았으면 한다.

어데까지 왔니 마을까지 왔다
어데까지 가려니 학교까지 간다
무엇하러 가려니 공부하러 간다
누구하고 가려니 우리 모두 간다

어데까지 왔니 개울까지 왔다
어데까지 가려니 뒷산까지 간다
무엇하러 가려니 훈련하려 간다
누구하고 가려니 우리 모두 간다

어데까지 왔니 숲 속까지 왔다
어데까지 가려니 고개 너머 간다
무엇하려 가려니 왜놈치러 간다
누구하고 가려니 우리 모두 간다

—「어데까지 왔니」

교육 현장을 반성하게 하는 동화

까막눈 삼디기 원유순 지음, 이현미 그림, 웅진닷컴, 2000.

1.

원유순 글·이현미 그림의 『까막눈 삼디기』를 읽으면서 "까막눈 삼디기"가 따돌림을 당하는 모습과 까막눈 삼디기를 가르치지 못하는 선생님들을 통해서 우리 교육의 심각한 문제점을 발견할 수 있었다. 결손 가정의 아이를 따뜻하게 감싸지 못하는 선생님과 그 아이를 왕따시키는 학교 현장을 보면서 안타까웠다. 왜곡된 교육의 현장에 함께 있는 사람으로서 이 동화를 읽는 아이들이 받을 상처를 생각할 때, 부끄러운 마음이 들었다.

이 근본적인 문제를 벗어나서 주제의 문제에 접근해 보면, 이 책은 좋은 장점을 갖고 있다. 그것은 이 동화의 서술자의 태도가 내내 아이들을 사랑하는 마음으로 일관하고 있다는 것이다. 서술자는 주인공 삼디기의 마음을 읽으면서 생각하는 것

부터 말하는 방식까지 모두 초등학교 2학년 아이들의 대화법을 사용하고 있다. 어른이 쓴 동화에서 아이들에게 친숙한 문장을 사용하는 것은 아이들에 대한 사랑이 전제되지 않으면 안 될 것이다. 글자를 모르는 아이가 겪는 부끄러움과 글자를 익혀 가는 아이의 즐거움을 아이들의 눈높이로 읽어낸 좋은 동화이다.

더불어 그림이 주는 미덕도 볼 수 있다. 그림을 그린 사람이 동양화를 전공한 탓인지 내내 은은한 화폭에 익살스러운 장면이 그려져 있다. 아이들의 표정과 어른들의 표정들이 하나같이 순박하게 묘사되어 있다. 도시의 부모들이면서도 날렵하게 보이지 않고, 농촌의 어른들 같은 분위기가 나타나 있다. 도시의 풍경을 그릴 때에도 고층 아파트를 그리지 않았고, 골목길을 따라가는 주택가를 그리고 있다. 전체 삽화에 나오는 인물은 소박한 얼굴 표정을 중심으로 그렸다. 언뜻 보기에는 우스꽝스러운 얼굴 표정들 같지만, 모두 순박한 모습을 하고 있다. 아이들의 얼굴 모습을 하나같이 둥글게 그렸다는 점을 유심히 살펴볼 필요가 있을 것이다. 다만, 그림의 흠은 선생님의 얼굴 표정이 단 한 곳만 순박한 모습으로 나오고(22쪽), 나머지 부분은 모두 이상한 얼굴로 그려져 있다는 것이다.

요즘 아이들은 조기교육의 열풍 속에서 유치원 시절부터 초등학교 교육과정을 미리 배운다. 초등학교뿐만 아니라 중·고등학교까지 선수 학습의 열병을 앓고 있다. 교육은 공동체의 삶을 살아가는 방법을 익히는 것이다. 종합 사고 능력이 사라지고, 문제를 잘 푸는 아이, 부모님과 선생님의 말에 순종하도록 길들여진 아이로 만들고 있다. 자기의 생각을 말할 수 있는 아이, 자기만 갖고 있는 재능을 펼칠 수 있는 아이, 자기가 하고 싶은 일은 밤을 새워서라도 해낼 수 있는 아이들이 많은 세상이 되어야 한다. 교육의 진정한 목표는 획일화된 인간을 만들어내는 것이 아니라, 공동체의 삶 속에서 각자의 재능을 발휘

하는 인간을 길러내는 데 있다.

2.

『까막눈 삼디기』는 초등학교 2학년 때까지 한글을 모르던 삼덕이
가 글자를 익히는 과정에서 새롭게 만나게 되는 배움의 즐거움을 보
여주고 있다. 학교에서 따돌림당하는 아이들의 문제, 초등학교 아이
들의 교육 현장을 생생하게 고발하고 있다.

삼덕이는 충청도의 어느 산골에서 일흔이 넘은 할머니와 살았다.
아빠는 마흔이 넘어서 얻은 아들 삼덕이를 애지중지하며 키웠다. 삼
덕이의 아빠는 삼덕이가 세 살 때, 몹쓸 병을 얻어서 돌아가시고, 엄
마는 돈을 벌러 나갔다가 소식이 끊어지고 말았다. 삼덕이가 일곱
살 때, 도시로 이사 오게 되었다. 삼덕이는 입학할 때까지도 글자를
몰랐다.
할머니가 집에서 부르는 이름인 삼디기를 그대로 부르다가 별명이
삼디기가 되었다. 2학년이 되어서도 글자를 읽을 줄 몰랐던 삼디기
를 담임 선생님 대신 수업을 하게 된 남자 선생님이 책을 못 읽는다
고 까막눈이라고 불렀다. 까막눈 삼디기는 공부 시간에 할 일이 없었
다. 공부 시간에도 짝지인 은지에게 장난을 걸고, 손장난을 했다. 학
급에서 계속 말썽을 부려서 같은 반 아이들이 삼디기를 따돌렸다.
어느 날, 경상남도 통영에서 연보라라는 아이가 전학을 온다. 보라
는 삼디기에게 동화책을 읽으라고 하는데, 삼디기는 책을 읽을 줄 모
른다면서 화를 낸다. 삼디기는 화를 냈는데도 이해해 주는 보라에게
관심을 가진다. 삼디기는 보라가 읽으라고 준 책을 들고 할머니에게

읽어 주면서 차츰 글자를 배우고 싶다는 생각을 하게 된다. 받아쓰기에서 빵점을 맞았을 때도 보라는 맞는 글자가 있다며 빵점이 아니라고 말해 준다. 삼디기는 보라가 읽으라고 주는 책을 열심히 읽으면서 글자를 배운다.

한 달 정도 지났을 때, 받아쓰기를 했는데, 삼디기는 빵점을 맞았다. 그러나 보라가 삼디기의 답지를 확인하면서 발음 나는 대로 쓴 글자를 모두 동그라미를 해서 100점으로 만든다. 현진이가 이 일을 선생님에게 일러서 보라와 삼디기는 꾸중을 듣는데, 보라는 선생님께 그동안 삼디기는 열심히 책을 읽었다고 한다. 선생님도 보라와 삼디기의 노력을 인정하고, 삼디기에게 100점을 준다.

반 아이들이 삼디기에게 책을 읽어 보라고 한다. 삼디기는 더듬더듬하면서 읽어 나가고, 잘 모르는 글자가 나오면 반 아이들이 작은 소리로 가르쳐 준다. 드디어 삼디기는 책 한쪽을 다 읽고는 가슴을 쓸어 내린다.

이 동화는 삼디기가 책을 읽는 장면, 아이들이 공부하는 장면, 삼디기가 벌을 받는 장면들에서 초등학교 2학년 아이들의 학급 분위기를 세밀하게 묘사하고 있다. 학급의 분위기만 따라잡는 것이 아니라, 초등학교 2학년 아이의 감정까지도 섬세하게 드러내고 있다. 삼디기가 좋아하는 은지에게 짓궂게 장난을 거는 장면이라든지, 보라의 옆에서 그림을 그리다가 무심코 보라의 얼굴을 그린다든지 하는 것은 아이들의 소박한 마음을 그대로 읽어낸 것이다. 글자를 모르는 아이라고 따돌림을 받던 삼디기가 마침내 책 한쪽을 읽어내는 장면에서 아이들은 감동을 받을 것이다.

글자를 모르는 삼디기가 할머니에게 동화책을 읽어 주는 장면은 이 동화에서 가장 재미있는 부분이다. 보라가 읽어 주던 '소가 된 게

으름뱅이'라는 그림 동화책을 들고 집으로 돌아온 삼디기는 할머니에게 동화책을 읽어 주기로 한다. 삼디기는 할머니에게 자신 있게 말을 했지만, 어떻게 읽어야 할지 막막하다. 마침내 삼디기는 그림을 보면서 글자를 읽는 것처럼 이야기를 해준다. 그 동화책의 내용은 옛날에 어떤 게으른 사람이 일을 하지 않고 매일 잠만 자다가 소가 되어 밭을 갈게 된다는 이야기이다. 삼디기는 그림을 보면서 이야기를 잘 해나가다가 갑자기 그림 속에 농부가 사라지고, 소가 밭을 가는 장면이 나오자 당황해 한다.

순간 삼디기는 어떻게 이야기를 만들지 몰라 망설였이요. 낮잠을 자던 사람은 어디로 가고, 느닷없이 웬 황소가 나타났는지 짐작조차 할 수 없었지요.

삼디기는 곁눈질로 할머니의 눈치를 살폈어요.

할머니는 삼디기의 얼굴을 바라보며 얼른 책을 읽어 주기를 기다리고 계셨어요.

"황소가 밭을 갈고 있었습니다. 그런데 게으름뱅이가 갑자기 없어졌습니다."

삼디기는 책을 탁 덮고 할머니께 말했어요.

"이게 끝이구먼유."

"그런데 낮잠 자던 사람이 어디로 갔을까?"

할머니는 삼디기 얼굴을 쳐다보며 물으셨어요.

"나도 모르지유. 책에 없으니까."

삼디기는 할머니의 눈길을 피하며 얼버무렸어요. 그리고 속으로 생각했지요.

'내일 보라에게 물어 보아야지.'

— 79쪽~80쪽

삼디기의 기발한 발상은 어린애답다. 할머니가 삼디기에게 물어 보는 내용도 재미있다. 이 부분은 상황 자체가 주는 포근한 분위기와 손자가 읽어 주는 이야기를 들으면서 고개를 끄덕이던 할머니의 모습이 정겹게 다가온다. 진지하게 이야기하는 삼디기의 행동에서 아이들의 마음을 이해하는 작가의 시선을 읽을 수 있다. 작가가 아이들의 마음을 읽어내지 않으면 이런 표현은 나오지 않을 것이다.

할머니를 곁눈질로 보면서 눈치를 살피는 부분이나 할머니의 눈길을 피하며 얼버무리는 부분은 아이들의 표정을 하나하나 읽어내려는 작가의 노력이라고 할 수 있다. 기발한 발상에 재미있는 연출은 아이들의 시선으로 아이들의 마음을 그려내는 작가의 따뜻한 마음이라 할 수 있다.

어른들이 쓴 동화는 아이들의 시선으로 세상을 보지 못하고, 어른들의 생각이 들어가기 일쑤인데, 이 동화는 아이들의 천진난만한 정서를 잘 포착해내고 있다. 동화는 아이들의 이야기 속에서 삶의 진실을 드러내야 하고, 아이들의 세상에서 진정한 삶의 의미를 발견해야 한다.

동화는 아이들에게 꿈과 희망을 주기도 하지만, 어른들에게는 아이들의 세상을 통해서 잃어버린 본질을 찾게 하기도 한다. 동화는 아이들만의 것이 아니라, 어른들이 함께 읽는 것이다. 동화 속에는 어른들만의 세상이 있는 것이 아니라, 아이들의 세상도 포함되어 있다. 동화 작가는 이 아이들의 시선을 잘 포착해내는 것이 필요하다.

아이들이 읽을 동화는 아이들의 시선으로 아이들의 이야기를 해야 한다. 삼디기가 책을 읽는 순간에 마치 자신이 삼디기가 된 것처럼 느껴지는 따뜻한 마음이 아이들의 마음일 것이다. 이 동화는 어른이 쓴 동화이면서도 아이가 쓴 동화처럼 맑고 순수하다. 웃음과 감동으로 만날 수 있는 동화이다. 초등학교 2학년이 본 세상을 그대로 드러내면서 글자를 깨우쳐 가는 즐거움을 잔잔하게 그려내고 있다.

　그러면 이 동화가 갖고 있는 문제점을 살펴보기로 하자. 이 동화는 우리 교육의 문제점을 고발하고 있지만, 인물의 구성에 한계가 있어서 불만스럽다. 또한, 이야기의 전개에서부터 군데군데 무리가 있는 부분이 있다. 교육의 문제점으로 고발하는 부분부터 인물의 상황 설정에 이르기까지 정확한 정보와 사건의 긴밀한 구성으로 짜여져야 하는데, 상황과 구성이 논리에 맞지 않다. 아이들을 위한 동화라고 해서 논리에 맞지 않아서는 안 된다. 얼렁뚱땅 넘어가는 이야기의 전개는 독자들을 무시하는 태도이다.

　먼저, 상황 설정의 문제점은 삼디기의 가족에 대한 부분이다. 삼디기는 아버지가 마흔이 넘은 나이에 태어난 아이이다. 그리고 아버지는 몹쓸 병으로 돌아가셨다. 어머니는 돈을 벌러 간다고 삼디기와 할머니를 두고 소식을 끊어 버리고 말았다. 구체성을 갖고 있는 내용은 아무것도 없다. 아버지의 죽음은 "몹쓸 병" 때문이고, 어머니의 가출은 "돈을 벌러 간다"는 정도이다.

　이 부분은 주인공 삼디기의 불우한 생활의 원인이 되는 중요한 일인데도 막연한 동기만 제시하고 있다. "옛날 옛날 아주 오랜 옛날에 어느 산골 마을에"로 시작되는 민담(民譚)의 구성과 같다. 구체성이 없고, 인과성이 없는 것은 옛날의 구전동화에서 자주 보이는 구성 방법이다.

　이 동화는 현대의 이야기를 하고 있는 현실동화인데, 상황 설정은 구전동화의 방법을 쓰고 있다. 저학년이 읽는 동화라고 해서 일부러 작가는 구체성과 인과성을 무시하면서 옛날 이야기를 하는 방식으로 하고 있는지는 모르지만, 아이들에게 상황의 구체성을 보여주지 않는 것은 성실한 작가의 태도는 아니다.

　다음은 할머니가 도시로 이사하는 상황 설정의 문제이다. 일흔이 넘은 할머니가 충청도의 산골에서 살다가 도시로 이사를 하는 것은 삼디기의 교육 때문일 것이라고 생각할 수 있지만, 이것은 상식에서 벗어난 이야기이다. 생활의 기반이 뚜렷하지 못한 할머니가 도시로 이사할 생각을 할 수 있느냐라는 문제부터 도시에서 어떻게 생활하느냐의 문제에 이르기까지 많은 문제가 있다. "코딱지만한 방"에 사는 할머니와 손자가 도시에서 그리 쉽게 살아갈 수 있을까. 고향을 등지고 도시로 이사하는 할머니의 상황은 납득이 가지 않는다.

다음은 이 동화에 나오는 선생님의 문제이다. 상황 설정이 잘못되었는지, 아니면 작가가 의도적으로 우리 교육의 문제점을 고발하려고 했는지 모르겠지만, 이 동화에 나오는 선생님은 심각한 문제가 있는 선생님들이다.

삼디기는 초등학교 2학년이다. 1학년 과정이 어떤지는 모르겠지만, 2학년이 되어서도 한글을 알지 못한다는 것은 1학년 때 선생님의 학습지도 능력에 문제가 있는 것이다. 1학년 때 선생님은 무엇을 했단 말인가?

삼디기는 올해 아홉 살, 초등학교 이 학년이예요. 삼디기의 원래 이름은 엄삼덕이예요.

—6쪽

삼디기는 입학할 때부터 자기 이름을 몰라서 출석을 부르는데도 대답을 못하고 있었다. 나중에 할머니가 부르는 삼디기라는 별명을 자신의 이름이라고 한다. 한글을 모르는 것은 산골에 있었기 때문이라고 하는데, 삼디기는 텔레비전에 나오는 노래를 곧잘 따라 불렀다. 더러는 텔레비전을 보면서 글자를 익히기도 할 것이다. 텔레비전이 보급되면서 문맹이 거의 사라지고 있는 현실을 잘 모르고 한 것이다.

할머니와 저녁마다 텔레비전 보는 것이 가장 즐거워요. 삼디기가 텔레
비전에 나오는 노래를 따라 흥얼거리면 할머니는
"애고 우리 삼디기 똑똑혀!" 하시며 궁둥이를 톡톡 두드려 주신답니다.

— 10쪽~11쪽

텔레비전의 노래를 따라 부르는 삼디기가 한글을 모른다는 것은
무슨 말인가? 할머니가 산골에서 도시로 이사할 정도로 삼디기의 교
육을 생각하는 분이라면 삼디기가 한글을 모른다는 사실도 납득이
가지 않는 일이다. 도시의 초등학교에 입학하여 일 년 동안 교과서에
서 한글을 배우고, 한글을 모르는 아이들은 나머지 공부를 한다.

삼디기는 초등학교 1년을 그냥 허송세월로 보낸 셈이 된다. 초등학
교 1학년 선생님은 무능력한 선생님인가. 아니면 삼디기에게 관심이
없었던 것이었을까. 삼디기의 까막눈은 이 동화에 등장하는 모든 선
생님의 문제로 몰아가고 있다. 담임 선생님이 아파서 학교에 오지 못
하는 날 대신 들어온 남자 선생님은 삼디기에게 책을 읽으라고 한다.

선생님은 삼디기 머리통을 가볍게 쥐어박고는 다른 아이를 시켰어요.

— 14쪽

초등학교 2학년이 책을 읽지 못하는 것을 보고도 선생님은 삼디기
의 머리통을 가볍게 쥐어박고는 다른 아이를 시킨다. 문제의 심각성
을 대수롭지 않게 여기는 선생님은 문제가 있는 선생님이 아닐까. 게
다가 까막눈이라는 별명까지 붙여 준다. 글자를 모르는 아이에게 글
자를 가르쳐야겠다는 생각을 하지 않는 선생님이 초등학교에 많은
모양이다. 선생님이 자율학습을 강조하기 때문에 아이들의 문맹을
쉽게 넘어가는 것일까.

　이 동화에서 삼디기에게 한글을 가르치려는 선생님의 역할은 없고, 고작 한글을 가르치는 방법으로 방과후에 남아서 다른 아이들과 함께 가르치는 것 정도가 있을 뿐이다. 그래서 초등학교 2학년이 되어서도 여전히 삼디기는 한글을 배우지 못한다.

　삼디기가 한글을 배우기 시작하는 것은 새로 전학 온 보라가 동화책을 읽으라고 하면서부터이다. 받아쓰기에 늘 빵점을 맞는 삼디기에게 그래도 쓸 수 있는 글자가 있다고 하면서 100점을 매기는 것도 보라이다. 초등학교 2학년인 보라는 당돌하기도 하면서 재치가 있다. 보라와 상대적인 입장에 있는 선생님의 무능력을 생각하면서 우리 교육을 고발하고 있다는 생각이 든다. 선생님들이 삼디기에게 무관심한 것처럼, 학교의 현장은 잘못되어 있다. 우리 나라 초등학교의 현장이 이 동화에 나오는 것처럼 심각하다면 분명 문제가 있다.

　가정이 불우하고 어려운 삼디기의 형편을 헤아리지 못하는 선생님에게도 화가 나는데, 머리통을 쥐어박고, 까막눈이라는 별명을 붙여 주는 선생님을 보면서 우리 학교의 현장을 개탄한다. 사실이 그렇다면, 선생님들은 심각하게 반성해야 할 것이다. 뿐만 아니다. 선생님의 태도가 잘못되었다는 것도 여러 군데 나온다.

　① 선생님도 못마땅한 눈초리로 삼디기를 째려보셨어요.
　"엄삼덕! 넌 왜 밤낮 못된 짓만 하니?"

— 18쪽

　② "이런…… 삼덕아, 휴지로 코 좀 풀고 오너라. 그리고 제발 조용히 할 수 없니? 너 때문에 다른 아이들이 공부를 못 하잖니?"

— 20쪽

　③ "삼덕아, 집에 가서 할머니하고 책 좀 읽어라."

선생님 말씀에 삼디기는 고개를 푹 숙였어요.

"우리 할머니는 글을 몰라유"

— 27쪽

④ 선생님은 잠깐 망설이는 얼굴이었어요. 삼디기가 보라를 못 살게 굴면 어쩌나 하는 표정이 분명했어요.

— 39쪽

①부분은 삼디기가 공부 시간에 손장난을 하다가 짝꿍인 은지의 수학익힘책에 줄을 긋고 난 뒤의 일이다. 선생님이 삼디기를 바라보는 태도는 몹시 못마땅하다. "째려보다"는 말은 "못마땅하여 무서운 눈초리로 흘겨보다"를 속되게 이르는 말이다. 앞뒤를 따지지 않고 삼디기만을 째려보는 선생님의 태도는 문제가 있다.

이 일이 있고 난 뒤에 ②의 장면으로 이어지고 있다. ①의 사건 때문에 앞에 나와서 무릎을 꿇고 반성하고 있던 삼디기가 마룻바닥의 지우개와 과자 부스러기를 끄집어내어 작은 뭉치를 만들어 맞히기 놀이를 하면서 코를 훌쩍이는 소리가 크게 나서 하는 말이다. 삼디기 때문에 다른 아이들이 공부를 못 한다고 말한다. 삼디기는 담임 선생님으로부터 외면당한 아이이다. 삼디기가 어떤 처지에 놓여 있는지, 왜 초등학교 2학년 때까지 한글을 알지 못하는지에 대해서는 문제가 되지 않는다.

오히려 ③의 부분에 나오는 것처럼, 글자를 알지 못하는 할머니하고 책을 읽으라고 말하고 있다. 삼디기가 한글을 알지 못하는 것은 가정 문제 탓도 있을 것이다. 결손 가정에 있는 아이를 두고 이렇게 무관심할 수 있는 일인가?

④는 새로 전학 온 보라와 짝지를 시키려고 하면서 고민하는 장면

교육 현장을 반성하게 하는 동화 169

이다. 선생님의 고민은 오직 다른 아이들이 피해를 입을까 하는 걱정이지 삼디기의 문제에 대해서는 고민하고 있지 않다.

아이들의 교육은 가정으로부터 시작한다. 가정은 사회에 적응하는 최초의 훈련을 하는 곳이다. 학교는 사회에 적응하는 방법을 배우는 아이들에게 지식을 가르치는 곳이다. 학교는 지식을 습득할 수 있는 기초부터 학문을 할 수 있는 계기까지 마련해 주는 학습의 공간이다. 초등학교에 입학하면 한글을 가르치는 것은 당연한 일인데도, 다른 아이들이 유치원 교육을 통해서 한글을 배우기 때문에 미처 한글을 배우지 못하는 아이는 한글을 배울 기회를 잃어버리고 만다. 삼디기가 한글을 깨치지 못한 것은 가정의 책임이 아니라, 학교의 책임이다.

1학년 때 선생님이 어떻게 하든 한글을 알 수 있도록 가르쳐야 했을 것이다. 그런데 삼디기는 2학년이 되어서도 내내 받아쓰기에서 빵점을 맞았는데도 5월까지 한글을 익히지 못한 채 지나간다. 물론 특별 공부를 하기도 한다. 그러나 공부를 못 하는 다른 아이들과 함께 한글 공부를 하다가 집에 간다. 선생님도 포기하고 만다. 삼디기는 특별 공부를 하면서도 한글을 배울 기회를 잃어버리고, 선생님으로부터 외면당한 채, 한글을 익히지 못하는 아이로 남고 말았다. 보라가 동화책을 보여주면서 책읽기를 도와주었기 때문에 마지막에 더듬거리며 읽을 수 있었다. 삼디기는 보라가 아니었으면, 2학년 때도 책을 읽지 못하고 말았을 것이다.

아이들의 눈높이로 한글을 가르치라는 교훈과 아이들이 선생님보다 더 훌륭한 선생일 수 있다는 것을 보여주는 대목이다. 나아가 끝부분에서 삼디기가 책을 읽을 때, 아이들이 숨죽여 듣고 있으면서 가슴 졸이는 장면은 아이들에게 감동을 준다.

이 감동 뒤에는 학교 교육의 문제점이 숨겨져 있다. 학교의 현장에서 선생님의 사랑으로 한글을 깨칠 수 있는 삼디기가 되었으면 한다. 삼디기의 가정 형편을 살피고, 삼디기의 고통을 알고, 그 아이와 함께 배울 수 있는 선생님이 필요하다. 그 선생님 역할을 보라가 했어야만 하는 사실이 너무도 잘못되었다. 이 시대의 선생님은 무엇을 하는 것일까.

삼디기 같은 아이에게 한글을 제대로 못 가르치는 학교 교육의 문제점을 보는 것 같아서 씁쓸하다. 저능아도 아니고, 특수교육을 받을 만한 아이도 아닌데, 초등학교 1학년 때 방치하고, 2학년이 되어서도 제대로 교육받지 못하고 따돌림을 받고 있다. 아이들은 따돌림을 할 수 있지만, 선생님까지 따돌림을 준다는 것은 우리 교육의 심각한 문제점이다. 보라에게 한글을 배우고 글을 읽을 수 있게 되었다는 아이의 역할을 위해서 선생님의 그 역할이 없어진 것은 아닐까라는 의문이 들기는 한다. 그러나 학교 교육의 현장이 그럴 것이라는 생각에는 의심의 여지가 없다. 아이들이 선생님을 믿지 못하는 것은 선생님이 아이들을 감동시키지 못하기 때문이다.

이 땅에는 삼디기 같은 아이들이 헤아릴 수 없이 많다. 어떤 아이들은 공부를 못 한다고 선생님에게 따돌림을 받고, 불우한 가정 환경 때문에 아이들에게도 따돌림을 당하고 있다. 성적으로 아이들을 줄 세우고, 좋은 학교에 진학하는 것만을 능사로 생각하는 모순된 교육 현실에 놓여 있다.

초등학교 2학년 삼디기가 학교생활에 적응하지 못하는 것은 부모님을 잃고 자라난 결손 가정 때문이고, 그 다음은 그런 삼디기의 현실 문제를 제대로 이해해 주지 못하는 학교 현장 때문이다. 삼디기의 문제점은 우리 사회의 전반에 걸쳐 있는 문제점이다. 작가가 이 문제까지 생각했는지는 모르겠지만, 까막눈 삼디기의 상황 설정과 선생님의 문제를 보면서 우리 시대 학교 교육은 심각한 반성을 해야 할 것이라는 생각이 들었다.

덧붙여 사소한 문제이긴 하지만, 삼디기가 글자를 배우는 데 걸린 시간의 문제이다. 삼디기는 보라와 함께 동화책을 읽으면서 글자를 알게 되는데, 한 달여가 지나도 제대로 읽지를 못한다. 한글을 익히는 데 그만한 시간이 필요한 것일까. 글자를 처음 배우는 아이들이 글자를 익히는 과정을 좀더 생각해 보아야 할 것이다. 언어학자 소쉬르의 견해에 따르면, 아이들이 글자를 익혀서 문장을 만들 수 있는 시기는 보통 300단어 정도를 익히면 가능하다고 한다.

다음은 상황의 문제이다. 학급에서 삼디기를 한쪽 옆에 앉으라고 밀쳐 두고 난 뒤에 선생님이 전학 오는 여자 아이를 데려 오는데 (35~36쪽), 그 상황은 이치에 맞지 않는다. 선생님이 들어오고 학급을 둘러 본 뒤에 새로 전학 온 아이를 소개하는 것이 순서일 것이다. 그런데 다른 아이들은 모둠별로 앉아 있는데, 삼디기는 혼자서 구석에 앉아 있다. 그런 상황에서 보라를 소개하고 잠시 후에 삼디기 옆에 앉으라고 한다. 앞의 상황은 모둠별 수업을 하고 있는데, 보라가 앉을 때는 짝지로 앉게 한다. 상황이 뒤죽박죽이 되고 말았다.

3.

이 동화는 아이들의 눈높이로 세상을 보려고 한 작가의 좋은 의도에도 불구하고 인물 설정과 상황의 문제를 잘못 말한 동화가 되고 말았다. 현실을 바탕으로 한 동화가 현실을 잘못 파악하고, 상황 설정이 잘못되었다면, 좋은 동화가 될 수 없다. 현실을 정확하게 파악하고, 어른들과 아이들, 선생님과 아이들이 함께 만들어 갈 수 있는 사회를 보여주어야 할 것이다. 아이들은 어른들의 미래이듯이, 아이들은 어른들의 현재를 거름으로 해서 성장한다.

아이들에게 감동을 주는 선생님, 보라가 삼디기를 좋아하는 것처럼 순박한 마음으로 아이들을 사랑하는 선생님이 많았으면 한다. 그런 선생님이 많으면 까막눈 삼디기는 더 이상 따돌림당하는 불우한 학교 생활을 하지 않을 것이다. 이 동화를 읽으면서 교육 현장의 문제를 깊이 반성하는 계기가 되었으면 한다.

문제아들이 만드는 신나는 세상

문제아 박기범 지음, 창작과비평사, 1999.

1.

세계적인 아티스트인 백남준이 파리에서 연주회를 할 때의 일이다. 피아노 연주를 열심히 하던 백남준은 갑자기 관중석을 향해서 달려갔다. 넥타이를 매고 근엄하게 앉아 있는 한 청중에게 가위를 들고 가서는 넥타이를 반으로 잘랐다. 그러고는 연주를 그만두고 그 자리를 떠났다. 당황한 청중들을 그대로 두고 홀연히 연주회를 끝마치고 말았다. 이 돌연한 사태를 두고 청중들뿐만 아니라, 이 이야기를 들은 다른 모든 사람들도 당황했다. 피아노 연주회의 일탈행위였다. 백남준의 돌발행동은 기존의 연주회 방식을 벗어난 하나의 사건이었다. 백남준은 문제를 일으킨 음악가였다. 이 일에 대해서 백남준은 "연주회에 앉아 있는 근엄한 권위에 도전하고 싶었기 때문이었다"라고 했다.

어린 시절의 백남준은 새 옷을 사 주면 가위로 오려내서 제 맘에 들게 만들어 입었다. 어린 시절 문제아로 낙인찍힌 백남준은 어른이 되어서도 여전히 문제 어른으로 남아 있었다. 그 문제 어른이 세계적인 피아노 아티스트가 된 것이다. 단순한 일탈이 아니라, 문제를 다르게 볼 수 있는 사람이 새롭고 아름다운 세상을 만드는 것이다.

10년 전쯤 우리 반에 호재라는 잠꾸러기 아이가 있었다. 학교 성적은 그다지 좋지 않았지만, 심성이 착한 아이였다. 얼마 전 시내 중심가에 민속주점을 열었다고 해서 축하해 줄 겸 들렀다. 주점을 어머니와 함께 운영하게 되었다는 말과 함께 그동안의 사연을 들었다.

고등학교를 졸업하고 다른 친구들은 대학을 갔는데, 그는 할 일이 없어졌다. 지방의 산업대에 합격했지만, 학교에 갈 마음은 전혀 없었다. 그래서 아버지 앞에 무릎을 꿇고 앉아서, 읍소(泣訴)를 했다. 지금까지 내내 "아빠" 하고 반말을 하던 녀석이 갑자기 정중한 자세를 하고 "아버지"라고 높임말을 하자 아버지께서도 의아해 했다. 그러면서 앞으로 자기가 할 일에 대해 설명을 했다. 성인이 되었으니, 자기의 길을 택하겠다고 하며 대학 진학보다는 돈을 벌어야겠다고 하면서 앞으로 1년간 하는 일을 가만히 지켜봐 달라는 부탁을 했다. 마냥 어리게 보이던 아들이 갑자기 성숙하게 보여서 그 아버지는 아무 말씀도 하지 않았다.

그때부터 그는 여러 가지 일을 하면서 돈을 벌었다. 그 돈으로 중고 트럭을 사고, 자갈치 시장에서 생선을 사서 팔아 보기도 하고, 전화국 하청업체에서 전화선로 작업을 하기도 했다. 닥치는 대로 일을 했다. 한번은 아버지께서 이 녀석이 도대체 무슨 일을 하는가 하고 미행을 했다. 아들이 멍게 장사를 하고 있는 모습을 보았다. 몇 차례나 지켜보다가 하루는 아들 앞에 나타나서 멍게 안주에 소주 한 잔을 하고는 말없이 돌아갔다. 나중에 아버지가 아들에게 "네가 하는 일이, 그만한 신념으로 세상을 맞서려는데 내가 무슨 말을 할 것이 있느냐"라고 고백했다고 한다.

그 아버지께서 병환으로 거동을 못하고 누워 있다고 한다. 호재는 대소변을 받아내야 하는 일이 처음에는 역겨웠는데, 아버지의 대소변을 받아 말끔하게 치우고 나면 기분 좋아하는 아버지의 모습을 보면서 흐뭇하게 집에서 나온다고 했다.

10여 년 전 우리 반에서 공부를 못 해서 문제아로 있었던 아이가 이제는 믿음직한 청년이 되어 있었다. 맥주를 한 잔 하면서 과거의 일과 현재의 자신을 돌아보면서 내게 참 많은 이야기를 해주었다. 학교에서는 잠꾸러기였고, 다른 선생님께는 문제아로 낙인찍혔던 호재는 나와 함께 학교의 뒷산에 올라가서 이야기를 나눈 것을 기억하고 있었다. "젊은 시절의 방황과 고생은 소중한 삶의 거름이 된다"는 것을. 호재를 보면서 성적으로 주눅이 들어 있는 이 땅의 아이들을 생각했다. 이 땅의 아이들이 어떻게 사는 것이 진정한 삶을 사는 것일까라는 문제를 곰곰히 생각해 보았다. 네온사인이 빛나는 현란한 도시를 빠져 나오면서 희망에 부풀어 있는 호재의 밝은 얼굴이 환하게 떠올랐다.

2.

박기범의 『문제아』(창작과비평사)는 어른들의 잘못으로 나쁜 길로 접어드는 문제아들의 이야기이다. 모순된 사회가 문제 사회를 만들고, 그 문제 사회에서 자란 아이들은 문제 어른으로 된다. 어른들의 무관심이 끝없는 문제아를 만든다. 더러는 태어나면서 타고나는 기질 때문에 문제아가 될 수도 있겠지만, 대개는 주위의 환경이 문제아를 만든다. 스스로 문제를 삼고, 그 문제를 풀어내는 아이들은 새로운 세상을 만드는 건강한 아이로 성장하지만, 주위의 환경이 만들어내는 문제아는 비뚤어지고 소외된 나쁜 아이로 성장한다.

박기범의『문제아』는 척박한 사회환경이 만들어낸 문제아의 이야기이며, 사회로부터 소외된 문제 어른들과 어른들로부터 소외된 문제아의 이야기이다.

사람들이 함께 살아가는 사회는 서로의 관점을 이해하고, 협력하는 곳이다. 그 조화로움을 어기면 문제 사회가 만들어지고, 그 문제 사회에서 문제 어른들과 문제아들이 나온다. 바른 사회는 바른 어른을 만들고, 그 바른 사회에서 바른 사람들이 나온다. 이처럼, 어른들의 바른 정신은 아이들의 정신을 건강하게 만든다.

이 동화집은 우리 사회에 남겨진 문제들을 들추어내면서 그 문제의 진정성을 밝히고 있다. 아이들이 살아가는 세상은 이 땅에 뿌리를 두고 있어야 하고, 그 현실은 아이들이 앞으로 살아가야 할 진정한 삶의 터전이다. 동화작가의 똑바른 현실 인식은 아이들이 사회를 건강하게 바라보게 한다. 동화작가가 바라보는 현실의 깊이가 중요한 까닭은 아이들에게 세상에 대한 바른 인식을 갖게 하는 데 있다. 박기범의 동화는 자칫 버림받기 쉬운 사람들의 삶을 충실하게 드러내면서 그 의식에는 그들에 대한 따뜻한 사랑이 있어서 아이들에게 사회에 대한 바른 인식을 심어 주는 동화이다.

아이들에게 세상을 바라볼 줄 아는 건강한 인식을 심어 주는 일은 무엇보다 중요한 일이다. 어른들이 사회를 바라보는 시선이 정확해야 하고, 그 비판적 인식이 아이들에게 전해져야 한다. 박기범이 현실을 바라보는 시선은 견실(堅實)하고도 분명하다. 이 건강한 사회인식을 동화로 꾸몄다. 이 동화집에는 10편의 동화가 실려 있는데, 이

10편의 동화가 모두 빈민계층의 삶이나, 소외된 계층, 문제 사회와 문제아에 대한 이야기이다.

「손가락 무덤」에서 아빠는 자동차 공장에서 일을 하다가 손가락 하나를 잃어버린다. 그 손가락을 할아버지의 무덤 근처에 묻었다. 엄마는 여관에서 빨래하고 청소하는 일을 한다. 오빠는 공부를 잘하는데도, 아빠는 걱정이다. 많이 배운 사람 가운데는 좋지 않은 사람들이 더 많은 것 같기 때문이다. 산업재해를 당한 도시 노동자의 가정을 소재로 하고 있다.

「아빠와 큰아빠」는 가까운 동네에서 함께 살던 가족들이 정리해고 때문에 적대관계가 되는 이야기이다. 큰아빠는 정리해고의 대상에서 제외되고, 아빠는 정리해고의 대상이 된다. 아빠는 함께 투쟁하여 정리해고를 당하지 않는 것이 옳다고 주장했지만, 큰아빠는 그 반대 의견을 내놓았다. 이 때문에 가족들은 서로 반목하고 질시하는 대상이 되고 말았다.

「독후감 숙제」는 봉투를 붙이면서 엄마와 둘이서 살아가는 가난한 도시 빈민계층의 이야기이다. 독후감 숙제를 해야 하는데 가난해서 책을 사지 못한다. 신문뭉치에서 발견한 작은 책에 나오는 이야기를 독후감으로 써 간다.

「전학」은 좋은 학교로 전학을 가서 적응하지 못하는 초등학생의 이야기이다. 가난한 동네에 사는 나는 선옥초등학교에 입학해야 하는데, 길 건너에 있는 학군이 좋은 미래초등학교에 입학한다. 내내 아이들과 적응하지 못하다가, 5학년이 되어서야 전학을 한다. 5학년 때 교통사고로 다리를 다치면서 선옥초등학교로 전학을 한다. 이 학교에 전학을 오면서 재미있는 학교생활을 하게 된다.

「문제아」는 엄마를 일찍 잃고 살아가는 초등학생의 이야기이다.

공사장의 도배일을 하는 아버지와 함께 살아가는 5학년 하창수는 학교에서 축구를 하고 집으로 돌아오다가 동네의 불량배 아이들과 싸움을 하게 된다. 그 아이들과 싸우고 도망쳐서 집으로 왔는데, 다음날 학교에서 그 아이들과 친한 다른 아이가 시비를 걸어서 학교에서 싸움을 하게 된다. 싸움을 하다가 그 아이를 의자로 찍어서 상처를 낸다. 이 일로 나는 문제아로 낙인을 찍히게 된다.

그린이 : 박경진, 『문제아』에서.

「김미선 선생님」은 5학년 담임인 김미선 선생님의 이야기이다. 김미선 선생님은 초임으로 발령을 받아서 아이들과 잘 지낸다. 아이들의 마음을 잘 이해하고, 아이들과 함께 하는 수업을 한다. 2학기가 시작되면서 돈 봉투 때문에 시달리던 선생님은 아이들이 헛소문을 낸 것처럼, 일을 마무리하면서 다시 학교에 출근하게 된다.

「끝방아저씨」는 철거민의 힘든 생활을 다룬 이야기이다. 끝방아저씨는 열심히 일하는 총각이었는데, 철거동네에서 쫓겨나면서 거리의 노숙자가 된다. 그동안 모은 돈까지 친구에게 투자하면서 잃어버리게 된다. 결국 역 부근에서 무료급식으로 생계를 유지하는 노숙자가 된다.

「송아지의 꿈」은 북쪽으로 가는 소의 행렬을 보면서 통일의 꿈을 염원하는 이야기이다. 텔레비전에서 북으로 가는 소의 행렬을 보다가 잠이 든다. 북으로 가는 소의 대열에서 빠져 나온 누렁소를 만나서 실향민의 얘기를 듣게 된다. 꿈에 송아지가 된 나는 누렁소 아저씨와 헤어지면서 꿈에서 깨어난다.

「겨울꽃 삼촌」은 민주화 투쟁에서 분신 자살한 박래전 열사의 실제 이야기를 바탕으로 한 이야기이다. 겨울꽃처럼 어려운 현실 속에서 그 어려움을 극복하려는 문제의식을 던진 작품이다.

「어진이」는 애완견 어진이의 이야기이다. 애완견을 잃어버렸다가 다시 찾은 이야기이다. 동물에 대한 사랑을 보여주고 있지만, 앞부분은 사람의 이야기인지, 동물의 이야기인지 혼동을 일으키게 한다.

전체 10편 중 「어진이」를 빼고 나면 모두 소외되거나 사회에서 문제를 일으키는 사람들의 이야기이다. 잃어버렸거나 그 잃어버린 것들을 다시 찾으려는 이야기이다. 이 동화는 사회와 가정, 학교에서 문제를 일으키는 사람들에 대한 따뜻한 사랑을 바탕으로 하고 있다. 그러면서 우리 교육과 사회의 문제점을 낱낱이 밝히고 있다.

우리 교육의 문제점은 문제아들에게 있는 것이 아니라, 문제 어른들과 문제 선생에게 있다. 문제 사회를 만드는 것은 문제아들이 아니라, 문제 어른들이다. 이 땅의 교육과 이 땅에 살아가는 사람들을 위해 진정한 문제의식을 깨닫는 것이 무엇보다 필요하다. 문제 어른들은 문제 사회는 만들고 문제의 교육자들은 문제의 교육을 만들어낸다. 문제 어른들은 적어야 하겠지만, 창조적이고 긍정적인 사고를 가진 문제아들은 많아야 한다. 그 문제아들은 세상을 새롭게 만드는 아이들이다.

이 동화는 우리에게 문제 선생과 문제 어른들이 만드는 심각한 문제점이 무엇인지를 일깨워 준다. 먼저 문제 선생이 나오는 부분을 살펴보자.

① 나는 오늘 청소 당번이었다. 청소를 다하고 나서, 다른 청소 당번 애들이랑 검사를 기다렸다. 그런데 아무리 기다려도 선생님이 안 왔다. 너무 오래 기다리니까 지겨워졌다.

— 38쪽

② 집에는 독후감 쓸 만한 책이 하나도 없어서다. 있긴 하지만 그건 5학년 때 선생님이 억지로 사래서 산 거다.

— 39쪽

③ 선생님은 왜 회비를 안 가져 오냐고 했다. 나는 수학 여행 안 갈 거라고 했다. 선생님이 엄마한테 말했냐고 해서, 나는 안 했다고 했다. 나는 그 날 끝날 때까지 뒤에 꿇어앉아 있었다. 선생님은 애들 앞에서 내가 하지도 않은 말을 막했다. 집에서 돈 타서는 딴 데 놀러 가려는 것처럼 말했다. 선생님을 속이고 부모님도 속이는 나쁜 애로 몰아세웠다. 나는 분하고 억울했다.

— 52쪽

①에서는 어떤 선생님일까. 바쁜 일이 있어서 먼저 갈 수도 있지만, 아이들은 청소를 하는데, 선생님이 무관심하다는 것은 문제 선생님이다. 6학년 아이들이 청소를 다 하고 검사 맡으려고 하는데, 선생님은 이미 퇴근하신 모양이다. 아이들에게 청소를 다 해 놓고 집으로 돌아가라고 하든지, 청소를 다 할 때까지 기다리든지 둘 중의 하나는 택할 수 있을 것인데, 선생님은 청소가 끝났는데도 나타나지 않아서 아이들은 지겨워졌다. 아이들이 지겨워 하는 일은 청소가 아니라, 선생님을 기다리는 일이다. 이 아이들은 선생님 기다리는 일이 지겨워서 앞으로 청소를 하지 않을 것이다. 청소를 함께 하는 선생님이 좋은 선생

님이라면, 청소 시간을 기다려 주는 선생님도 좋은 선생님이다.

대청소 시간이면 양말을 벗고 아이들과 함께 대청소를 해 보자. 선생님의 눈치를 보면서 왔다갔다하는 아이들이 있는가 하면, 마음에서 우러난 진정한 마음으로 청소하는 아이들이 있다. 그래도 조용히 아이들과 함께 청소를 해 보자. 청소하는 법을 가르쳐 주고, 함께 하다 보면, 아이들도 어느새 함께 청소를 할 것이다. 그 대청소의 기억은 아이들이 오랫동안 가슴속에 간직할 것이다. 대부분의 사람들이 가장 싫어하는 청소가 신이 나면, 다른 일들도 신날 것이다. 그런 선생님이 필요하다.

②에서처럼, 아이들이 읽을 책을 억지로 사게 만드는 선생님도 문제이다. 감동받은 책을 이야기해 주고, 꼭 살 형편이 되지 않은 아이들에게는 권해 보는 것도 좋은 일이다. 빌려는 주되 사 주지는 말자. 책 사 주는데 인색해서가 아니라, 읽고 싶은 책을 자신이 직접 구입하면서 느끼는 즐거움도 주어야 한다. 선물로 줄 책이면 모르겠지만, 일일이 책을 사 주면 그 아이에게 책을 살 수 있는 선택권을 빼앗는 행위이다. 책 한 권이 주는 의미를 생각하면서 아이들과 함께 책을 읽고 좋은 책을 안내해 주는 선생님이 되어야 한다. 책을 쓴 사람과 읽는 사람의 만남은 소중한 일이다. 그 사람의 정신세계와 만나는 일이기 때문이다. 그런 좋은 일을 아이들에게 진심으로 권할 수 있는 선생님, 아이들과 함께 책을 읽을 수 있는 선생님이 필요하다.

③에 인용한 선생님은 문제 선생을 넘어서 나쁜 선생님이다. 수학여행을 가지 못하는 아픈 마음을 이해해 주지 못하는 것부터 문제이지만, 아이를 모함하고, 나쁜 아이로 몰아세운다. "나쁜 애"로 몰고 있는 선생님이 나쁜 선생님이라는 것은 이 책을 읽는 독자들은 쉽게 짐작할 수 있을 것이다. 이처럼, 심각한 문제를 갖고 있는 선생님이다. 자기의 뜻과는 무관하게 몰린 아이들은 분하고 억울한 마음일 것

이다. 이 억울함은 선생님에 대한 분노로 나타난다. 아이들에게 분노를 불러일으키는 선생님은 나쁜 선생님이다.

아이들은 학교에서 교육을 받고 있지만, 선생님의 명령에 무조건 따라야 하는 것은 아니다. 아이들은 학교에 소속된 일원이기에 앞서 한 개인으로서의 소중한 인격체이다. 학교의 획일화된 교육제도 속에서는 1등이 있고, 꼴찌가 있지만, 가정으로 돌아가면 가장 소중한 가족의 구성원이다. 이 아이들이 어떻게 부당한 대접을 받아야 하는가. ③처럼, 아이들을 몰아세우는 선생님은 이 땅에서 없어져야 하는 선생님이다.

아이들은 선생님으로부터 많은 것을 배우고 많은 부분 공감을 받으면서 인격을 형성한다. 아이들이 존경하는 선생님의 말은 두고두고 평생의 교훈이 되기도 한다. 선생님이 아이들을 인격체로 대하면, 아이들도 사람들을 인격체로 대하는 법을 배우게 된다. 아이들에게 수업시간에 말을 높이는 것은 지극히 당연한데도 그것이 무슨 화제 거리인 양 어떤 텔레비전 방송 프로그램에 "존댓말을 씁시다"라고 홍보를 한다. 그만큼 우리 선생님은 문제가 있는 것이다. 교육제도의 모순을 말하기에 앞서 자신을 담금질하는 일이 가장 중요한 일이다. 이 땅의 선생님들이 스스로 문제 선생이 아닌지 자책해 볼 일이다.

① 사실은 아빠나 엄마가 전학 가자고 한 건 아니다. 선생님들이 시킨 거였다. 엄마는 계속 그 학교에 다니게 하고 싶었지만 선생님은 안 된댔다. 집도 멀고, 길도 위험하고 하니까 학교에 책임이 많아서 안 된댔다. 엄마도 이미 바뀐 주소가 다 탄로 났으니까 더 고집할 수 없었다. 선생님은 내가 전학 가는 걸 별로 아쉬워하지 않은 것 같았다.

—67쪽

② 나는 문제아다. 선생님이 문제아라니 나는 문제아다. 처음에는 그 말이 듣기 싫어서 눈에 불이 났다.

—72쪽

선생님도 그랬다. 이제 나한테는 뭘 잘 시키지도 않았다. 내가 뭘 하거나 말거나 신경을 쓰지 않는 것 같았다. 뭐라고 말을 해도, 그건 다음부터 고쳐서 잘하라는 얘기가 아니었다. 그냥 짜증내는 거다.

—79쪽

"네가 그렇게 유명한 하창수냐? 5학년 때는 여자 선생님이라서 네 멋대로였지만, 나 한테는 어림도 없다. 어려운 문제 있으면 선생님한테 찾아와라. 하지만 사고만 쳐 봐. 용서 없는 줄 알아."

—89쪽

③ 선생님은 애들보고 학교 후문에 있는 동네로는 놀러 가지 말라고 했다. 위험하니까 자기 집 근처에서만 놀라고 했다. 그런데 선생님이 말한 그 동네는 바로 우리 동네다. 선생님은 우리 반만 해도 우리 동네 애들이 열 명도 넘는다는 걸 알았을 거다. 그런데도 그런 말을 했다. 그 전부터 선생님은 우리 동네 쪽 애들을 차별하는 것 같았다. 꼭 집어서 말할 건 없지만, 왠지 그런 게 느껴진다.

—122쪽

①은 원래 자기가 살고 있는 산동네의 학교에 다니지 않고, 길 건너편에 아파트가 많은 동네의 학교에 입학한 뒤에 5학년까지 다니면서 겪었던 고통을 말한 부분이다. 5학년 때 길을 건너다가 다리를 다치자 선생님이 길 건너편의 산동네 학교로 전학을 가라고 한다. 1학

년 때부터 5학년까지 다닌 아이에게 전학을 가라고 하면서 선생님은 별로 아쉬워하지 않는다. 선생님들의 아이들을 대하는 태도가 부당한 학교 현장의 한 단면을 보여준다.

②는 문제아를 만드는 것은 선생님이라는 사실을 알 수 있게 한다. 이미 문제아로 낙인찍힌 아이들은 두고두고 문제아가 된다. 선생님이 문제아라고 하니, 나는 문제아가 되고, 5학년 때 문제아였으니, 6학년 때도 문제아가 된다. 이 엄청난 연좌제가 초등학교 아이들에게 굴레로 남아 있다고 생각해 보자. 이 아이는 스스로 문제아가 될 것이다.

③도 신동네 아이들을 차별하는 선생님이 문제나. 선생님은 그렇지 않겠지만, 아이들이 그렇게 느낀다는 것은 선생님에게 문제가 있다는 말이다. 선생님이 아이들을 보는 눈은 공정해야 한다. 아이들을 정확하게 알 필요가 있으며, 항상 처음 만나는 마음으로 만나야 한다. 아이들의 기록을 전과기록으로 여기는 마음이나, 특정 집단의 아이들을 무시하는 태도는 없어야 한다. 그 편견과 아집이 문제아를 만드는 것이다.

문제아를 문제아로 보지 않는 것은 학교 현장에서만 가능하다. 법과 제도로 규제되는 사회는 동기보다는 결과만을 놓고 잘잘못을 가린다. 양심보다는 법이 우선이다. 그러나 학교 현장은 규격화된 사회가 아니다. 동기를 따져 보고 문제를 일으킨 아이의 앞과 뒤를 생각해 보는 것이 중요하다. 성선설이냐, 성악설이냐를 떠나서 문제아가 된 데는 분명히 자라온 환경이 중요할 것이다. 그 환경이 가정일 수도 있고, 학교일 수도 있고, 또래집단일 수도 있다.

문제아를 만드는 환경 중에 그 책임이 선생님이 되어서는 안 된다. 선생님은 아이들이 만나는 최초의 인생 상담자이기 때문이다. 직업인으로서 교사(教師)가 되기 전에 아이들에게 길을 안내해 주는 선생

(先生)이 되어야 하고, 더 나아가서는 아이들에게 미래의 꿈을 보여
주고 아이들에게 두고두고 기억에 남을 수 있는 스승이 되어야 한다.
이 땅에는 교사는 많지만, 선생은 드물고, 선생은 있지만, 스승은 참
귀한 존재가 되었다. 스승은 되지 못하더라도 아이들을 사랑할 줄 아
는 좋은 선생이라도 되어야 할 것이다.

요번 6학년 선생님은 우리 아빠와도 참 친하다. 선생님이 차 타러 나가
는 길 쪽에 아빠 가게가 있으니까 친해진 거다. 처음에는 아빠가 대포 한
잔 하자고 했는데, 점점 그런 날이 많아지더니 친해졌다. 아빠가 선생님
이랑 친해진 것은 내가 선생님이랑 친해진 것보다 훨씬 더 신기했다. 아
빠가 괜히 다시 보이기도 했다.

— 67쪽

아이들에게 좋은 선생님은 아이들과 함께 할 수 있는 선생님이다.
가장 쉽고 누구나 할 수 있는 일이다. 아이들을 잘 가르치는 것은 선
생으로서 갖추어야 할 기본이고, 아이들을 잘 이해할 수 있는 것은
선생으로 갖추어야 할 두 번째의 일이다. 선생님을 아빠처럼 생각할
수 있는 아이들은 행복할 것이다. 때론 친구처럼 눈높이를 낮추고,
때론 아빠처럼 다정하기도 하고, 때론 선생님처럼 엄하기도 하면 아
이들은 신나는 학교 생활을 할 것이다.
이 선생님도 아이의 부모님과 만나서 허물없이 지내면서 술도 한
잔 하는 모양이다. 아빠와 친한 선생님은 아이들에게 친근감을 줄 것
이다. 그래서 아이들이 쉽게 접근할 수 있을 것이다. 아이들과 아이의
부모님들과 격의 없이 지내는 것은 좋은 일이다. 그러나 이 부분의 문
제는 아파트가 밀집해 있는 학교의 선생님은 문제 선생이고, 산동네
에 있는 선생님은 좋은 선생님이라고 몰아 가는 이분법적 사고이다.

아이들을 문제아로 만드는 것은 문제 선생에게만 있는 것이 아니라, 문제 부모와 문제 사회에도 그 책임이 있다. 아이들은 자라는 환경의 영향을 가장 많이 받는다. 아이들이 만나는 최초의 사회는 가족이라는 구성원이다. 가족의 구성원이 파괴되고 부모로부터 버림받은 아이는 학교에서 문제아가 되기 쉽다. 그 아이는 사회에서도 문제아가 될 것이다. 아이들이 부모로부터 받는 영향은 학교보다도 훨씬 심각하다.

그동안 엄마는 씻었고, 밥할 준비를 했다. 부엌이 좁으니까 걸레를 빨려는 나한테 비켜 이년아! 했다. 그러면서 엄마는 중얼거렸다.

— 42쪽

"이년아, 엄마가 지금 그거 볼 때냐? 저리 갖다 치워."

— 50쪽

집에 돌아와 방에서 독후감 숙제를 하려고 책을 읽고 있는 아이에게 엄마가 하는 말이다. 일을 마치고 돌아온 엄마는 몹시 피곤한 모양이다. 그 내용으로 미루어 볼 때, 부모가 이혼한 가정의 아이인 것 같다. 엄마는 이혼을 하고 허름한 동네에서 딸을 데리고 셋방살이를 한다. 연탄불을 갈고 밤에는 봉투를 붙이며 살아가는 가난한 집이다. 단칸방에서 엄마와 둘이서 살아가면서 엄마가 하는 말이 너무 심하다는 생각이 든다. 나중에 불쌍한 딸을 잠자리에서 끌어안는데, 이런 엄마의 입에서 나오는 말치고는 상식에 맞지 않는다.

작가가 잘못한 부분이 아닌가라는 생각이 들기도 하지만, 실제로 이런 엄마가 있다면 심각하게 반성해야 할 일이다. 학교에서 독후감 숙제를 해 오라고 하는데, 엄마는 책 볼 때냐고 따지고 있다. 학교에서도 관심 밖에 있고, 집에서도 천덕꾸러기처럼 살아가는 아이들이라면 어른들이 문제아를 만드는 것이 아닐까. 여기에 덧붙여 문제 사회는 또 다른 문제아를 만든다.

①아빠는 많이 배운 사람 가운데는 좋지 않은 사람들이 더 많은 것 같다고 했다. 너무 어려운 것들을 머릿속에 꽉꽉 채워 넣느라고 제일 쉬운 것들을 잊어버려서 그럴 거다 했다.

—21쪽

②일도 잘 안 하는 사람들은 좋은 집, 넓은 땅을 차지하면서 잘도 사는데, 맨날 고생만 하고 일만 하는 우리 동네 사람들은 셋방 사는 집까지 다 빼앗길 판인 거다. 우리 엄마 아빠도 다 세금 내는데, 나라에서는 우리 생각은 하나도 안 하는 거다. 사람들이 집도 없이 길바닥에서 살든 말든 좋고 깨끗한 집만 멋있게 지으면 되나?

—123쪽

①은 우리 사회의 계층적 모순을 반영하는 진술이다. 많이 배운 사람 가운데 좋지 않은 사람이 더 많다고 생각해서 아들이 공부를 잘 하는 사실을 그리 달갑게 여기지 않는다. 머릿속에 어려운 것을 채워 넣느라고 제일 쉬운 것을 잃어버린다는 말 속에 우리 사회의 병폐를 단적으로 지적하고 있다. 계층간의 대립과 부익부 빈익빈의 상황이 우리 사회의 특징이라고 한다면, 아이들은 이 문제덩어리의 사회를 살아가야 한다는 부담을 안게 될 것이다. 우리들의 사회 현실은 아이들을 문제아로 만들어내는 상황 속에 있다.

②는 일도 하지 않으면서 좋은 집에 사는 사람들이 있고, 열심히 사는 사람들은 집도 빼앗기는 사회를 말하고 있다. 이 모순된 사회를 살면서 문제아가 생기지 않을 수 없다. 문제아는 스스로 만들어지는

것이 아니라, 우리 사회가 문제아를 만들어낸다. 사람들은 누구에게
나 공평한 희망이 있고, 어떤 방식으로든지 부당한 대우를 받지 않을
권리가 있다. 어떤 사회가 되었든지 아이들은 공평하게 대해야 하고,
각자의 희망을 최대한 살릴 수 있도록 해야 한다. 건강한 아이들이
많은 세상은 건강한 사회를 만든다. 그것은 이 땅의 토양을 기름지게
만들 것이다.

3.

　우리 사회는 아이들에게 건강한 의식을 심어 주어야 한다. 그것은
아이들에게 불평불만을 갖게 만드는 것이 아니라, 미래에 대한 밝은
희망을 갖게 만드는 것이다. 아이들은 어른들의 희망이고, 앞으로 이
땅에서 살아가야 하는 소중한 인격체들이다. 가정과 학교, 사회로부
터 만들어지는 타율적 문제아가 되어서는 안 된다. 창조적이고, 긍정
적인 생각으로 자신의 의지에 따라 생각하고 행동할 줄 아는 참된 문
제아가 많아야 한다. 스스로 문제를 풀어 나가는 문제아는 이 땅의
미래를 꽃 피울 수 있는 아이로 자랄 것이고, 타의적으로 만들어지는
문제아는 어두운 길에서 서성대는 아이로 자랄 것이다. 참된 문제아
는 문제를 일으키는 아이가 아니라, 문제를 새롭게 보는 아이이다.
일상적인 일들을 거부하고 세상을 새롭게 만들어 가는 아이이다. 세
상을 다르게 볼 줄 아는 아이가 세상을 아름답게 만들어 간다. 이 땅
에는 스스로 문제를 만드는 문제아가 많았으면 좋겠다. 끝없이 자기
를 가꿀 수 있는 참된 문제아가 만드는 신나는 세상을 만나고 싶다.

자연의 소중함을 일깨우는 동화

우포늪엔 공룡 똥구멍이 있다 손호경 지음·그림, 푸른책들, 2003.

1.

얼마 전 부산 온천장에 있는 이주홍 문학관에 권환의 자료를 찾으러 갔다. 그런데 이주홍(李周洪, 1906~1987)이 『신소년』이라는 잡지에 표지 도안과 삽화를 그린 것을 보고 깜짝 놀란 적이 있었다. 이주홍은 1925년 『신소년』에 동화 「뱀새끼의 무도」를 발표하면서 등단하였는데, 그는 잠시 『신소년』의 편집위원으로 있었던 모양이다.

그때 이 잡지의 표지 도안과 잡지에 나오는 삽화를 그렸던 것이다. 이 그림들은 때론 엉성하기도 하지만 소년들의 힘찬 기상을 잘 표현하고 있다. 이주홍의 동화와 삽화에서 느껴지는 재치와 감각을 최근에 읽은 손호경의 장편동화에서 만날 수 있었다.

2.

　손호경 장편동화, 『우포늪엔 공룡 똥구멍이 있다』는 작가가 직접
그린 그림을 보면서 동화를 읽을 수 있어서 색다르다. 작가의 그림
세계와 이야기를 조화롭게 만날 수 있어서 흥미롭다. 동화 작가가 직
접 그림을 그린 동화를 읽는 것은 매우 드문 일이다. 작가가 원하는
인물과 풍경을 직접 그릴 수 있다는 것은 작가의 입장에서도 만족스
러울 것이고, 독자의 입장에 있어서도 보다 실감나는 인물과 풍경들
을 접할 수 있을 것이다. 또한, 이 책은 우포늪에 살고 있는 식물과
동물들이 나올 때마다 그 식물과 동물의 그림을 보여줌으로써 우포
늪에 서식하는 생물들을 알게 하는 안내서 역할도 한다.

　작가가 직접 체험한 우포늪의 생활을 이야기로 풀어 쓰고, 그 정경
을 세밀하게 표현함으로써 작품의 주제를 정확하게 전달하고 있다.
동화작가가 이야기 속의 인물로 생각하고 있는 인물이나 풍경은 작
가의 체험이나 상상에 따른 것이기 때문에 그 장면을 정확하게 그려
낼 수 있을 것이다. 재미있는 동화에 작가가 직접 그린 풍경과 인물
을 보면서 동화를 읽는다는 것은 독자들에게 행복한 일일 것이다. 이
책은 다른 동화와는 분명히 다른 흥미를 불러일으킨다.

　이 동화는 우포늪을 배경으로 그곳에서 함께 살아가는 사람들의
이야기이다. 한동안 고향을 잃고 살아가는 사람들에게 어린 시절의
따뜻한 추억을 떠올리게 하는 동화이다. 사투리까지 구사하고 있어
서 어른들이 아이들에게 들려주는 옛날 이야기처럼 정겹게 다가온
다. 단순한 지연(地緣)을 넘어서서 따뜻한 고향 소식을 함께 하는 끈
끈함을 느낀다. 이 동화를 통해서 우포늪은 자연을 떠나 사는 사람들
에게 영원한 마음의 고향으로 남아 있을 것이다.

　자연은 사람들의 마음속에 머물고 있는 근원의 물줄기이다. 이 동

화는 자연에 묻혀 사는 아이들의 행복한 삶을 통해서 진정한 삶이 무엇인지를 보여주고 있다. 식물들의 저항처럼, 묵묵히 살아가는 푸름이네 가족에게서 자연의 중요성을 깨닫게 한다. 우포늪은 말없는 자연의 일부분이지만, 그곳은 모든 사람들이 더불어 살아가는 삶의 터전일 것이다. 개인적으로 어린 시절의 우포늪의 추억이 고스란히 떠올라서 이 동화를 더욱 감명 깊게 읽었다.

우포늪 부근에 사는 푸름이는 몇 년 전 어머니를 잃었다. 푸름이 아버지는 감나무 농사마저 제대로 되지 않아서 추수가 끝나고 난 뒤 도시에 막노동을 하러 떠났다. 푸름이는 할아버지와 함께 살아간다. 푸름이의 옆집에 사는 마루는 태어날 때부터 한쪽 다리가 짧은 장애인이다. 말이 어눌해서 학교도 제대로 다니지 못한다. 마루의 집은 양계장을 한다. 마루와 푸름이는 우포늪이 공룡의 형상을 닮았다고 생각한다. 마루와 푸름이는 왕버들 아래에 물이 빠지는 구멍을 공룡 똥구멍이라고 하면서 방귀 뀌는 날을 기다린다.

어느 날, 읍내에서 동물병원을 하는 선호네가 우포늪 석류나무 집으로 이사를 온다. 선호 아버지는 수의사를 하면서 우포늪 생태보존 협회 활동을 한다. 환경을 보전하려는 선호 아버지와 동네 사람들 사이에 갈등이 생긴다. 선호 아버지의 노력으로 양계장을 하는 마루의 아버지가 정화조를 만들고, 동네 사람들도 선호 아버지를 이해하게 된다. 푸름이는 처음부터 도시 아이처럼 생긴 선호를 멀리하다가, 차츰 선호와 친하게 지낸다. 도시에서 자란 선호는 아는 것이 많았고, 똑똑했다. 푸름이는 아무런 격의 없이 다가오는 선호에게 호감을 갖게 되고, 마루와 함께 우포늪을 지키는 삼총사가 된다.

푸름이의 집에는 작년 겨울 밀렵꾼에게 날개를 다친 청둥오리 한 마리가 있었는데, 겨울이 다가올 때쯤 나는 연습을 시켜서 고향으로 돌려 보낸다. 푸름이는 내년 봄 감나무에 새순이 돋아날 무렵에 돌아올 아버지를 기다리며, 우포늪이 보이는 마루에 앉아서 호박죽을 먹는 즐거운 상상을 한다.

푸름이의 할아버지는 오랫동안 우포늪에 배를 띄우고 살아가는 우포늪 지킴이다. 우포늪에서 물고기를 잡아 읍내에 내다 팔아서 생계를 유지하지만, 우포늪의 자연 환경을 거스르지 않는다. 우포늪의 철새들도 할아버지의 장대 소리에 놀라지 않을 만큼 친숙하다. 푸름이네 집에서 기르는 청둥오리는 야생 청둥오리이다. 자연과 인간은 나누어진 것이 아니라, 하나의 공동체 속에서 살아산다는 사실을 잘 보여주고 있다. 이 책을 통해서 아이들은 우포늪 주위에 숱하게 자라고 있는 생물들과 함께 자연과 더불어 살아가는 지혜를 배우게 될 것이다. 이 동화는 자연과 더불어 살아가는 사람들의 건강한 삶의 모습을 보여준다.

청둥오리 청실이는 새장에 갇힌 새가 아니고, 해마다 우포늪을 찾아오는 철새이다. 거위도 닭도 마당과 우포늪 주위에서 놓아 기른다. 동물들은 자유로운 공간에서 자연스럽게 사람들과 어울려 살아가고 있다. 자연과 사람이 더불어 살아가는 아름다운 모습을 보여준다.

이 동화에는 나오는 등장인물, 식물과 동물들은 하나같이 독특한 이름들을 갖고 있다. 이들은 가끔씩 잊고 지냈던 식물과 동물들의 이름이고, 우포늪 주위에 있는 생명체들이다. 아이들의 이름이나, 동물들에게 부르는 이름도 모두 친근한 이름을 가지고 있다. 푸름이, 마루, 선호, 수연, 동구와 같은 아이들의 이름이나, 청둥오리 청실이, 거위 포송이, 수연이네 집 개 복실이, 푸름이네 집 소 누렁이, 마루네 집 수탉 장수와 같은 동물들도 모두 정겨운 이름을 하나씩 갖고 있다. 우포늪 주위에 사람들과 함께 있는 가축들은 식구 같은 동물들이다. 수탉도 거위도 청둥오리도 모두 푸름이의 식구들이다.

　이 동화는 우포늪을 둘러싸고 살아가는 사람들의 삶을 고스란히 담아내고 있다. 우포늪의 현장성을 잘 살리고 있는 동화이다. 작가의 고향 체험을 그대로 보고한 것이기 때문에 자연의 풍경과 식물의 이름까지도 모두 우포늪 지역에서 사용하고 있는 말을 그대로 사용하고 있다. "말밤", "소벌" 등과 같은 이름부터 사투리까지도 현장성을 살리고 있다.

　　"당(닭)이 고뇽(공룡)처럼 크면 하, 한 마리도 마, 많은 사라드리(사람들이) 머, 먹을 수 있으니까…… 히히."

—53쪽

　　"하이고마 인자 여름이다. 땀줄기가 소나기네."

—80쪽

　　"와 이럽니꺼? 선상님 말씀도 맞십니더. 정화조 시설은 우리같이 양계장 하는 사람들은 꼭 설치를 해야 하는데……."

—86쪽

　서부 경남지역의 사투리가 잘 표현되어 있다. 말더듬이 마루의 말투까지도 그대로 살려 쓰고 있다. 동화가 표준어로만 되어야 한다는 분명한 이유가 없는데도 동화는 가능하면 표준어를 사용하려고 한다. 이야기가 잘못된 부분은 더러 나오면서도 맞춤법과 표준어가 잘못된 것은 인정할 수 없다는 투다. 아이들에게 바른 말 고운 말로 쓴 동화를 읽게 하는 것은 우리말의 바른 교육을 위해 필요하다.

　때론 동화가 사투리에 담겨 있는 우리말의 보고(寶庫)를 아이들에게 보여주는 것도 필요하다. 언어는 지역의 특성을 드러내는 것이고, 여러 지역이 모여 하나의 국가 공동체를 이루고 있다. 그 나라 사람을 이해하기 위해서는 그 나라의 언어를 배워야 하듯이 그 지역을 바로 알기 위해서는 그 지역의 사투리를 아는 것도 필요하다. 이 책은 아이들에게 사투리의 의미를 생각해 보게 한다.

이 동화가 가진 무엇보다 중요한 미덕은 아이들에게 자연을 사랑하는 것이 무엇인지를 깨닫게 하는 데 있다. 제도권 교육에 허덕이는 아이들에게 자연 속에서 자연의 질서를 배우면서 살아가는 아이들의 행복한 삶을 보여준다. 우리의 교육이 놓치고 있는 자연주의 교육의 의미를 다시 생각하게 한다.

마루와 푸름이가 삶의 터전으로 삼고 있는 우포늪은 자연을 사랑하는 아이들의 자연스러운 배움의 공간이다. 자연의 교육이 물러간 자리에 인위의 교육이 자리잡으면서 우리는 중요한 것을 잃어버리고 말았다. 교육의 과정은 자연과 더불어 살아가는 사람살이의 지혜를 배우는 것이다. 사람은 자연의 일부로 태어나고, 결국 자연의 일부로 돌아간다는 평범한 진리를 배우는 것이다.

이호철 선생의 『재미있는 숙제 신나는 아이들』(보리, 1994)에 나오는 것처럼, 교육은 아이들에게 자연과 더불어 살아가는 사람살이의 지혜를 배우는 과정이다. 아이들이 부모님의 손발을 씻어 주면서 노동으로 거칠어진 부모님의 삶을 깨닫듯이 현실에 일어나는 생활의 문제를 해결하면서 삶의 지혜를 가르쳐야 할 것이다. 자연은 사람들의 위대한 스승이다. 그 평범한 진리를 외면한 채 우리 교육은 방향을 잃고 부유하고 있다. 자연이야말로 사람살이의 지혜를 배울 수 있는 교육의 현장이다.

학교가 지식을 가르치는 곳으로 전락하면서 인간의 본연을 잃어버리고 말았다. 더불어 살아가는 세상임을 가르치지 못하는 학교는 단순한 지식의 창고에 불과하다. 학교가 거듭나야 하고, 교육의 거듭나야 한다. 단순한 지식을 가르치는 교육에서 삶의 지혜를 가르치는 교육으로 바뀔 때, 우리의 교육은 제자리를 찾게 될 것이다. 성적으로 줄 세우는 교육이 아이들을 병들게 하고, 갇힌 교실에서 갇힌 지식을 가르치면서 아이들을 혹사시키고 있다. 파김치가 되어 집으로 돌아오는 아이들에게 자연에서 스스로 배우고 더불어 살아가는 삶의 지혜를 터득하게 해야 한다. 자연과 함께 살아가는 방법을 배우는 것이 무엇보다 중요한 시대가 되었다.

몇 년 전 겨울 아이들과 함께 우포늪 근처에 있는 생태학습장에서 우포늪까지 걸었던 적이 있었다. 시골길 걷기라는 의미를 두고 아이들과 함께 걸어 보았다. 2㎞ 남짓 되는 눈길을 걸으면서 아이들은 스스로 그 길이 얼마나 먼 거리인지를 알았고, 돌아오는 길에 팍팍한 아스팔트길을 피해 흙길을 걸으면서 흙길과 아스팔트길의 차이를 스스로 깨달았다. 시골길을 걸어오는 동안에 눈이 내렸다. 여러 아이들이 눈으로 장난을 치면서 한적한 시골길을 걸었던 기억은 지금도 또렷이 기억하고 있다.

아이들은 자연 속에서 스스로의 체험을 통해서 깨닫는 것이다. 우포늪 주위를 걸으면서 아이들은 새로운 삶의 지혜를 익혔을 것이다. 자연에 묻혀 사는 아이들이 스스로 삶의 방법을 깨닫는 것처럼, 이 동화는 우리에게 자연이 주는 교육의 의미를 다시 생각하게 한다.

이 동화는 우포늪 주위에 일어나는 지극히 평범한 이야기를 소재로 하고 있으면서도 많은 의미를 내포하고 있다. 이 동화 속에는 자연이 주는 풍부한 상상의 공간과 재미있는 이야기가 살아 있다. 푸름이는 쪽지벌을 공룡발톱으로, 우포늪은 공룡의 배로, 목포를 공룡의 꼬리로, 사지포를 공룡의 머리라고 생각한다. 우포늪의 신비감을 보면서 자란 아이들은 한번쯤 이런 상상을 할 것이다. 그 상상의 공간을 현실로 받아들이는 일은 쉬운 일이 아니다. 그러나 우포늪에 이사 온 선호도 처음에는 공룡 똥구멍을 믿지 않더니, 나중에는 진짜 공룡이 살지 않을까라는 생각을 하게 된다. 도시의 아이들은 자연에 묻혀 사는 아이들의 아름다운 상상을 이해하지 못할 것이다.

이처럼 이 동화는 아이들의 상상을 깊이 헤아려 준다. 아이들의 상상력을 소중하게 끌어올리면서 이야기를 재미있게 꾸려가고 있다. 아이들의 상상과 현실이 조화롭게 어울리면서 우포늪에서 자연과 더불어 살아가는 사람들의 삶을 꾸밈없이 보여주고 있다. 자연을 지키는 사람들과 그 자연에 묻혀 사는 아이들의 마음을 따뜻하게 감싸고 있다.

도시의 아이들은 이성의 세계를 주입식으로 배우지만, 자연 속에 살아가는 아이들은 감성의 세계를 자연스럽게 배운다. 선호와 푸름이, 마루가 우포늪에서 쌓아 가는 우정은 이성의 세계와 감성의 세계가 융화되는 아름다운 교육 현장을 보여준다. 이성의 지식과 감성의 지혜를 조화롭게 가르치는 것이 진정한 교육의 방법일 것이다. 그러나 지금 우리의 교육은 이성의 지식만을 가르치는 교육으로 전락하고 말았다. 머리만 커져 있고, 가슴은 자라지 않는 기형의 교육이 되었다. 선호와 푸름이의 우정처럼, 자연과 인위가 조화될 수 있는 교육이 되어야 한다.

이 동화에 나오는 재미있는 사실 하나는 시간 개념이 부정확하고 막연하다는 것이다. 등장인물의 나이도 분명하지 않다. 어머니가 언제 돌아가셨는지 아버지는 언제 집을 나갔는지에 대해서도 분명하게 밝혀 놓지 않았다. 아버지는 "감 농사가 신통치 않아서 작년 추수가 끝난 뒤 곧바로 막노동을 하러 도시로 떠났다"(27쪽). 그리고 아버지가 돌아온다고 하는 날도, "감나무에 새순이 돋아나기 전에 돌아올 것"(183쪽)이라는 것 정도이다. 이것은 모두 자연과 더불어 형성된 시간 개념이다.

　마루의 수탉 장수가 울어야 아침이 시작되는 동네에서 시간의 관념은 막연할 수밖에 없다. 그러나 그 자연스러운 시간이야말로 사람살이에 가장 중요한 시간 개념일 것이다. 이 시간 개념은 헬레나 노르베리호지의 『오래된 미래―라다크로부터 배운다』(녹색평론사)를 읽으면서 만났던 시간 개념이다. 라다크 사람들이 정하는 시간은 "먼동이 틀 무렵"과 같이 막연한 시간이다. 그러나 라다크 사람들은 그 시간은 정확하게 알고 있다. 자연은 인간이 만든 인위의 시간보다도 더 정확하다. 시간은 원래 자연으로부터 나오는 개념이다. 이 동화에는 자연의 시간 개념을 생각하게 한다.

　도시인들에게는 그 시간이 막연할지 모르지만, 자연과 더불어 살아가는 사람들은 그 시간을 정확히 알고 있다. "호박이 밤실 할머니 방뎅이 만하면 아버지가 온다"는 말도 막연한 시간이지만, 푸름이에게는 아버지가 돌아올 것이라는 확신과 함께 자연의 법칙에 따라 정해진 시간이다. 철새가 떠나는 시기를 정확히 아는 것처럼 분명한 자연의 시간이다.

　이처럼, 이 동화의 시간은 자연의 질서 속에 있는 것이다. 정해진 시간의 규격화된 틀 속에 갇혀 살아가는 사람들은 새장 속에 갇혀 있는 사람들의 시간 개념이다. 정해진 시간에 밥을 먹고 일을 하고, 잠을 자는 것을 사람들은 자연이 정해 준 시간의 개념이라는 걸 모를 것이다. 아이들이 시간의 틀을 부수고 자유로운 상상을 할 수 있는 공간과 자유로운 활동을 할 수 있는 공간이야말로 자연의 시간일 것이다. 그곳에는 사람들이 정해 둔 시간의 관념이 사라지고, 감각으로 느낄 수 있는 자연의 시간만이 존재한다. 마루가 재활학교에 가서 공부를 하다가 집으로 돌아와 다시 재활학교에 가지 않으려고 공룡 똥구멍에 숨어서 "한 나절"을 있다가 나오는 시간처럼 자연이 주는 재미있는 시간의 의미를 배울 수 있다.

또 다른 좋은 점은 이 동화는 작가의 체험이 풍부하게 살아 있어서 생동감이 있다는 것이다. 오랫동안 우포늪을 관찰한 현장을 아름다운 문체로 드러내고 있다. 이것은 작가의 어린 시절 체험이 그대로 배여 있기 때문에 가능할 것이다.

늪은 파란 생이가래로 뒤덮였다. 막 피어나기 시작한 창포가 내 입술까지 보랏빛으로 물들였다.

—32쪽

밀렵꾼이 나타난 이후로 우포늪은 새파랗게 질려갔다. 마른 갈잎이 바람에 버석버석 부서졌다.

—175쪽

바람이 갈대를 자꾸만 흔들어 깨웠다. 날아다니는 융단 마냥 하늘을 덮었던 철새들이 다시 늪으로 내려와 앉았다. 저녁 연기가 몽글몽글 우포늪으로 퍼져 나갔다. 하늘에서 솜털 같은 눈이 내렸다. 곧이어 누렁이 눈동자만한 눈송이가 쏟아졌다.

—179쪽

이 부분을 읽어 보면 우포늪 주위의 아름다운 풍경이 생생하게 다가오고 있다. 늪이 파란 생이가래로 뒤덮이면, 막 피기 시작한 창포가 내 입술까지 보랏빛으로 물들인다. 생이가래가 파란빛을 보일 무렵이면 창포가 피어난다. 5월의 우포늪 풍경이다.

계절마다 바뀌는 우포늪의 생태가 잘 묘사되어 있다. 밀렵꾼이 나타나면 우포늪이 새파랗게 질린다. 우포는 죽은 늪이 아니라, 생명과 더불어 살아 있는 늪이다. 우포늪은 마른 갈잎이 부서지는 소리를 낸다. 눈이 내리는 겨울의 우포늪 풍경이 눈송이처럼 따뜻하게 다가온다.

이 사실적인 묘사를 보면서 우포늪은 생명력을 갖게 되는 것이다. 거대한 공룡이 몸부림치는 듯한 생명의 꿈틀거림이 살아난다. 우포늪은 죽은 자연이 아니라, 살아 있는 자연이다. 우포늪은 공룡이 잠자는 듯한 거대한 생명체인지 모른다. 1만 5천 년 동안 잠자고 있는 거대한 공룡인지 모른다. 작가의 상상을 따라 들어가면서 우포늪의 거대한 공룡을 자연스럽게 만나게 된다.

마루의 장애는 날개를 다친 청둥오리와 연결되어 있다. 마루가 재활학교에 가서 다시 고향으로 돌아와 우포늪에서 살려고 하는 것은 자연스러운 본능이다. 철새가 철에 따라 제 집을 찾아가는 것처럼, 마루도 우포늪을 떠나려 하지 않는다. 청둥오리 청실이가 나는 연습을 해서 고향으로 날아가듯이 마루도 언젠가는 우포늪에서 자신의 장애를 이겨내는 건강한 아이로 성장할 것이다. 청실이의 날개짓은 그 희망을 상징한다. 자연이 인간에게 주는 마지막 희망이다.

또한, 마루의 불행한 삶은 푸름이의 불행한 삶과도 연결되어 있다. 마루는 한쪽 다리가 짧은 장애를 안고 살아가고, 푸름이는 어머니를 잃고, 아버지마저 도시로 떠나 버린 채 할아버지와 살아간다. 여느 도시 아이들 같으면 소외감을 느끼고, 불행을 느끼겠지만, 푸름이는 자연과 더불어 밝고 건강하게 살아간다. 푸름이는 우포늪의 생명들로부터 어머니를 느끼며 살아가는 법을 배운다. 포도를 보면서 어머니를 생각하고, 호박에 오줌을 누면서 아버지를 생각한다. 감나무에 새순이 날 때까지 기다리면서 감나무를 아버지로 생각할 것이다. 그리움을 달래는 방법을 자연으로부터 배우는 것이다.

3.

　자연은 사람들의 어머니와 아버지이다. 이 거대한 자연을 부모로 둔 푸름이는 외롭지 않다. 그 자연의 질서 속에서 어려움을 이겨내는 용기와 힘을 자연스럽게 배우게 되는 것이다. 삭막한 도시의 아이들이 교육의 현장에서 소외당하고 있는 요즘 자연의 질서 속에서 가슴이 따뜻한 아이들이 많아야 할 것이다. 교육의 진정한 목적은 더불어 살아가는 삶의 지혜를 배우는 것이다. 이 동화는 자연은 인간의 위대한 스승이라는 사실을 일깨워 준다. 자연 속에서 푸름이처럼 건강하고 밝게 자라는 아이들이 많으면 비뚤어진 우리의 교육도 제자리를 잡을 수 있을 것이다.
　어눌하고 다리마저 건강하지 못해 장애인으로 살아가는 마루도, 도시에서 자란 선호도, 어머니를 잃은 푸름이도 모두 하나가 되어 자연과 더불어 살아가는 모습은 우리 아이들이 찾아야 할 본연의 터전일 것이다. 우리들은 소중한 것을 잃어버리고 있다. 철새들이 본능적으로 제 집을 찾아가듯이 아이들도 자연으로 돌아가야 할 것이다. 자연의 거대한 질서 속에서 진정한 삶의 가치를 발견해야 할 것이다. 인간이 영원히 스승으로 삼아야 할 자연 속에 묻혀 살아가는 아이들의 이야기를 통해서 그동안 까맣게 잊고 지낸 본연의 삶을 돌아보았으면 한다. 자연과 함께 살아가는 아이들의 이야기에서 자연의 중요성과 교육의 진정한 의미를 함께 생각해 보았으면 한다.

따져서 읽어야 할 동화

달님은 알지요 김향이 지음, 권문희 그림, 비룡소, 1994.

1.

　필자가 구입한 김향이의 『달님은 알지요』는 1판 10쇄를 끝내고, 2판 19쇄까지 펴낸 2003년 판이다. 2004년에 나온 책은 살려 쓴 우리말에 해설을 달았다고 하는데 그 판본을 읽지 못한 아쉬움을 접어 두고 이 글을 쓴다. 필자가 읽은 판본을 기준으로 할 때, 초판본을 발간하고, 전체 30쇄에 달하는 많은 인쇄를 한 작품이다. 제23회 삼성문학상을 수상하였고, MBC 느낌표 2003년 다섯 번째 선정도서이다. 화려한 수상 경력과 인쇄 기록으로 볼 때, 이 동화는 독자들에게 감동을 주는 뛰어난 작품이라 할 수 있다.

　그러나 이 화려한 포장 뒤에 숨어 있는 작품의 잘못된 부분에 대해서는 잘 따지지 않는 것이 보통의 관례처럼 되어 있다. 그것은 무슨 수상작이

라고 하면 신용 보증수표처럼 생각하는 독자들의 안일한 태도 때문
이다. 그래서 아무런 부담을 갖지 않고 선택하기 때문에, 그 스포트
라이트를 등에 업고 출판사는 호기를 노리고, 독자들은 의심의 여지
없이 이 동화를 읽는다.

　문학이 자본의 논리에 빠져 드는 것은 문학의 질적 저하를 초래할
가능성이 있다. 문학이 일반 대중을 무시해서는 안 되지만, 대중을
상업적으로 이용해서도 안 된다. 작가와 작품이 문학의 본질을 떠나
서 과대 포장되고, 그 작품의 성과를 따지기 전에 이미 그 작품은 독
자들에게 여과없이 받아들여지고 있다. 독서의 대중화는 문학의 본
질을 호도하고, 일시적인 유행을 만들어내는 문학의 여러 현상을 불
러일으킬 수 있다. 자본주의의 논리에 맹목적으로 포장되는 기현상
에 대해서 작가와 독자들은 좀더 냉철한 시선으로 작품을 분석하고
따라잡아야 한다. 작가는 겸손해야 하고, 독자는 냉철해야 한다. 그
것은 보다 질 높은 문학을 향유하는 길일 것이다.

　바쁜 현대의 독자들은 공인된 객관성을 기준으로 하여 책을 선택
한다. 독자들은 각자의 기대 지평(期待地平)이 있으며, 이 기대 지평
에 따라서 작품을 받아들이는 미적 기준은 달라질 수 있다. 그런데도
공인된 작품이고, 독자들의 선택의 폭이 넓다고 해서 그 작품이 완벽
한 작품이라고 받아들이는 독자들의 태도는 생각해 보아야 할 문제
이다. 독자들의 기대 지평은 객관화할 수 없으며, 독자의 수준도 여
러 가지라는 사실을 염두에 두어야 할 것이다.

　이 점을 염두에 둘 때, 최근의 베스트셀러 작품으로 선정되는 작품
들은 일정한 문제점을 갖고 있다. 인기 작가의 작품을 무조건 끌어들
이려는 출판사의 상업성과 자본주의의 논리에 빠져 든 작가들의 공
조가 빚어낸 잘못된 작품성은 반드시 짚고 넘어가야 할 문제이다. 이
미 이것은 수용미학 이론에 대한 비판에서 제기된 문제이기도 하다.

2.

이 글에서 분석의 대상으로 삼고 있는 김향이의 『달님은 알지요』가 이 문제를 전적으로 부담하고 있다고 말하는 것은 아니다. 다만 최근 독자들에게 많은 호응을 얻고 있는 작품 중의 하나를 선택했을 뿐임을 전제로 밝힌다. 베스트셀러 작품이라 하더라도 좋은 점이 있으면서도, 나쁜 점도 있다는 말이다. 그런데 베스트셀러의 경우에 있어서 나쁜 점은 고스란히 덮어 두고, 좋은 점만 드러냄으로써 작가의 의도와는 다르게 과대 포장되는 일이 종종 있다. 그것은 작가의 잘못이라기보다는 독자들의 잘못이고, 상업주의에 편승한 독서계의 잘못이다.

『달님은 알지요』는 여러 부분에서 다른 동화에서 찾아볼 수 없는 장점을 갖고 있다. 삼성문학상 심사평에서 지적하고 있듯이, "우리말을 풍부하게 쓴 것"이 놀라울 정도이다. 어른들의 어린 시절의 경험들을 풍부하게 보여줌으로써 자연스럽게 살아난 우리말들이다. 어린 시절 시골에서 흔히 볼 수 있는 소재들과 우리말의 특징이 어린이 책에서 되살아난다는 것이 이 동화책이 갖고 있는 가장 중요한 장점일 것이다.

① 선생님한테서는 풀꽃 냄새가 났다. 칡꽃 냄새랑 방아꽃 냄새를 버무려 놓은 것 같은 냄새였다. 송화는 선생님 등에 사알짝 얼굴을 대보았다.

—31쪽

② 까딱까딱 고갯짓으로 열두 발 상모를 돌리고, 옴찔옴찔 어깨를 추키고, 자그똥자그똥 발을 놀리면서 꽹과리를 신들린 듯 두드려 대면, 구경

꾼으로 둘러섰던 사람들도 덩실덩실 어깨춤을 추었다.

— 95쪽

①은 송화가 집으로 돌아오는 길에 선생님의 자전거 뒤에 타고 오면서 느낀 감정을 묘사한 부분이다. 칡꽃의 그윽한 향기와 방아풀의 짙은 향기가 난다. 시골길을 따라 자전거를 타고 가면서 맡아 본 풀꽃 냄새의 정취가 그대로 살아나게 한다. 이미 잃어버린 시골의 모습이지만, 이 동화에서는 아련한 시골길의 정경을 되살아나게 한다.

이 동화에 나오는 식물들은 "갈대", "부들", "조리풀", "망초꽃", "쑥부쟁이", "층층이꽃", "수크렁"과 같이 다양하다. 예선에 시골길을 걷다 보면 만나게 되는 들꽃들이다. 차츰 잊혀져 가는 소재들을 이야기의 곳곳에 사용함으로써 도시적 체험에 물들어 가는 아이들에게 자연의 아름다움을 전해 주고 있다. 갯가에서 흔히 잡을 수 있던 민물고기들인 "미수개미", "쉬리", "어름치", "꾸꾸리"들도 이 동화에서는 자연스럽게 나온다.

②는 의태어가 잘 드러난 부분이다. 우리말이 다른 나라 말과 구별되는 중요한 특징 중의 하나가 의태어이다. 이 의태어의 적절한 구사로 상모를 돌리면서 꽹과리를 치는 장면을 눈앞에 펼쳐지는 장면처럼 묘사하였다. 이 부분은 흠잡을 데 없는 문장으로 우리말의 특징을 살려내고 있다. "까딱까딱", "옴찔옴찔", "자그똥자그똥", "덩실덩실" 등의 의태어는 작가의 고심이 한층 잘 표현된 부분이라 할 수 있다.

이와 같은 장점은 "별고개", "들너머", "도드람재", "안들머리", "여수갯길", "절골"과 같은 우리말 지명을 사용한다든지, "무논", "시렁", "도리질", "잿간 지붕", "널판장"과 같은 우리말을 살리는 것에서도 찾을 수 있다. 덧붙여 이 작품에서는 소재의 문제만이 아니라, 무당집 아이 송화를 주인공으로 한 이야기에서도 아이들에게 어려움을 극복하는 용기를 심어 주고 있다. 술주정뱅이 아버지를 잃고 서울로 떠나는 영분이와 부모 없이 할머니와 살아가는 송화의 이야기는 독자들에게 감동을 주기에 충분하다. 이 점에서 대해서는 대부분의 독자들이 공감할 것이다.

그러나 이 동화의 곳곳에 흩어진 잘못들을 지적하는 일은 독자들의 날카로운 시선을 빌려야 할 것이다. 그것은 이미 공인된 작품이면서 여러 사람들에게 읽혀진 작품을 두고 흠집을 내기 위한 것이 아니라, 작가의 새로운 작품을 위한 조언으로, 그리고 독자의 시선에서 이 작품을 냉철히 분석하기 위한 것이다. 그것은 안일한 독서법에서 벗어나서 진지한 독서법을 갖자는 비평적 태도에서 비롯한다. 우선 이 작품의 줄거리부터 살펴보기로 하자.

임진강 부근의 새터초등학교 5학년 송화는 굿을 하는 할머니와 함께 살아간다. 송화는 같은 반 아이들이 무당집 아이라고 놀려 대지만 밝고 건강하게 살아간다. 같은 동네에 사는 친구 영분이와 가깝게 지낸다. 영분이는 술주정뱅이 아버지 때문에 어머니가 집을 나갔고, 어린 영희를 돌보면서 살아간다.

추석을 며칠 앞둔 어느 날, 영분이 어머니가 송화의 집에 찾아온다. 영분이 가족이 만나는 사이에 영분이 아버지가 들어와서는 영분이 어머니에게 매질을 하고, 영분이도 아버지에게 맞는다. 다음날 아침, 영분이는 지친 모습으로 송화의 집을 찾아온다. 그날 영분이 아버지는 순금이네 미나리꽝에서 죽어 있었다. 영분이는 아버지 장례를 치르고 서울로 이사를 간다.

서울에 있는 영분이의 편지를 받는 사이에 겨울이 다가왔다. 그 해 겨울에 오랫동안 집을 떠났던 송화의 아버지가 돌아왔다. 인천에 아파트를 마련하느라고 그렇게 오랜 세월이 흐른 것이다. 송화의 아버지는 꿈동산 완구라는 장난감 공장을 한다.

　인천으로 이사를 한 송화네 가족은 그 해 설날 송화가 살던 임진강으로 간다. 그곳의 망배단에서 북녘에 살아 있을 할아버지를 향한 굿판을 벌인다. 할머니가 굿을 하는 동안에 아버지는 부돌이 엄마의 북채를 빼앗아 들고 북장단을 친다. 멀리 북녘 하늘을 향한 통일굿이었다.

　이 동화는 어려운 환경 속에서도 꿋꿋하게 살아가는 송화의 이야기와 갖은 고생을 겪으면서 세상을 살아낸 할머니의 이야기와 집을 나간 송화의 아버지가 다시 성공하여 늙은 부모를 모시는 일들이 주요한 골격을 이루고 있다.

　우선 이 이야기의 사건 전개에 있어서 무리가 있는 부분과 어색한 부분을 찾아보자. 공간적 배경은 임진강 부근의 시골 마을이다. 새터마을이라는 시골 마을이다. 이 공간적 배경 속에서 함께 살아가는 아이들의 이야기이다. 그런데 이 작은 시골 마을에서 함께 살았던 송화와 영분이는 5학년 때에서야 비로소 서로에 대해서 알게 된다.

　"아프겠다. 어쩌다 다쳤니?"
　"다친 게 아니구, 아버지한테 맞아서 그래."
　"아버지가 왜 때려?"
　"우리 아버지 술주정뱅이잖아. 여태 몰랐어? 난 아버지가 미워. 그딴 아버지는 없었으면 좋겠어."

—40쪽

　"네가 송화구나."

사내아이가 아는 척을 했다. 그제야 생각이 났다. 영분이네 큰집 오빠 였다. 지난 봄 학생 발명품 경진대회에서 우수상을 타서 학교를 떠들썩하 게 만들었던 6학년 목영기였다.

— 52쪽

같은 마을에 사는 친구인 영분이의 가정일을 이만큼 모르고 지냈 을 수 있을까. 이 마을이 그리 크지 않은 마을이라는 사실은 동네 이 장님이 마이크 소리로 동네의 공지사항을 알리는 장면(89쪽)에서도 충분히 짐작할 수 있다. 또한, 검둥이를 가까운 영분이의 집에 맡기 는 것과 영분이 엄마가 송화의 집에 찾아왔을 때 송화가 영분이의 집 으로 달려가는 것으로도 알 수 있다.

영분이 아버지가 술주정뱅이라는 사실은 동네에서 소문이 나있고, 똑똑한 송화도 이미 알고 있을 것이다. 그런데 5학년 때에서야 비로 소 그 사실을 알았다는 것은 사실일까.

그 다음의 대화는 영분이의 사촌 오빠인 영기를 만나는 장면인데, 이 부분도 똑같은 상황이다. 영기도 같은 마을에 살며, 새터초등학교 6학년이다. 도시의 초등학교 아이들이야 서로 모를 수도 있을 터이지 만, 시골 학교는 상황이 다를 것이다. 이때부터 영기와 송화는 서로 친 하게 지내게 된다. 영기와 송화의 관계는 억지로 짜맞춘 이야기 같다.

"달이 낮에는 잘 보이지 않지만 하늘에 떠 있는 건 확실하잖아."
"그런데?"
"서울에 있는 네가 내 눈에는 보이지 않지만 내 가슴속에 낮달로 떠 있 을 거란 말이야."
"그래 송화야, 너도 내 낮달이야."

— 120쪽

"우리도 할아버지가 계셨어요?"

"할아버지 없이 네 아버지가 생겨났겠니? 그리고 너는……."

자기의 물음이 실없어서 송화가 웃었다.

—124쪽

두 부분의 대화를 인용했는데, 대화의 양상이 사뭇 다르다. 앞의 대화에서 송화는 낮달을 통해서 영분이와 만나려는 기발한 상상의 세계를 보여주는 영특한 아이지만, 그 다음의 대화는 앞의 대화와는 전혀 다른 물음을 던지는 엉뚱한 아이이다. 자기의 물음이 실없어서 웃는 장면에서 어색함을 발견할 수 있다.

이 부분을 통해서 작가가 설정한 인물인 송화가 어떤 아이인지를 분명히 제시하지 못하고 있으며, 사건이 진행됨에 따라 변화하는 아이임을 알 수 있게 한다. 인물의 일관성이 결여되어 있다. 아이들의 성격이란 일관된 것이 아니라, 변화한다고 할 수 있지만, 영특함과 엉뚱함 사이의 간격을 효과적으로 드러내야 할 것이다. 이런 문제들과 함께 사건의 정황 자체에 대한 의문점도 지적할 수 있다. 다음의 상황을 살펴보자.

생각에 잠겨 걷던 송화가 자전거 소리에 놀라 비켜 섰다.

"어깨 펴구 걸어라."

담임인 정태현 선생님이었다.

송화는 고개만 숙여 인사를 드렸다.

"어디 아프냐?"

선생님이 자전거에서 내려서며 물었다.

—31쪽

송화가 잃어버린 검둥이를 찾기 위해 벽보를 만드는 것을 본 영분이가 무당 할머니에게 물어 보면 될 텐데 벽보를 만들고 있다고 놀리자 송화와 영분이는 싸움을 하게 된다. 이 때문에 학교에서 벌 청소를 하고 돌아오는 길이다. 그런 송화에게 담임 선생님이 자전거를 타고 가다가 만나서 하는 말이 인용한 부분과 같다. 송화가 힘없이 걸어가는 것은 학교에서 일어난 일 때문이다. 그런데 선생님은 송화를 만나자마자 "어깨 펴구 걸어라"라는 모호한 말이나, 더욱 "어디 아프냐"라는 전혀 엉뚱한 말을 한다. 힘없는 송화의 모습을 본 선생님이라면 학교에서 일어난 일을 염두에 두고 말을 하는 것이 일상적인 대화법이 아닌가. 오히려 "청소하기 힘들었냐?"라고 하거나, "아까 영분이랑 싸운 것 땜에 속이 상했냐?"라는 정도가 알맞을 것이다. 짧은 대화와 부분적인 상황이지만, 사건 전체에서 서로 긴밀한 연관성이 있어야 한다. 그것은 이야기가 갖추어야 할 기본적인 진행 방법이다.

이러한 어색한 상황 설정은 이 동화에서 보이는 중요한 잘못이다. 뿐만 아니라, 인물의 심리적 정황과도 어울리지 않은 묘사도 눈에 띈다.

송화는 나무토막에 오도카니 앉아 강물만 하염없이 바라보았다. 강물은 간지럼 타는 아이처럼 하얀 이를 드러내며 자꾸 웃었다.

— 11쪽

학교를 마치고 돌아오는 길에 송화는 둑길에 혼자 앉아 있다. 여름방학을 마친 아이들이 재잘대며 둑길을 가다가 성수가 잃어버린 신발 때문에 무당인 송화 할머니 이야기를 꺼낸다. 영분이는 송화를 무당집 아이라고 놀린다. 송화는 무당집 아이라는 말이 듣기 거북해서 혼자 강가 습지에 숨어 버린다. 그 습지에서 바라본 강물의 풍경이다. 송화의 외로운 심리를 나타내기에는 어색한 풍경 묘사이다.

길가 사시나무에 바람이 앉아 장난을 쳤다. 잎새들이 간지럼을 타느라 히득히득 뒤집히며 웃음소리를 냈다.

— 50쪽

송화가 앞마당의 국화 꽃가지를 꺾어서 조촐한 꽃다발을 만들어 선생님 댁으로 갔는데, 먼저 선물을 들고 간 미선이가 선생님과 함께 있는 장면을 목격하고는 그냥 뒤돌아 나온다. 송화는 애써 눈물을 감추면서 꽃다발을 동댕이친다. 그리고 송화는 엉분이네로 간다. 위 인용문은 그 길에서 바라본 주위의 풍경이다. 송화의 심리는 우울하고 슬픈데, 주위의 풍경은 웃음소리를 낸다. 어색한 풍경이다.

소설에서 묘사는 인물의 심리적 정황을 드러내는 간접적인 전달 방법이다. 단순한 풍경 묘사라면 모르겠지만, 인물의 감정이 이입된 풍경 묘사는 그 인물의 심리를 반영하고 있다. 그러면 앞의 두 상황에서 송화가 웃어야 할 상황일까. 분명히 잘못된 묘사 부분이다. 다음 대화 부분도 잘못되어 있다.

"저 강물 속에는 봉동 물도 섞였을 기야. 저 물이래 고향 마을에서 온 물이구나 싶으면 왠지 반갑구 글티 않아? 물이래 뭘 알간……. 흘러오구 흘러가믄 그만인디……."

우두커니 강물을 바라보던 할머니가 혼잣말을 했었다. 할머니는 가끔씩 고향 말을 하셨다. 그럴 때의 할머니 눈빛은 촉촉히 젖어 있었다.

— 12쪽

할머니가 쓴 사투리이다. 할머니는 가끔씩 고향 말을 한다고 했는데, 이 동화의 어느 곳에도 인용한 부분 말고는 할머니의 고향 사투리는 없다. 이 동화의 다른 부분에서 할머니는 표준어와 간혹 행방이 묘연한 사투리를 사용하고 있다. 무엇이 진실이고, 무엇이 허위일까. 북한의 사투리를 염두에 둘 때, 할머니의 고향은 황해도와 평안도이다. 할머니가 하는 대화의 다른 부분을 몇 군데 더 살펴보자.

"오늘은 들말 이씨 기주댁 지노귀굿이구나. 밤을 새워야 할 텐데 혼자 잘 수 있겠지?"

— 17쪽

"할미 죽으면 너 혼자서도 살 수 있쟈?"

— 71쪽

"자네 양반 되긴 글렀네. 어서 와 잔 받소."

— 73쪽

"집 없으면 자식 노릇 못 한다더냐? 고집스러운 것하고, 하나만 알고 둘은 생각 못 하는 것하고 어쩌면 그렇게 똑 닮았을꼬……."

— 152쪽

무작위로 골라 보았지만, 어디를 찾아보아도 앞에 인용한 부분처럼, 뚜렷한 고향 사투리는 보이지 않는다. 앞에 인용한 대화의 마지막 부분은 젊은 시절 집을 떠났던 아들 봉동이가 집을 사 놓고 모시러 왔다는 말을 듣고 하는 말이다. 이 말을 하고 난 뒤에 할아버지를 생각하고 있는데도 고향의 사투리는 보이지 않는다. 처음에 제시한 할머니의 말과 그 말에 대한 설명은 무엇 때문인가. 할머니의 북한 사투리는 끝 부분의 통일굿 이야기에 연결된 암시 효과라고 할 수도 있지만, 할머니의 통일에 대한 염원은 할머니의 지난 과거를 이야기하는 부분에서 충분히 알 수 있다. 첫 부분의 할머니 사투리는 이 동화에서 필요 없는 부분이다.

사실 할머니의 이야기는 이 동화에서 가장 문제가 많은 부분이다. 할머니의 사투리를 말한 김에 할머니를 중심으로 이 동화를 정리하면서 그 문제점을 살펴보기로 하자.

북녘에 있는 송화의 할아버지 나이는 을축생(1925년)이고, 할머니는 임신생(1932년)이다(124쪽). 마지막 통일굿을 할 때 할아버지의 나이가 예순여덟이라고 하니, 이 동화의 전체 사건이 진행되는 시간 배경은 1994년이며, 정확하게는 1994년 가을부터 이듬해 설날까지이다. 그 사이에 일어난 사건 중에서 중요한 사건을 순서대로 정리해 보자.

이야기가 시작되는 시점은 여름방학을 마친 8월 말경이다. 추석을 이틀 앞두고 영분이 엄마가 오고 그 다음날, 영분이 아버지가 죽는다. 삼우제를 지내고 며칠 뒤 영분이가 서울로 이사를 한다. 그 해 늦은 겨울 오랫동안 집을 떠났던 송화의 아버지가 돌아온다. 겨울방학 때 송화는 인천으로 이사를 한다. 그 해 설날 할머니가 통일굿을 한다.

다음으로 할머니의 인생을 정리해 보자. 할머니가 살았던 역사적 배경은 할머니가 태어난 1932년부터 1994년까지이다. 할머니(금순네)는 3살 때(1934년) 아버지를 여의고, 홀어머니 밑에 자란다(125쪽). 12살 때(1943년)에 정신대에 끌려가지 않기 위해 결혼을 한다(125쪽). 14살 때(1945년) 해방이 되었고(126쪽), 17살(1948년) 때에 첫 아들 봉동이를 낳았다. 시댁이 지주로 몰려 풍비박산을 당하고, 금순네는 가까스로 서울에 도착하였는데, 사흘 후 6·25가 터졌다(1950년). 이 시기까지 문제가 되는 부분을 짚어 보자.

　① 금순네는 둘째 아기를 가졌는데, 서울 간 서방님의 소식은 끊기고, 나라가 남쪽, 북쪽으로 갈라져서 오고 갈 수도 없게 된 것이다.

— 126쪽

　② 눈 덮인 산을 미친개처럼 헤매던 금순네가 배를 움켜쥐었다. 해산날이 한 달이나 남았는데, 산통이 온 것이다. 몸 풀 곳을 찾아 돌아다니던 금순네가 된비알에서 미끄러졌다. 〔…중략…〕 그날 봉동이를 산 속에서 잃어버린 금순네는 죽은 아이를 낳았다.

— 130쪽

　①의 상황은 해방 후 남북에서 3년간 미·소 군정이 실시되고, 1948년 주권을 이양한 때이다. 남한에서는 1948년 8월 15일 대한민국 정부가 수립되고, 북한은 9월 9일 조선민주주의 인민공화국이 수립된다. 금순네 신랑(송화의 할아버지)은 공부를 하기 위해 서울에 갔고, 1948년에 첫 아들 봉동이를 낳았다. 이때를 전후하여 금순네는 둘째 아기를 가지게 된다. 그때는 "남쪽 북쪽으로 갈려서 오고 갈 수 없게 된" 때이고, 역사적으로 볼 때, 그 시기는 1948년 9월 이후이다. 시아버지가 안내원을 사서 삼팔선을 넘어 금순네를 서울에 보낸다. 서울에 오고 난 뒤 사흘 후에 6·25가 터졌다.

　②의 상황은 한국전쟁에 중공군이 개입하고, 1951년 1월 4일 중공군이 쳐내려온다는 소문을 들은 다음에 일어나는 일이다. 피난민의 대열에 있던 금순네가 "눈 덮인 산을 미친개처럼" 헤매면서 '해산달이 한 달 남았는데, 산통"이 왔다는 것이다. 금순네는 세 살된 봉동이를 눈 속에서 잃어버리고, 죽은 아이를 낳는다. 죽은 아이는 언

제 가졌다가 그때 아이를 낳은 것인가.

1951년 1월인데 해산날이 한 달이 남았다면, 1950년 4월경에 "금순네가 둘째 아기를 가졌다"고 해야 한다. 그런데 1948년경에 둘째 아이를 가졌다고 하는데, 이것은 이치에 맞지도 않고, 역사적 상황에도 맞지 않다. 시간적 상황을 제대로 파악하지 못하면 이러한 잘못을 범하는 것이다. 신소설의 서사구조를 분석하면서 가끔씩 보이는 사건 구성의 허점이 이 동화에 보인다는 것은 왠지 석연치 않다. 사건의 전개에서 시간적 구성이 중요한 까닭은 여기에 있다.

다시 할머니의 인생을 살펴보자. 20살 때(1951년) 아들 봉동이를 눈 속에 잃어버리고, 22살 때(1953년) 휴전이 된다. 23살 때부터(1954년) 금순네는 혼자서 굿판을 벌인다. 이때쯤 굿판에서 봉동이를 만난다. 봉동이가 7살 때쯤의 일이다. 봉동이는 굿을 하는 엄마가 싫어서 방황하다가 급기야 집을 떠난다. 아들 봉동이가 집을 떠나고 수년이 지난 어느 날, 누군가 금순이네 집에 포대기에 싼 아이를 놓아둔다. 그 아이가 송화이다. 이때부터 송화는 할머니와 함께 살아간다. 이 시기에서 문제가 되는 부분을 찾아보자.

길을 일러주고 돌아가던 아이가 고개를 갸웃갸웃 저었다.
금순네도 아이의 짙은 눈썹과 너부데데한 얼굴에 가슴이 뛰었다.

— 131쪽

금순네는 아이의 손을 잡고 다짜고짜 새끼손가락부터 살펴보았다. 붉은 점이 있었다.

— 132쪽

　금순네는 1951년 1월 둘째 아이를 사산(死産)하고, 마침 산에서 치성을 드리던 만신이 목숨을 구해 준다. 그후 만신을 신어머니로 모시고 내림굿을 받는다. 휴전이 되고 금순네는 마을마다 돌아다니면서 굿판을 벌이고 그 사이에 아들 봉동이를 찾고 있다. 비록 3, 4년의 세월은 흘렀지만, 아이를 금방 알아보지 못할까. 아니면, 자기 아이일 것 같은 "가슴이 뛰는" 예감이 있을 때, 먼저 새끼손가락을 확인하는 것이 옳다. 그런데 봉동이를 만난 그날 밤에 비단 장수의 말을 듣고서야 새끼손가락의 붉은 점을 확인한다. 세 살 때 헤어진 봉동이가 엄마를 몰라보는 것도 언뜻 납득이 가지 않지만, 뒤늦게 붉은 점을 확인하는 금순네의 태도도 옳지 않다. 이것은 다음 상황에서도 문제로 남아 있다.

　어린 봉동이는 굿판으로 나도는 무당 어머니가 창피하였다. 무당 어머니 때문에 동무들에게 놀림감이 되는 것도 싫었다. 차라리 남의 집 꼴머슴으로 자라던 때가 나았다는 생각이 들기도 했다.

— 132쪽

　세 살 때 잃어버린 봉동이가 비단 장수 단골집에서 꼴머슴을 했다는 말인가. 세 살 때부터 예닐곱 살 무렵까지 꼴머슴을 했다는 말이 된다. 얼른 납득이 가지 않는다. 이처럼, "10. 콩각시 금순네"는 문제점이 많다. 이 부분은 전체의 송화 이야기에서 부분적으로 삽입된 이야기이다. 사건의 요약 제시로 할머니의 인생을 갈무리하고 있는데, 이 부분이 이 동화의 전체 구성을 산만하게 하고 있다. 송화의 이야기에 초점을 두고 이야기를 끌어가면 효과적일 텐데, 할머니의 이야기를 끌어들이고 통일 문제까지 다루려다가 오히려 역효과를 가져온 것이 아닌가 한다.

이 정도에서 할머니를 중심으로 한 이야기가 갖는 문제점은 접어 두기로 하고, 다시 이 동화의 부분적인 문제점을 살펴보기로 하자. 이 동화에 나오는 검둥이는 매우 영리한 개다. 어떻게 하다가 새터 마을까지 오게 되었는지 모르겠지만, 검둥이의 등장은 의문점을 남기고 있다. 검둥이는 어떻게 하다가 다리를 다친 상태로 그곳에 버려진 것일까. 할머니의 노여움으로 부돌이 아버지가 검둥이를 버리는데, 어디에 버렸는지 끝내 가르쳐 주지 않는다. 그런데, 검둥이는 다음날 볕고개에서 송화에게 발견된다. 그리고 참나무 구멍에서 며칠을 보내고 영분이네에 맡겨진다. 이 부분들이 독자들이 납득할 만한 상황으로 이어지고 있지 않다는 데 문제가 있다.

송화는 반짇고리에 베 헝겊을 찾아들고 뒷마당으로 갔다. 쑥잎을 뜯어다 찧어 된장에 버무린 것을 베 헝겊에 발라 가지고 왔다.

—20쪽

송화는 볼이 미어지게 밥과 반찬을 떠 넣고는 오래오래 꼭꼭 씹었다. 입안의 것을 손바닥에 뱉어 가지고 검둥이 앞에 대 주었다. 검둥이는 거들떠보지도 않았다. 송화는 검둥이의 입을 벌리고 손바닥의 것을 집어넣었다. 검둥이가 도리질을 치고 뱉어 내었다.
"검둥아, 착하지, 한 번만. 응? 응?"
송화는 밥을 먹이느라 애를 썼다. 그 바람에 검둥이는 두어 숟가락 남짓 받아넘긴 셈이었다.

—21쪽

앞에 인용한 부분은 검둥이를 치료해 주는 송화의 능숙한 솜씨와 검둥이에게 밥을 먹이는 장면이다. 그냥 지나칠 수도 있지만, 자세히 살펴보면 어색하다. 가을에는 이미 다 말라 버렸을 쑥잎을 뜯어다 찧고 된장을 찾아 버무린 후 헝겊에 발라 검둥이의 다리를 동여매 준다. 쑥잎과 된장으로 치료해 줄 수 있는 방법을 할머니에게서 배운 모양인데, 그것을 인정한다고 해도 가을에 쑥잎으로 치료한다는 상황이 옳은지 생각해 보아야 할 일이다.

다음 장면은 더 이상하다. 이 부분은 송화가 밥을 꼭꼭 씹어서 뱉어내어 검둥이에게 주는 장면이다. 아기를 달래듯이 밥을 주는 장면에서 동물을 사랑하는 송화의 마음을 잘 읽을 수 있다. 그렇지만 송화의 마음을 표현하려다가 오히려 지나쳐서 어색하게 되고 만 것이 아닌지 생각해 볼 일이다. 더 어색한 것은 다음 장면이다.

> 할머니는 풍로에 솥을 걸고 감주를 달이고 있었다. 풍로에 왕겨를 끼얹으면 불꽃이 사그라지고 연기가 피어올랐다. 그럴 때마다 할머니는 풍구의 바람개비를 돌려 불꽃을 살려 내었다.
>
> ─45쪽

"풍구"는 원래 벼, 보리 등 곡물의 쭉정이를 가려내는 농기구를 말한다. 여기에서 말하는 풍구는 보통 시골에서 아궁이에 불을 지피는 데 사용하는 작은 바람개비 도구를 말하는 모양이다. 이미 잊혀져버린 풍구라는 소재를 사용하여 시골의 정취가 살아나게 하였다. 인용한 부분에서 매우 중요한 흠은 풍구는 지역에 따라 풍로, 풍차(風車)라고도 하는데, 여기에서는 풍로면 풍로로, 풍구면 풍구로 통일해야 한다. 아니면, 풍로는 화덕이나, 화로 정도로 고치는 것이 옳을 것이다. "풍구"와 "풍로"를 같은 지면에서 사용함으로써 독자들의 혼란을 불러일으키고 있다. 같은 지면에 다른 이름을 사용하면 지역에 따라 차이가 있는 용어에 대한 혼란을 일으킬 수 있다.

또한, 인용한 부분의 첫 문장은 풍로에 솥을 거는 것이 아니라, 화덕 위에 솥을 걸고, 화덕의 아래에 풀무의 바람통을 넣어서 불을 지펴서 감주를 달이는 것이다. 풀무의 바람이 나가는 부분은 아궁이에 묻고, 짚으로 불을 붙인 다음에 왕겨를 한 줌씩 넣으면서 솥을 달군다. 용어의 통일과 함께 좀더 정확한 설명이 되었으면 좋았을 것이다.

3.

김향이의 『달님은 알지요』를 읽으면서 많은 고민을 했다. 좋은 작품이면서 어딘지 모르게 비어 있다는 느낌을 오래도록 갖고 있었다. 그것이 무엇일까 고민한 끝에 작품의 하나하나를 뜯어 보기로 했다. 그렇게 하나하나 따져 읽는 사이에 부분적으로 잘못된 부분과 할머니의 이야기가 전체 이야기의 초점을 흐리게 하고 있음을 알았다.

깊은 감동을 주는 작품일수록 작품의 작은 흠집들은 묻혀지기 일쑤다. 그러나 깊은 감동을 주는 좋은 작품일수록 더욱 세밀하게 따져 읽어야 할 필요가 있다. 독자들의 묵인이 때로는 작가의 안일함을 조장할 가능성이 있고, 비평의 부재로 말미암아 작품의 공과를 잘못 인정할 수가 있다. 좋은 작품일수록 따져 읽어야 하는 까닭은 여기에 있다. 작품을 따져 읽는 일은 건전한 비평 풍토를 만드는 일이다. 이것은 작가들이 독자들의 날카로운 시선을 의식해야 한다는 말과도 같다.

아동문학에 국한된 문제는 아니지만, 상업주의가 만들어내는 거대한 함선에 편승하여 거침없이 나아가는 베스트셀러 작품의 진위를 따져 보는 작업이 있어야 한다. 대중성이 곧 작품성이 아닐 수 있기 때문에 우리는 항상 문학예술의 본질을 찾아가는 데 고심해야 한다.
독자들이 늘 냉철한 이성의 눈으로 작품을 읽어낼 때, 작가들의 의식
은 깨어나고, 더 좋은 작품을 만들어내는 데 심혈을 기울일 것이다.
상업주의 작품을 경계하면서 진정한 작품을 골라내는 데 수용자(독
자)의 태도가 무엇보다 중요함을 명심해야 할 것이다.

문제 어른이 만든 일그러진 자화상

영모가 사라졌다 공지희 지음, 오상 그림, 비룡소, 2003.

시작하면서

공지희의 장편동화 『영모가 사라졌다』는 문제작
이다. 문제작이라는 말은 문제를 고발한 동화라는
말과 문제를 갖고 있는 동화라는 두 가지 뜻을 갖
고 있다. 먼저, 문제를 고발한 동화라는 말은 이
동화는 어른들의 폭력을 고발하고 아이들의 세상
을 만들어 간다는 점에서 이 시대의 문제점을 적
확하게 파헤친 작품이라 할 수 있다. 이 세상은 문
제 아이들이 많은 것이 아니라, 문제 어른들이 더
많다는 심각한 어른 부재의식을 비판하였다는 것
이다. 다음으로 문제를 갖고 있는 동화라는 말은
판타지 동화가 갖는 병폐를 여실히 보여준다는 점
이다. 이것은 현실 문제를 고발하면서도 그 공간
을 벗어난 판타지 공간에서 아이들의 문제점을 해
결하려는 데 있다. 현실과 판타지를 마음대로 오

고가는 혼란은 이 작품이 지닌 심각한 문제점이라 할 수 있다. 이 글에서는 문제작이 주는 두 가지 의미를 중심으로 어른들의 일그러진 자화상을 살펴보려고 한다.

이 동화는 아버지의 폭력에 시달리는 초등학교 5학년 강영모의 이야기이다. 서술자인 나(오병구)는 수학학원에서 같은 반 친구인 영모를 만난다. 수학을 제대로 못 하는 병구는 수학을 잘하면서도 학원에 다니는 영모와 가깝게 지내게 된다. 어느 날, 저녁에 영모는 아버지에게 심하게 맞은 모습으로 나를 찾아오고, 다음날 영모는 사라지고 만다. 영모가 사라진 이튿날, 병구는 영모가 아파트 지하실에 자주 간다는 사실을 기억하고는 그곳으로 간다. 그곳에 있는 고양이 담이가 안내해 주는 길을 따라서 라온제나("즐거운 나"라는 뜻)라는 신비한 세상을 만난다. 이곳은 희망과 즐거움을 주는 공간이다. 현실은 초겨울인데, 그곳은 봄이었다. 그곳 숲의 통나무집에서 어떤 할아버지와 로아라는 여자 아이를 만난다. 그들을 통해서 라온제나의 비밀을 알게 된다. 할아버지는 소년 때 집을 떠나서 이곳에 오게 되었고 여덟 살 로아는 제물로 희생되는 위기를 피해서 이곳에 오게 되었다는 말을 듣게 된다.

다음날 저녁에도 병구는 영모를 찾기 위해 다시 라온제나에 간다. 이미 라온제나는 여름이 되었다. 어제 갔던 통나무집에는 젊은 남자와 젊은 여자가 있었다. 어제 만난 할아버지와 로아가 젊은 남녀로 변해 있었다. 갑자기 비가 쏟아지고, 통나무집에는 낯선 남자가 찾아온다. 그 남자는 아들을 찾고 있었다. 그 아저씨는 영모의 아버지였다. 영모의 아버지에게 병구도 영모를 찾고 있다고 말한다. 그날도 병구는 영모를 찾지 못하고 집으로 돌아온다.

다음날 밤에도 병구는 라온제나에 간다. 그곳은 가을이 되어 있었다. 그 통나무집에 도착하자. 이번에는 할머니가 된 로아와 영모가 있었다. 이제 영모는 현실의 모든 일을 기억할 수 있게 되었다. 그동안 영모는 라온제나에서 여러 번 아버지를 만났는데도 집으로 돌아가지 않으려고 피했다고 한다. 영모를 만나서 이야기를 하는 동안에 로아를 찾는 남자들이 뒤쫓아왔다. 그 남자들을 피해서 도망을 치고, 영모는 사막의 수렁으로 유인하여 그 남자들을 죽인다. 사막을 지나 숲 속의 오두막에 이르렀을 때, 그곳에는 영모의 아버지가 있었다. 영모는 도망을 치려고 하지만, 병구는 영모를 설득한다. 결국 영모는 아버지의 오두막에 오게 된다. 영모 아버지는 저녁을 준비하고, 이것을 보고 삼동을 받은 영모는 울면서 집 밖으로 뛰어나간다. 영모의 아버지는 영모에게 용서를 빌고, 그날 밤 집으로 돌아간다. 다음날 영모는 집으로 돌아가려고 한다. 병구와 영모는 로아 할머니를 라온제나에 두고 집으로 돌아온다. 라온제나에 함박눈이 쌓이고 있었다. 담장을 넘어 집으로 돌아오는 길에도 하얀 첫눈이 내리고 있었다.

먼저 이 동화의 장점을 살펴보기로 하자. 이 동화는 아이들의 시선으로 아이들의 마음을 잘 읽어내고 있다. 동화작가가 갖추어야 할 가장 중요한 문제는 아이들의 마음으로 아이들의 세상을 표현하는 것이라고 할 때, 이 동

그린이 : 오상, 『영모가 사라졌다』에서.

화는 동화의 가장 중요한 요건을 갖추고 있다고 할 수 있다. 수학 시험을 칠 때, 의심을 받을까 봐 한두 칸쯤 떨어져 앉아서 답을 베끼는 장면 등 학교에서 일어나는 일들을 통해 아이들의 세계를 진솔하게 그려내고 있음을 알 수 있다.

처음에 나는 그 몽둥이를 보고 엄청 겁먹었다. 틀린 문제 수만큼 그 몽둥이로 맞아야 하는 줄로 알았다. 그런 일은 학교에서도 가끔 일어나는 일이니까. 반의 성적이 꼴찌를 했을 때, 선생님들은 주로 틀린 숫자만큼 때린다. 〔…중략…〕
그럼 그 몽둥이를 멋으로 들고 다니는 거냐 하면 그건 아니다. "공포분위기 잡기" 용이었다. 틀린 문제 수만큼 수학괴물은 몽둥이로 아이들 책상을 두들겼다.

— 15쪽

아이들의 눈으로 세상을 본 작가의 관찰이 돋보이는 부분이다. 표현도 아이들의 말을 그대로 사용하고 있으며, 초등학교 5학년 아이의 심리적 정황을 잘 간파해내고 있다. 이 동화는 아이들의 세계를 잘 그려내고 있으면서도 아이들이 원하는 아름다운 세상을 보여주고 있어서 흥미를 불러일으킨다.

"키노그나투스는 '개의 턱'이라는 뜻이야. 모습이 개처럼 생긴 데다 얼굴에 수염도 났었대. 성격이 온순해서 싸움도 잘 못했고, 몸집은 사람보다 조금 큰 정도였어.

— 73쪽

"키노그나투스"라는 공룡에 대한 정보를 잘 전달해 주고 있다. 사실적인 관찰을 통해서 아이들에게 새로운 세계에 대한 호기심을 증폭시켜 주는 역할을 한다. 새로운 세계에 대한 호기심과 동물들과 소통하는 아이들의 마음을 잘 표현했다.

뿐만 아니라, 아이들이 어른들의 세계를 이해하고 어른들이 아이들의 세계를 이해하는 상호소통의 공간을 열어 주고 있다. 자식들에게 욕심을 부리는 어른들의 마음과 하고 싶은 일을 하지 못하는 아이들의 마음을 서로 연결지움으로써 아이들의 세계와 어른들의 세계가 열린 공간에서 만나게 된다. 아이들을 키우면서 부닥치는 어른들의 한계를 반성하고, 아이들이 원하는 세상이 무엇인지를 깨닫게 하는 동화다.

무엇보다도 이 동화는 어른들의 폭력으로, 혹은 어른들이 만든 일그러진 가족상으로 방황하는 아이들의 모습을 잘 그려 주고 있다는 점에서 문제작이라고 할 수 있다. 이 동화에 나오는 주인공들은 모두 일그러진 가족의 희생이 된 아이들이다. 주인공 영모는 아버지에게 폭력을 당하는 아이이다. 영모의 아버지는 술주정뱅이인 아버지 밑에서 가난한 어린 시절을 보낸 사람이다. 아버지의 폭력으로 동생이 죽게 되자 집을 뛰쳐나와 자수성가하였다. 이 피해의식으로 영모에게 많은 기대를 하게 되고, 그 기대에 미치지 못하는 영모를 때리는 아버지가 되었다. 영모 아버지가 받았던 고통을 영모에게 그대로 보상하고 있는 것이다. 병구는 세 살 때 어머니와 아버지가 이혼을 하고, 어머니와 살아가는 아이이다. 로아는 어린 시절 부모를 잃고 이모 밑에서 자라다가 이모가 은닢 다섯에 팔아버린 아이이다.

모두 어른들에게 버림을 받거나 정상적인 가정 속에서 자라지 못한 아이들이다. 그렇지만, 이 아이들은 나중에 자신의 세상을 꿋꿋하게 헤쳐 나가려는 마음을 갖게 된다. 어른들의 잘못으로 비뚤어진 아이들이 그들의 세상을 만들고 그 과정에서 스스로 살아가는 방법을 깨닫는다. 이 동화는 아이들에게 희망과 그들이 꿈꾸는 세상을 아름답게 보여주고 있다.

그러면 이 동화가 갖고 있는 두 가지 문제의 의미를 짚어 보기로 하자. 먼저, 아이들이 안고 있는 문제와 어른들이 갖고 있는 문제점을 드러내면서 우리 시대의 문제를 비판한 점을 들 수 있다.

1. 어른들의 폭력에 시달리는 아이들

1) 공부에 대한 압박

아이들에게 학습은 가장 심각한 고민거리 중의 하나이다. 경쟁 사회에 견디기 위한 첫 번째 과정이 학습에 대한 문제일 것이다. 성적으로 줄을 서고, 개인의 인격이 점수로 나타나는 비참한 현실 속에서 아이들은 경쟁적으로 학습에 매달린다. 이 땅의 아이들은 학교와 학원을 오고 가면서 학습에 대한 압박을 당하고 있다.

> 엄마와 나 사이에는 공부가 문제였다.
> 수학은 날이 갈수록 어려웠다. 수학은 정말 나랑 안 맞는다. 수학 시간만 되면 뒷머리 왼편이 쿡쿡 쑤셨다. 〔…중략…〕
> 나는 입을 쑥 빼물고 엄마에게 이끌려 학원 계단으로 올라갔다.
>
> —10쪽

이 부분은 성적을 올리지 못하는 병구를 끌고 수학학원에 가는 장면이다. 공부를 잘 못한다고 추궁하는 병구의 어머니는 병구에게 학습에 대한 의욕을 빙자하여 수학학원에 보내게 된다. 여기에는 병구

어머니의 폭력이 있다. 수학 시험에 빵점을 받아서 엄마에게 이끌려 학원을 가는 병구는 죽을 맛이다. 수학을 못 하는 병구의 문제는 가족의 문제이기도 하다. 병구의 공부에 대한 압박은 아버지와 이혼한 엄마에게 더 큰 문제가 있다. 병구의 문제는 병구만의 문제가 아닌 것이다. 어른들이 만들어낸 잘못이 아이에게 영향을 끼치고 있는 것이다.

  내 인생은 두 가지 일로 가득 차 있다.
  한 가지는 하고 싶은데 할 수 없는 일이고, 나머지 한 가지는 하고 싶지 않은데 해야만 하는 일들이다.

— 12쪽

하고 싶은 일을 하지 못하는 아이들의 심정이란 얼마나 답답할까. 내남없이 아이들의 장래 문제에 대해서는 어른들의 생각이 들어 있기 마련이다. 아이들이 제각각 자기가 하고 싶은 일을 한다면, 문제는 생기지 않을 것이다. 그런데 그렇게 할 수 있는 아이들은 얼마나 될까. 아이들은 어른들의 생각으로 둘러 쌓여 있고, 대부분 어른들의 생각대로 성장한다. 하기 싫은 일을 하는 영모와 병구는 시험 시간에 "베끼기 작전"으로 성적을 올리는, 기발하지만 잘못된 행동을 하게 된다. 그것이 잘못된 일인 줄 알면서도 전혀 부끄러움을 느끼지 않는다. 자기가 하고 싶은 일을 하지 못하는 아이들은 남의 눈치를 보는 불행한 아이들이다. 아이들은 자기가 하고 싶은 일을 해야 한다.

2) 어른들의 폭력

  나는 이상한 생각에 영모의 얼굴을 두 손으로 잡아 잘 보이도록 돌렸다. 오렌지 빛 가로등 불빛에 영모의 얼굴이 드러났다. 한쪽 눈이 퉁퉁 부었고 얼굴이랑 목에 얼룩덜룩 피멍이 보였다. 몽둥이 자국이었다.

— 28쪽

영모의 엉덩이와 허벅지 그리고 종아리까지 온통 붉은 줄이 나 있었다. 매 자국마다 퉁퉁 부어서 곧 터져 버릴 것 같았다.

— 35쪽

매를 맞고 나면 마음이 편해져. 엉덩이는 쓰리고 얼얼 하지만 말이야. 때리는 사람은 때리고 나면 잠깐은 미안해 하는 것 같거든. 우리 아버지가 그래. 때릴 때는 악마 같은 얼굴로 정신없이 때리고도 나중에는 좀 너무했다 싶기도 한가 봐. 며칠 동안은 좀 잠잠해. 그래서 오히려 난 매를 맞고 나면 마음이 좀 편안해져. 지겨운 숙제를 다 해치운 것 같은 기분이야. 하지만 며칠 지나면서 마음이 불안해지기 시작해.

— 35쪽

영모 아버지가 영모를 때린 장면이다. 한쪽 눈이 퉁퉁 부었다는 것은 얼굴을 손으로 때렸다는 말이다. 목까지 피멍이 들 정도로 맞았다. 물론 이렇게 맞는 경우도 있을 것이다. 그렇다고 영모가 딱히 불량한 아이도 아닌데, 조각을 한다고 이렇게 심하게 때릴 수 있는 것인가. 영모의 아버지는 매를 때려서라도 잘 키우는 것이 부모의 도리라고 생각하고 있다. 얼마나 많은 폭행을 당했으면, 영모는 매 맞는데 너무도 익숙한 아이가 된 것일까. 며칠을 두고 매를 맞지 않으면 불안해진다는 말은 이미 영모는 폭력에 대한 심각한 정신질환을 앓고 있는 아이란 말이 된다. 영모의 아버지는 스스로 불우한 어린 시절에 대한 보상 심리가 있다. 그 피해의식 때문에 영모에게 폭력을 휘두르는 아버지가 된 것이다.

　어떤 아버지라도 좋으니까 딱 한 달. 아니 딱 하루만이라도 아버지랑 살아 보고 싶다. 그러면서도 아버지를 그렇게 그리워하는 내 자신이 못마땅했다.

　추운 밤, 거리로 쫓겨 나온 영모는 무서운 아버지 때문에 울고 그 옆에 있던 나는 무심한 아버지 때문에 화가 났다.

— 40쪽

　이 부분은 아버지와 살고 싶다는 병구의 소망이 묘사되어 있다. 병구는 이혼한 엄마 밑에서 자라는 아이이다. 엄마와 아버지는 병구가 세 살 때 이혼을 했고, 아버지는 새혼했고, 나는 엄마와 난 둘이 산다. 엄마는 늘 아버지를 잊고 사는 것이 잘 사는 거라고 말하지만, 병구는 그렇지 않다. 인용한 부분처럼, 늘 아버지를 그리워하면서 살아간다. 이혼한 가정에서 자란 아이들의 불우한 상황이 간절하게 드러나 있다. 이혼한 부모 밑에서 자라는 아이들의 상처를 통해서 이 시대 어른들의 문제점을 비판하고 있다.

　아버지는 자식을 마음대로 할 권리가 있다고 생각하는 분이었지. 아버지는 나를 강철이나 단단한 돌같이 여기셨단다. 무서운 말로 위협하고, 채찍을 휘두르고, 닥치는 대로 물건을 던지기도 했어. 하지만 나는 강철이나 돌이 아니라 약하고 부서지기 쉬운 질그릇 같았어. 아버지의 폭력에 날마다 상처가 늘었어.

— 103쪽

　라온제나에서 할아버지가 된 영모가 아버지의 폭력을 기억하면서 하는 말이다. 처음에는 자신을 기억하지 못하고 있었지만, 이 부분에서는 할아버지의 어린 시절을 기억하면서 말하고 있다. 라온제나에서 개가 끄는 마차를 타고 자신을 쫓아오는 사람이 있었는데, 그 사람은 할아버지의 할아버지라고 한다. 그 사람이 자신을 아버지에게 넘기려는 사람이라고 생각하고 있다. 이치에 맞는가의 문제는 차치하고, 이 부분은 아버지의 폭력을 비판하고 있다. 자식을 마음대로 하려는 아버지의 일그러진 자화상을 잘 보여주고 있다.

영모의 아버지는 가난하게 자랐고, 어린 시절에 아버지의 폭력을 견디지 못하여 집을 나왔다. 동생 순명이는 아버지가 휘두른 쇠스랑에 맞아 죽고 말았다. 이런 어린 시절의 피해의식이 영모의 아버지를 폭력을 쓰는 아버지로 만든 것일까. 그렇다면 영모의 아버지는 심각한 정신외상을 겪는 사람이다. 나중에 영모의 아버지는 자식에게 너무 큰 욕심을 갖고 있었다고 후회한다. 영모가 자신이 원하는 것만큼 따라 주지 않아서 폭력을 휘둘렀다고 한다(134쪽). 어른들의 욕심이 만들어낸 일그러진 아이들의 모습을 본다. 어른들의 심각한 병리 현상이 비뚤어진 아이들을 만드는 것이다. 이 동화는 어른들의 문제점을 통하여 아이들을 사랑하는 새로운 방법을 모색하고 있다. 이 동화에는 선생님도 문제가 있는 어른으로 묘사되고 있다.

선생님은 심문하는 경찰관 같았다.
아이들이 집에 돌아가지 않은 것을 가출이나 비행이라고 그렇게 간단히 말할 수 있을까? 어른들이 가출하고 비행을 저질러도 그렇게 말하지 않으면서.

—111쪽

이 정도의 선생님이라면 문제가 있다. 영모가 사라진 일을 병구에게 물으면서 영모가 가출 청소년과 어울리지 않았는지 말하고 있다. 어른의 폭력만 문제가 되는 것이 아니라, 아이들을 가르치는 선생님까지 심각한 문제를 갖고 있다. 문제 어른과 문제 선생님들 사이에서 아이들은 질식하고 있는 것이다.

2. 작품의 문제점

1) 묘사의 문제

   101호, 102호……, 110호까지 병아리 상자같이 생긴 방들에는 문 하나에 조그만 유리창이 하나씩 달려 있었다.

— 11쪽

학원의 교실을 묘사한 부분이다. "병아리 상자같이 생긴 방"이라는 말은 네모난 종이 상자 같다는 말 같은데, 병아리 상자 같은 것이 잘 연상되지 않는다. 아이들은 네모난 상자를 금방 떠올릴 수 있을까.

   교실 영모 걸상 위에는 엷은 먼지가 영모 대신 앉아 있었다.

— 149쪽

이 부분은 영모가 사라진 셋째 날, 병구가 라온제나의 여름을 보고 온 다음날이다. 영모가 사라진 지 며칠이 되었는데도 걸상에는 엷은 먼지가 대신 앉아 있었다고 한다. 물론 유독 그날만 걸상의 먼지가 보였을 수도 있지만, 이 부분만 읽어 보면 며칠째 청소를 하지 않은 교실인가라는 의문이 생길 수도 있다. 판타지의 공간을 묘사하다가 현실로 돌아오면 다시 이치에 맞는 묘사를 해야 한다는 사실을 놓치고 말았다.

2) 인물의 문제

나도 모르게 킥킥 웃음이 나왔다.

— 12쪽

나는 언제나 마음껏 웃지 않았다. 일부러 심각해지려고 했는지 모른다. 아버지가 없고 엄마와 단 둘이서 사는 게 나를 그렇게 만들었다. 아버지가 없다는 것이 나를 웃지 못하게 했다. 마음껏 신나게 즐겁게 지내지 못하게 만들었다.

— 100쪽

엄마에게 이끌려 학원에 온 병구가 칠판에 빨간색으로 "수학이 풀리면 인생이 풀린다!"라는 글을 보고는 웃는 장면이다. 방금까지만 해도 엄마와 학원 문제로 실랑이를 하고 교실에 들어왔는데, 도리어 기분이 풀렸는지 칠판의 글씨를 보고는 웃는다. 그런데 다음 부분에서 병구는 아버지와 이혼한 뒤부터 웃음을 잃은 아이가 되었다고 서술되어 있다. 평소에 한번도 웃지 않는 것은 아닐 터이지만, 앞의 상황은 엄마와 다툰 상황이었고, 우락부락한 얼굴의 수학 선생님을 만난 뒤에 일어나는 행동이라고 하기에는 무리가 따른다. 인물의 성격이 일관되어 있지 않다는 것을 알 수 있다.

엄마가 남편이 없는 한 여자로 살아가기가 얼마나 힘든지 나는 잘 안다.

— 100쪽

영모가 영원히 숨어서 살게 할 수는 없다. 어찌 됐든 가족은 함께여야 한다.

내가 아버지와 헤어져 사는 것처럼 영모도 그렇게 살게 놔둘 수 없다.

— 151쪽

서술자의 태도가 갑자기 초등학교 5학년에서 나이든 어른으로 바뀌었다는 것을 알 수 있다. 이 부분은 초등학교 5학년 학생의 생각이라고 하기에는 뭔가 어색한 부분이 있다. 시점이 1인칭 관찰자 시점이기 때문에 초등학교 5학년의 심리로 묘사가 되어야 하는데, 이 부분은 어른의 태도로 서술되어 있다. 작가가 원하는 말을 하기 위해서 간혹 잘못 진술하고 있다. 상식적으로 생각할 때, 초등학교 5학년 아이가 "남편이 없는 여자로 살아가기가 얼마나 힘든지 나는 살 안다"라고 말할 수 있을까. 이 부분의 서술자는 조숙한 아이에서 어른으로 바뀌었다고 할 수 있다. 자신을 버린 아버지를 미워하는 것이 아니라, 어머니를 버린 아버지를 미워하는 성숙한 아이의 태도로 서술하고 있다. 이것은 다음 장면에서도 마찬가지이다. 가족은 함께여야 한다는 경험을 아버지 없이 자란 병구의 입장에서 볼 때, 충분히 가능한 말이라고 생각할 수도 있지만, 영모를 그렇게 살게 놔둘 수 없다는 말은 세상의 풍파를 겪은 어른의 말임을 알 수 있게 한다. 작가의 서술 태도가 이동하면서 관찰자가 아이에서 어른으로 바뀌고 말았다. 관찰자가 병구일 때의 서술과 어른일 때의 서술이 차이가 있다는 것은 다음 부분에서도 알 수 있다.

죽음은 영원히 끝나는 게 아니야. 아이들은 어른의 삶으로 가는 과정이듯이 늙는 것은 새로운 아이로 태어나기 위한 과정일 뿐이란다.

— 158쪽

내가 불쌍한 건 누구에게 나를 의지하는 마음이 있었기 때문이야. 내 자신을 스스로 돌볼 때 나는 당당하게 내 자신을 사랑할 수 있었어.

— 195쪽

이 부분은 할머니가 된 로아가 병구에게 하는 말이다. 이 부분과 앞에서 인용한 부분을 비교해 보면 어법이 비슷하다는 것을 알 수 있다. 죽음의 의미를 심오하게 전하고, 자신을 사랑할 줄 아는 아이가 되라는 어른들의 당부가 잘 나타나 있다. 이 부분은 로아 할머니의 입을 빌리고 있지만, 작가가 아이들에게 하고 싶은 말이다. 시점이 혼동된 부분과 비교하면서 읽어 보면 병구의 입을 빌려서 하려다가 작가가 잘못 말한 것임을 알 수 있게 된다. 다른 문제이긴 하지만, 상황에 맞지 않는 부분도 있다.

아! 이제 잡히나 보다. 할머니는 어떻게 되는 걸까? 저들에게 잡혀가서 기어코 다시 제물이 되어야 하는 걸까?

— 180쪽

로아는 어린 아이였기 때문에 제물로 바쳐진 것이지, 할머니가 된 로아가 제물이 될 리가 없다. 이미 앞에서 로아의 고향에서는 신에게 제사를 지낼 때 아이들을 제물로 바쳤다(93쪽)고 말하고 있다. 또한, 남자들은 할머니가 로아인지 알지도 못할 것이다. 달리 생각하면, 남자들이 할머니를 붙잡아서 라온제나를 벗어나면 로아가 할머니에서 아이로 돌아간다는 것을 알고 있다고 할 수도 있다. 그러나 이것은 문제가 다르다. 남자들은 할머니 로아를 어떻게 알고 쫓아가는 것일까. 이것은 상황에 맞지 않는 부분이다.

3) 공간의 문제

이 동화에서 매우 중요한 공간으로 다루어지고 있는 것은 라온제나이다. 이 공간은 아이들에게 새로운 세계를 만나게 하고, 상상력과 흥미진진한 모험을 안겨 주는 공간이다. 빨리 어른이 되고 싶은 아이들의 꿈을 실현시켜 주는 대리공간이고, 어른의 시각으로 아이들을 바라봄으로서 새로운 안목을 갖게 하는 공간이다. 이 동화가 아이들에게 흥미롭게 읽혀지는 까닭은 라온제나의 판타지의 공간에서 뒤죽박죽된 사건의 연속으로 생기는 긴장감과 호기심 때문이다.

그러나 문제는 이 공간을 작가의 의도대로 마음껏 조작하다가 이치에 맞지 않는 부분이 많아졌다는 데 있다. 판타지의 공간과 현실의 공간이 나누어져 있을 때, 현실적 공간으로 이해되는 부분은 이치에 맞게 서술되지만, 판타지의 공간에서는 무시해도 되는 것일까. 이 문제는 좀더 논의를 달리하여 검토해 보아야 할 문제이지만, 이 동화에서 판타지 공간은 구성의 문제점으로 드러나고 있어서 지적해 두고자 한다.

담을 사이에 두고 다른 한 쪽은 온통 다른 세상이었다.
환한 대낮의 빛. 반짝거리는 햇살 아래에서 한창 물이 오른 연초록 나뭇잎들이 보였다. 그 나무들 사이로 새들이 조롱조롱 거리며 날아다니는 게 보였다. 봄이었다.

—60쪽

초등학교 5학년인 병구가 밤 11시쯤에 집을 나와서 고양이를 따라서 담장을 넘는 순간에 만나게 되는 세상이다. 담을 사이에 두고 안과 밖이 서로 다른 세상이다. 현실과 판타지의 공간은 완전히 다르다. 현실의 시간이 멈추어진 공간에서 만나게 되는 판타지의 공간이 라온제나이다. 시간의 개념이 초월되고, 공간의 이동이 자유로운 삼차원의 세상이다. 이곳은 고양이라는 전통적 설화에 나오는 영물(靈物)의 안내로 만나게 되는 신비의 공간이다.

그런데 문제는 이 공간이 열리기 전에 일어나는 현실 공간에서의 일이다. 병구는 밤 11시에 영모의 아파트로 가고 아파트의 경비를 따돌리고, 지하로 내려간다. 그리고 고양이를 만나서 다시 영모의 아파트 뒷마당으로 나온다. 울타리의 좁은 틈새를 지나서 높은 담이 나오고 이 담 위에 올라서자, 담을 사이에 두고 완전히 다른 두 세계를 만난다. 초등학교 5학년 병구가 11시에 집을 나와서 라온제나의 세상으로 들어가는 장면은 현실적으로 이해되어야 하는 것이다. 그런데 이 부분은 정상적인 상황으로 받아들여지지 않는다. 초등학교 5학년 아이가 밤에 아파트 지하에 들어갔다가 고양이를 만나고, 다시 나와서 아파트의 뒷마당으로 가는 것은 전혀 현실적이지 못하다.

라온제나에 있는 사람들이 이곳을 들어오는 과정에도 문제가 있다. 라온제나에는 영모와 로아, 그리고 남자들, 영모의 아버지가 있다. 영모와 병구는 고양이 담이의 안내로 이곳에 오게 되고, 로아는 신에게 제물로 바쳐졌다가 사촌 오빠 제다가 구해 주었는데, 산을 넘고 사막을 지나서 이곳에 오게 된다. 영모의 아버지는 영모를 찾아 꼬박 이틀 동안 밥도 먹지 않고 헤매 다닌다. 정신없이 찾아 헤매 다니다가 길을 잃게 되는데, 깨어나니 검은 고양이가 얼굴을 핥고 있었다. 라온제나는 사막이 있고, 얼음산이 있는 뒤죽박죽이 된 환상의 공간이다. 어차피 환상적인 공간일 바에야 그곳에 어떻게 오든지, 어느 공간이든지 전혀 중요하지 않을 수 있다. 그러나 문제는 여기에 있는 것이 아니라, 라온제나의 공간 자체에서 작가가 혼동을 일으키고 있다는 데 있다.

영모의 아버지는 할아버지가 된 영모를 알아보지 못하는데, 로아를 쫓아오는 남자들은 로아가 할머니가 되었는데도 여전히 로아를 알아보고 쫓아오고 있다(169쪽). 같은 공간에서 일어나는 일인데 왜 그 상황은 다른 것일까. 뿐만 아니라, 영모는 과거를 기억하지 못하는데, 로아는 할머니가 되어서도 과거의 일을 그대로 기억하고 있다. 영모는 과거를 잊고 싶어서 어른이 된 후에 자신의 어린 시절을 기억하지 못한다고 할 수 있지만, 과거의 기억을 지우고 싶은 것은 로아도 마찬가지일 것이다. 어릴 때 부모를 잃고 이모에게 길러진 로아가 신에게 재물로 바쳐졌다가 사촌 오빠의 도움으로 가까스로 탈출을 하게 되었는데, 그 과거를 일일이 기억하고 싶은 것일까. 그렇나면 로아를 쫓아오는 남자들도 로아를 몰라야 하고, 로아도 그 사람들을 기억하지 못해야 할 것이다. 영모는 과거의 기억을 잊어버렸는데, 로아는 기억한다는 것이 이치에 맞지 않는다. 영모와 로아는 같은 판타지의 공간에 있다. 같은 판타지의 공간에서는 같은 일이 일어나야 하는 것이 아닌가. 어차피 뒤죽박죽이 된 공간에서 그 상황이 그리 중요한 문제가 아닐 수도 있다는 것은 잘못된 구성이 아닐까. 이러한 잘못된 구성은 더 심각한 문제로 이어지고 있다.

방바닥에는 흙모래가 흩어져 있었고, 옷은 축축하게 젖어 있었다.
어제 비를 맞으면서 호숫가를 걸었던 생각이 났다. 어젯밤의 일은 절대로 꿈이 아니었다.

— 109쪽

이 부분은 현실로 돌아와서 다음날 아침에 잠이 깬 상황이다. 라온제나의 상황이 병구에게는 그대로 연장되고 있다. 그런데 문제는 다음에 있다. 라온제나는 여름이었는데, 현실은 추운 11월이었다. 그러면 병구는 비를 맞은 몸을 씻지도 않고 그대로 잤다는 말이 되는데, 그렇게 자고도 멀쩡하게 일어나 학교에 갈 수 있을까. 옷이 축축하게 젖을 정도이고, 그만큼 다녔으면 다음날 아침에는 분명히 문제가 있어야 할 것이다. 동화가 허구적이지만, 특히 이 동화는 상상력과 판타지로 구성되어 있기 때문에 이런 문제는 그리 중요하지 않을 수도 있다. 그러나 허구적인 동화이든 판타지이든 개연성(蓋然性)을 바탕으로 하는 것이 동화의 기본 구성이 아닐까. 이런 잘못은 시간의 흐름에서도 문제점으로 나타난다.

어차피 내 손목의 시계는 멈춰 있었다. 언제 돌아가든 저쪽 세상은 아무것도 변할 게 없지 않은가?

— 174쪽

이 동화에서 시간의 흐름은 눈여겨 살펴볼 필요가 있다. 병구가 라온제나에 들어갔다가 나오는 시간은 항상 멈추어 있다. 병구가 현실로 돌아왔을 때, 시간은 흐른다. 영모가 사라진 후 라온제나에는 몇 번의 계절이 바뀌든, 상관이 없다. 라온제나의 시간이 영모와 로아에 맞추어져 있다면, 현실의 시간은 서술자인 병구에게 맞추어져 있다. 현실 속의 주인공은 병구이고, 판타지 속의 주인공은 영모이다. 그러면 아버지의 시간은 어떻게 흘러가는 것일까. 아버지의 시간은 현실적 시간과 환상적 시간 중 어디에 맞추어서 흘러가는 것일까. 영모에게 저녁을 해주고 떠난 영모의 아버지가 현실로 돌아갔을 때, 시간이 얼마나 흘렀을까. 사촌 오빠 제다의 시간은 얼마나 흘러간 것일까. 로아가 제물로 바쳐질 정도의 시대라는 점으로 유추해 볼 때, 근대 이전의 시대에서 왔을 것이다. 영모와 병구가 같은 경로로 들어왔다면, 영모의 시간도 멈춰 있어야 하는 것은 아닐까. 시간의 문제에 이르면 이 동화는 많은 혼란을 일으킨다. 이것은 현실과 판타지를 이분법으로 나누지 못하고 어정쩡하게 처리해 버린 결과일 것이다.

마치면서

아이들을 사랑하는 부모가 필요한 세상이다. 사랑으로 가꾼 나무가 잘 자라듯이 아이들도 사랑으로 가꾸어야 한다. 이 동화를 읽으면서 어른들의 잘못으로 비뚤어지는 아이들을 끌어안아야 한다는 생각이 늘었다. 이 동화는 어른늘이 먼저 읽으면서 아이들의 세계를 이해해야 할 것이다. 이 동화는 아이들이 꿈꾸는 세상을 "라온제나"라는 판타지의 공간으로 보여주고 있으며, 아이들이 꿈꾸는 세상에서 어른들과 소통할 수 있는 공간을 구체적으로 보여주고 있다. 이 동화가 문제작인 까닭은 여기에 있다.

아이들이 하고 싶은 일을 할 수 있는 세상이 되었으면 한다. 아직 서툴고 부족하지만, 아이들의 생각이 있을 것이다. 좋아하는 일을 바람직한 방향으로 이용하게 하는 어른들의 지혜가 필요할 것이다. 어른들의 사랑과 지혜로 아이들은 바르게 자랄 것이다. 그동안 어른들의 시선으로 아이들을 바라보는 편견을 버리고, 사랑의 마음으로 대하고 좋아하는 일을 할 수 있도록 배려하는 마음을 가져야 할 것이다. 어른들이 바뀌지 않으면 아이들도 바뀌지 않을 것이다. 아이들과 함께하는 작은 공간에서 진지한 대화의 문을 열어야 할 것이다. 어른들의 욕심과 폭력으로 나날이 죽어 가는 아이들이 없었으면 한다.

늦은 밤 학원 앞에서 중학생 딸아이를 기다리면서 학원에서 쏟아져 나오는 아이들을 보았다. 불야성 같은 학원 앞에서 이 땅의 수많은 아이들이 공부에 대한 고통을 받고 있음을 보았다. 아이들을 성적의 폭력으로부터, 어른들의 욕심이라는 폭력으로부터 자유롭게 놓아 두어야 할 것이다. 이 시대의 어른들이 아이들을 삭막하게 몰아가고 있지는 않은지 생각해 볼 일이다.

가족의 소중함을 일깨운 동화

내일로 흐르는강 김춘옥 지음, 김선미 그림, 청개구리, 2004.

1. 작가의 태도

역사와 관련된 이야기일수록 사실에 바탕을 두
어야 한다. 더군다나 역사적 사건을 소재로 한 동
화가 억지로 슬픔을 끌어내거나, 슬픈 주제를 통
해서 아이들의 감정을 건드리는 야박한 방법은 쓰
지 말아야 할 것이다. 그것은 사실주의 동화를 쓰
는 작가가 가져야 할 기본 자세일 것이다. 이미 밝
혀진 사건을 소재로 한 이야기나, 역사적인 비극
을 한때의 소재거리로 치부해 버리는 이야기는 작
가가 경계해야 할 것이다.

이산가족의 이야기는 우리 근대사의 가장 아픈
부분이고, 그것은 분단의 역사로 남아 있는 현재의
슬픔이기도 하다. 이 역사적 사건을 소재로 한 이
야기는 타당성과 충분한 사전 지식이 있어야 한다.
그 사실을 바탕으로 허구적으로 재구성하되 어디

까지나 사건은 진실성을 가져야 하고, 사건의 진행과정은 당위성을 가져야 한다. 이산가족을 다룬 이야기는 분단의 역사와 연관하여 이별할 수밖에 없는 필연과 우연 사이에 팽팽한 긴장관계가 형성되어야 할 것이다. 분단과 이산의 비극을 다룬 유시춘의 『안개 너머 청진항』(창작과비평사)과 김하기의 『완전한 만남』(창작과비평사)은 이별과 만남의 과정이 사실성과 허구성에 바탕을 두면서도 사건의 구성이 잘 짜여져 있다. 이것이 사실주의 이야기가 갖는 기본 구성일 것이다.

그러나 사실주의 동화에서는 역사적 사실을 무시하거나 왜곡함으로써 이야기의 본질을 잃어버리는 경우가 간혹 있다. 그것은 작가의 안일한 태도에서 비롯할 수도 있고, 동심을 자극하려는 잘못된 편견에서 비롯할 수도 있다. 역사적 사실을 소재로 한 동화가 작가의 의도 때문에 그 사실을 무시하거나 왜곡한다면, 그 동화를 읽는 아이들을 기만하는 행위라 할 수 있다. 사실을 과장하거나, 잘못된 상황을 설정함으로써 사실 자체를 왜곡한다면, 좋은 동화라 할 수 없다. 사실주의 동화는 이야기의 소재를 역사적 사실에서 끌어왔지만, 허구적으로 재구성한 것이다. 그러나 최근의 사실주의 동화가 허구적 재구성에 실패한 동화가 많다는 데 문제가 있다. 아이들이 읽을 것이니까 역사적 사실이 그리 중요하지 않다는 안일한 작가의 태도에서 비롯한다면, 이 문제는 심각하게 반성해야 할 필요가 있을 것이다.

동화가 아이들에게 감동을 유발하기 위한 수단으로 읽혀질 수도 있다. 그러나 사실주의 동화는 정확한 사료 조사와 역사적 사실에 바탕을 두면서 감동을 주어야 할 것이다. 사실주의 동화작가가 다른 작가와 다른 점은 아이들의 눈높이에서 현실을 전달하는 방법에 있을 것이다. 어른들의 이야기라 하더라도 그 어른의 어린 시절 이야기로 구성하는 것도 이 때문이다. 이 눈높이를 강조하다 보니 어차피 아이들이야 역사적 사실을 얼마나 알고 있을 것이며, 그것을 안다고 해도 감동을 주는 동화가 더 중요한 것이 아닌가라는 안일한 태도를 가질 수 있을 것이다. 어른들이 사실주의 동화를 읽었을 때, 아이들보다 더 감동을 받지 못하는 까닭은 그 역사적 실체를 알고 접근하기 때문일 것이다. 사실주의 동화는 아이들의 시선으로 보면서 역사적 사실을 정확하게 전달하려는 작가 정신이 필요한 것도 이 때문이다.

2. 가족의 소중함

김춘옥의 장편동화『내일로 흐르는 강』은 남북 이산가족의 슬픔을 아이들의 시선을 바라고 있다는 점에 의의를 갖는다. 시대적 배경으로 볼 때, 이 동화는 일제식민지와 한국전쟁이라는 근대사의 일부분이 어떻게 진행되었는가를 알 수 있게 한다. 이 동화를 통해서 나라의 소중함과 나라 잃은 민족의 설움을 무엇보다 절실하게 깨달을 수 있을 것이다. 난이의 죽음과 준태 어머니의 죽음, 승우 아버지의 죽음을 통해서 삶과 죽음의 문제도 진지하게 생각해 볼 수 있을 것이다. 사람이면 누구나 죽을 수 있고, 그 죽음 뒤에는 또 다른 세상이 열린다는 밝은 미래상을 보여주기도 한다.

이 동화가 아이들에게 유익한 까닭은 할아버지 세대와 아버지 세대, 더 나아가서 수많은 역사의 인물을 통해서 어떻게 사는 것이 현명하고 바른 길을 가는 것인가를 제시한다는 데 있다. 분단의 원인이 어디에서 비롯되었건 아이들에게는 가족의 문제가 소중하다. 이 가족의 소중함과 민족과 국가의 운명이 일정한 관계를 갖는다는 사실을 일깨우는 동화이다. 그런 점에서 이 동화는 아이들에게 무거운 주제를 다루면서도 따뜻한 감동을 줄 것이다. 통일을 염원하는 것이 어른들만의 소망이 아니라, 같은 민족으로서 반드시 이루어야 할 민족의 문제라는 사실을 일깨우고 있다.

어린 시절의 아름다운 사랑이 어려운 역사적 시기를 지나면서 끝없이 이어지는 흥미진진함 속에 아이들은 어느새 분단의 아픔과 이산가족의 슬픔을 공유하게 될 것이다. 이 동화는 가족과 우정, 사랑이라는 보편적 감정을 잔잔하게 그리고 있다는 점에서 사람들간의 관계를 잘 보여주고 있다.

이 동화에 나오는 전체 시간은 일제 말기인 1944년부터 이산가족 상봉이 이루어지는 최근까지의 일이다. 시간 구성은 현재—과거—현재로 되어 있는데, 과거 부분은 할아버지 준태의 어린 시절부터 한국 전쟁이 일어나는 기간이며, 시기적으로는 1944년부터 1950년까지이다. 현재 부분은 1950년부터 이산가족 상봉이 이루어지는 1990년 후반까지이다. 과거의 이야기는 전지적 작가 시점이고, 현재 이야기는 일인칭 관찰자 시점이다. 과거와 현재의 이야기는 열두 살짜리 소년이 주인공이라는 점에서 공통점이 있다. 인물은 다르지만, 같은 가족이 겪는 세대간의 슬픔이라는 점에서 열두 살 소년의 설정은 상징성을 갖는다. 이것은 이산가족의 슬픔이 시대를 초월하여 이어지고 있다는 것을 말한다. 과거부터 현재까지 이야기를 시간 순으로 나열해 보면, 그 줄거리는 다음과 같다.

준태는 소양강 부근의 구만리라는 마을에 살았다. 아버지는 어린 시절에 독립군 활동을 하러 만주로 떠났고, 홀어머니 밑에서 자란다. 준태는 강 건너 대홍리 마을의 나룻배 사공의 딸인 난이와 친하게 지낸다. 같은 동네에 사는 승우는 친일 앞잡이인 아버지 이 주사의 아들로 사사건건 준태를 괴롭힌다. 어느 날, 이 주사는 강에서 낚시를 하는데, 작은 물고기를 놓아 주라는 사공과 시비가 붙는다. 사공은 이 주사의 양동이에 담긴 물고기를 강에 풀어 준다. 이 사건으로 사공은 주재소에 잡혀 가서 고문을 당한다. 이 사건으로 양심의 가책을 느낀 승우는 난이의 집에 곡물을 몰래 놓아 두고 간다. 해방을 앞둔 어느 날, 준태의 집에 이 주사와 일본 순사 다나까가 와서 준태의 아버지 한진수를 찾는다는 빌미로 집안을 뒤지고, 이 주사는 집안에 몰래 숨겨 둔 쌀을 찾아서 빼앗아 간다. 이 일이 있고 난 며칠 뒤, 준태는 난이와 뒷산에 산딸기를 따러 갔다가 얼굴에 흉터가 있는 어떤 아저씨를 만난다.

그러던 어느 날, 해방이 되었다. 이 주사는 미처 도망을 가지 못하고 동네에 남아 있었는데, 동네 사람들은 이 주사와 그 가족들을 동네 공터로 끌고 나와 채근을 하였다. 그 와중에 이 주사는 심한 상처를 입는다. 그때 흉터 아저씨가 나타나서 이 주사를 구한다. 결국 이 주사는 동네에서 쫓겨났는데, 이들을 구해 준 흉터 아저씨는 준태의 아버지 한진수였다.

동네에서 쫓겨난 이 주사네 식구들은 동네 부근의 산으로 피신하여 동굴에 은신처를 마련했다. 난이가 딸기를 따러 갔다가 동굴에 있는 사람들을 발견하고 준태와 함께 그곳에 가보자고 제안한

그린이 : 김선미, 『내일로 흐르는 강』에서.

다. 준태는 난이를 따라 그 동굴에 갔는데, 그곳에서 승우네 가족을
만난다. 이 주사는 아이들에게 자신의 잘못을 깊이 반성하고 용서를
구한다. 난이의 집에 곡물을 갖다 주던 사람이 승우임을 알고 난이와
준태, 승우는 화해를 하고, 친구로 남기로 한다. 그 동굴에서 살던 이
주사는 치도곤당한 일 때문에 시름시름 앓다가 죽고 승우네 가족은
어디론가 떠난다. 그후 준태의 아버지는 어수선한 나라를 바로잡기
위해 어떤 아저씨와 함께 집을 떠난다. 준태는 어머니와 함께 남게
되고, 강을 사이에 두고 구만리와 대흥리는 남북으로 나누어지고 만
다.

　남북 분단의 위험한 상황은 계속 이어지고, 그래도 난이 아버지는
계속 배를 띄웠다. 어머니는 외갓집 소식이 궁금해서 대흥리를 다녀
오겠다고 했다. 위험을 무릅쓰고 어머니는 강을 건넜는데, 그때 총소
리가 나고, 다음날, 난이가 강을 건너와서 간밤에 자기 아버지가 목
숨을 잃었다는 말과 함께 준태의 어머니는 무사하다는 소식을 전해
준다. 준태는 강 건너 대흥리로 가기로 한다. 대흥리에서 어머니를
만나서는 남쪽으로 오기로 한다. 난이와 난이 어머니, 준태와 준태
어머니는 강을 건너기로 한다. 강을 건너다가 인민군에게 발견되어
준태 어머니는 죽고, 난이는 총에 맞는다.

　전쟁이 터지고, 준태는 피난길에 오른다. 그때 난이의 편도선이 부
어서 살모사 가루를 가지러 다시 집으로 갔다가 그곳에서 인민군이
된 승우를 만난다. 승우는 준태를 도망치게 하고, 자신은 인민군에서
도망친다. 전쟁이 끝나고, 준태는 고향으로 돌아와 난이와 결혼을 하
려고 했지만, 난이는 거절하고 대흥리로 돌아간다. 준태는 서른이 될
때까지 기다린 끝에 난이와 결혼을 한다. 첫 아들 인화를 낳고, 난이
는 죽고 만다.

　이산가족 상봉 장면을 지켜 본 승우는 준태를 만나러 온다. 두 할

아버지는 어린 시절의 얘기를 나누면서 서로의 안부를 묻는다. 할아버지는 증조할아버지의 사진을 소양호에서 태우면서 돌아가신 증조할머니와 함께 하기를 빈다.

이 동화는 아이들에게 나라와 민족을 사랑하고 정의롭게 사는 길이 무엇인가를 가르쳐 준다. 준태 엄마가 남편이 독립운동을 하러 갔다는 사실 때문에 순사들에게 감시를 받으면서도 굴하지 않고 살아가는 장면이라든가, 일본 앞잡이인 승우에게 용감하게 대드는 장면, 사공이 이 주사가 잡은 고기를 풀어 주는 장면에서 일제식민지 시대를 체험하지 못한 아이들에게 나라 잃은 설움이 어떤 것인지를 체험하게 한다.

"우리나라의 주인은 우리지. 일본이 자기네 나라라고 하는 건 우리나라를 빼앗았기 때문이야. 아버지는 지금 우리나라를 되찾기 위해 싸우고 계시는 거야. 그러니까 조금만 참고 기다리자. 아버지는 꼭 돌아오실 거야. 아버지는 자랑스러운 분이란 걸 잊으면 안 돼."

—43쪽

준태가 학교에서 돌아오면서 아버지를 그리워하다가 철쭉을 한 아름 따다가 엄마에게 드리자, 엄마가 준태에게 하는 말이다. 이 부분에서 나라 잃은 백성의 설움과 독립운동을 하는 것이 얼마나 자랑스러운 일인지를 잘 보여주고 있다.

또한, 50년간 이별한 할아버지와 증조할아버지의 만남을 통해서 가족의 소중함을 다시 한 번 생각하게 한다. 이 관계의 중요성은 핵가족으로 일어나는 가족의 해체시대에 아이들에게 소중한 체험을 하게 할 것이다. 이 소중한 체험은 "할아버지뿐만 아니라 증조할아버

지, 증조할머니, 아빠, 엄마, 누나까지 그냥이라는 관계는 없다"(173쪽)
는 가람이의 말에서 잘 알 수 있다. 아이들이 부모를 모르고 가족의 소
중함을 무시하는 세상에서 가족의 의미를 다시 한 번 생각하게 한다.

덧붙여 이 관계는 친구의 소중함에도 연계되어 있다. 승우, 준태,
난이의 관계에서 서로 화합하는 사람들의 관계가 중요하다는 것을
보여준다. 늘 괴롭히기만 하던 승우가 해방되고 난 뒤에는 서로의 입
장이 바뀌는 관계가 형성된다. 사람들의 관계는 언젠가는 입장이 바
뀔 수 있다는 사실을 깨닫게 한다. 이들의 관계를 통해서 아이들은
서로를 용서하고 잘못을 인정할 수 있는 것이 얼마나 소중한 것인지
를 알 것이다. 다른 사람에게 피해를 주지 않고 나라와 민족을 위해
어떤 일을 해야 하는지를 잘 보여준다.

3. 구성의 긴장성

그러나 김춘옥의 장편동화 『내일로 흐르는 강』에는 사실주의 동화
의 한계점이 그대로 노출되어 있다. 동화가 이야기의 구조를 갖추었
다면, 비록 허구성을 바탕으로 하더라도 현실의 상황은 납득이 가야
한다. 그런데, 이 동화에는 인과성이 결여되어 앞뒤의 상황이 제대로
연결되지 않는 부분이 보인다. 이 문제는 작가가 이야기의 구성에 있
어서 상황 논리를 무시한 것이라 할 수 있다. 아이들이 읽는 동화라
해도 사실을 바탕으로 한 이야기가 더 많은 설득력을 준다. 이야기의
전개 과정에서 요약과 생략으로 사건을 제시하기는 하지만, 그것은
어떻든 일반적 상황에 맞아야 한다. 그것은 사실주의 동화가 갖추어
야 할 요건일 것이다. 그런데 이 동화에서는 군데군데 구성이 미비한
부분이 보인다.

먼저, 준태가 아버지를 만나는 장면과 헤어지는 부분이다. 준태의 아버지는 준태가 어릴 때 만주로 독립운동을 하러 간다. 그 일로 그의 가족들은 일본 순사와 이 주사의 감시 대상이 되고, 이들은 수시로 어머니를 괴롭힌다. 이런 상황에서 준태는 학교를 다니고, 난이 대신에 일본어 숙제까지 해준다. 어머니는 민족의식이 강한 여성이고, 아버지에 대한 믿음과 사랑이 있는 전형적 한국 여성이다. 그런데 문제는 이 동화에서 준태의 아버지가 나타나는 장면과 헤어지는 장면이다. 준태가 아버지 한진수를 만나는 때는 해방을 앞둔 그 해 여름방학 무렵이다. 난이와 함께 산딸기를 따러 갔다가 어떤 남자를 만나게 되는 장면이 있다.

초록 사이에 수많은 붉은 점들, 푸른 들판에 딸기를 쏟아 부은 것 같았다. 그런데 그 사이에 어떤 남자가 서 있었다. 준태는 얼른 난이 손을 잡아끌고 풀숲에 몸을 숨겼다.

"왜 그래"

난이가 얼떨결에 엉덩방아를 찧으며 물었다. 준태는 얼른 난이 입을 틀어막았다. 그리고 남자를 손가락으로 가리켰다.

남자는 며칠 굶은 사람처럼 연신 딸기를 따서 입에 넣었다. 입가에는 새빨간 물이 들어 볼썽사나웠다.

―65쪽

여기에 등장하는 "어떤 남자"는 준태의 아버지이다. 해방을 며칠 앞둔 상황에서 일어나는 일이다. 준태의 아버지는 만주에서 독립군 활동을 하다가 돌아오는데, 어떤 경로로 어떻게 국내에 들어오게 되는지에 대한 설명이 전혀 없다. 준태의 아버지는 독립군 활동을 하다가 국내에 잠입한 지하공작원인가. 며칠 굶은 사람처럼 산딸기를 따먹는 장면에서 연상되는 것은 국내에 잠입한 사실이 발각되어 피해 다닌다는 것을 알 수 있다. 준태의 아버지는 어떤 활동을 했을까. 얼굴에 흉터가 있는 점으로 미루어 볼 때, 해방이 되기 전에 국내에 들어와 있었을까.

짐작하건대, 준태의 아버지는 특수임무를 띠고, 국내에 잠입한 지하공작원일 가능성이 높다. 그렇다면, 이 부분은 전혀 엉뚱하게 이야기가 전개된 셈이다. 광복군이 창설되는 시기는 1940년 중·일 전쟁이 전면전으로 확대되는 때이다. 중경의 임시정부는 광복군을 창설하면서 독립된 단위부대의 자격으로 일본군과 전쟁을 수행하게 된다. 이 광복군 산하에 제1, 제2, 제3지대로 조직하고, 그 예하 부대로 지하공작원대를 조직하여 국내 잠입을 시도한다. 광복군 지하공작원이 국내에 파견될 때는 1945년 8월경이다. 준태의 아버지가 지하공작원으로 국내에 파견되었다면, 그런 행색으로 마을에 나타나지 않았을 것이다.

그 다음의 상황도 어색하다. 산에서 "어떤 남자"를 만나고 난 뒤 어느 날, 해방이 되고, 마을 사람들은 이 주사를 목에 밧줄을 묶고 마을의 공터에 끌어내어 사정없이 매질을 한다. 이때 준태 아버지는 마을 사람들 앞에 불현듯 나타난다. 마을 사람들은 모두 준태 아버지를 알아본다. 만주에서 독립군 활동을 하였다는 것은 알지만, 해방되고 난 뒤에 곧바로 나타난 준태 아버지에게 의문의 시선과 반가움은 아랑곳 않고 그의 연설에 귀 기울이는 장면이 이어진다.

"우리는 하나입니다. 같은 피를 나눈 동포란 말입니다. 서로 싸우고 시기하는 동안에 우리나라는 침략을 받았습니다. 그리고 나라를 빼앗겼습니다. 36년 동안 우리가 받은 고초를 생각해 보십시오. 우리가 하나로 뭉쳐 힘이 있었다면 나라를 빼앗기지 않았을 것입니다. 나는 독립운동을 하면서 나라를 빼앗기기는 쉬워도 찾기란 얼마나 어려운지를 알았습니다.
이제부터라도 우린 뭉쳐야 합니다. 한마음으로 모아서 일어서야 합니다.”
　아버지가 큰 소리로 외쳤다. 사람들은 이내 조용해졌다.

— 75쪽

　갑자기 나타난 준태 아버지의 말에 마을 사람들은 모두 조용해진
다는 것은 어색하기 이를 데 없다. 승우 아버지는 준태 아버지의 말
에 따라 마을에서 추방되는 것으로 사건이 종결된다. 준태 아버지는
승우 아버지의 친일 행적을 낱낱이 알고 있었을까. 마을 사람들은 왜
준태 아버지의 말을 따랐을까. 해방 전에 마을의 인근에 숨어 있던
아버지는 왜 가족을 몰래 만나지 않았을까. 의문은 꼬리에 꼬리를 물
고 일어난다. 마을 사람들이 창고 쪽으로 간 뒤에야 비로소 준태 가
족은 극적인 상봉을 한다.
　인용한 장면은 동화의 극적 구성을 위해서는 효과가 있을지 모르
겠지만, 사건의 인과성에는 거리가 멀다. 해방 전 산 속에서 만난
“흉터 아저씨”의 모습과 해방이 되고 난 뒤에 마을에 나타난 “까만
바지와 하얀 와이셔츠 차림”의 아버지는 이해되지 않는 거리가 있
다. 이것은 상황 논리로 이해할 수 없는 부분이다. 이것은 마을에 나
타난 준태 아버지와 어머니의 상봉 장면에서도 나타난다.

　맞은편에 섰던 준태는 깜짝 놀랐다. 그러나 준태만 놀란 것이 아니었
다. 준태 손을 잡고 있던 어머니의 손이 파르르 떨렸다. 흉터 아저씨가 잠
시 어머니를 바라보았다. 준태는 고개를 돌려 어머니를 보았다. 눈망울이
커다랗게 변하더니 이내 이슬방울이 맺혔다.

— 75쪽

준태가 며칠 전에 만난 사람이 아버지라면, 왜 일찍 마을에 나타나
지 않았을까. 허기진 배를 채우기 위해 허겁지겁 산딸기를 따먹던 아
버지가 마을의 가까이에 있던 집으로 찾아오지 않은 것은 이해가 되
지 않는 부분이다. 해방이 되고 이 주사를 처단하는 자리에 불현듯
나타난 아버지를 만난다는 사실은 어색하기 이를 데 없는 장면이다.
이 장면은 우연에 의존한 것으로 사건 구성의 문제점이라 할 수 있
다. 이렇게 만난 아버지와 생이별을 하는 과정 또한 어색하다.

① "안다, 네 마음 다 알아. 하지만 말이다. 모든 일에는 때라는 게 있
지. 봄에는 싹을 틔우고 여름에는 자라고 가을에는 열매를 맺는 게 세상
이치야. 그러나 저절로 되는 것은 없어. 특히 사람들이 하는 일은…… 씨
만 뿌렸다고 저절로 자라는 것이 아니거든. 때론 폭풍이 오고 장마가 지
지 않니? 그럴 땐 바람에 스러진 것을 일으켜 주고 물이 잘 빠지게 손봐야
하지. 그냥 뇌두면 죽거나 썩어 버려. 지금이 바로 그래. 해방된 지가 3년
이 되었는데 아직도 온전한 해방이 되지 않았으니 말이야."

— 117쪽

② "만주에서 돌아왔을 때는 이미 전쟁이 터졌더구나. 이남까지 오기
전에 인민군들에게 잡혀 도망칠 수 없었지. 잠시면 끝날 줄 알았는데 반
세기가 훌쩍 지나갔구나, 그만."

— 156쪽

①은 아버지가 떠날 때 준태에게 하는 말이다. 아버지가 집에 돌
아온 지 3년째 되는 어느 날, 만주에서 독립운동을 하던 사람이 찾아
와서 시국에 대한 이야기를 하고는 다음날 아버지가 떠나면서 준태
에게 하는 말이다. 과연 아버지는 어디로 갔을까. 사건의 정황으로

볼 때. 준태 아버지는 북한으로 갔을 공산이 크다. 그런데, 뜻밖에도 50년 뒤에 만나서 준태의 아버지가 하는 말은 다르다. ②는 준태가 아버지를 만나서 헤어지고 난 뒤에 북한에 남게 된 상황을 말하는 부분이다. 북한에 갔을 것이라 기대한 아버지는 준태 가족과 헤어져 만주에 갔던 것이다. 준태 아버지는 왜 만주에 갔을까. 해방 후 중국의 광복군은 미군정의 요구로 무장해제하고 귀국하였다. 중국 광복군이 한국군의 자격으로 귀국할 것을 요구하는 일련의 사건이 있긴 했지만, 준태 아버지가 그 일 때문에 만주까지 갔다고 할 수 있을까. 아버지가 만난 사람인 이동지라는 사람은 "김구와 김규식 선생이 단정단선 반대운동에 나섰다"(114쪽)고 하면서 단정반대 노선을 분명히 하고 있다. 이것은 북한에서 주장한 것이다. 그러면 준태 아버지는 북한으로 갔어야 한다. 그런데 곧장 만주에 간 것으로 되어 있다.

그 이유는 분명하지 않지만, 준태 아버지가 친북 인사가 아니라는 사실을 강조하기 위한 작가의 의도라는 생각이 든다. 그러나 이 때문에 동화의 상황은 왜곡되고 말았다. "아버지가 돌아온 지 3년"이라는 말에서 알 수 있듯이, 아버지가 이동지를 만나 가족과 헤어질 결심을 하는 해는 1948년이다. 1948년 8월 15일 이승만이 남한 단독 정부인 대한민국 성립을 국내외에 선포하였고, 같은 해 유엔의 승인을 받았다. 그리고 북한에서는 1948년 9월 9일 조선민주주의인민공화국이 성립되어 남북분단의 상황에 놓이게 된다. 남과 북이 자유로운 왕래를 할 수 없는 상황에 이르렀을 때, 나타난 이동지는 어떤 사람인가. 이 사람을 만나서 준태 아버지는 왜 만주에 갔을까. 가족을 내팽개치고 만주에 갈 정도로 만주는 절박한 상황에 있었던가. 이런 잘못된 상황인데도 불구하고, "만주에서 돌아왔을 때는 이미 전쟁이 터졌다"고 한다. 이 부분에서 무책임한 구성의 허점을 본다. 준태 아버지는 약 2년 동안 만주에서 무엇을 했단 말인가. 이동지가 누구인지도 분명하지 않고, 아버지가 만주에 가는 까닭도 분명하지 않다.

이 문제는 역사적 상황과 관련이 있기 때문에 동화의 허구성에는 그리 중요한 요소가 되지 못한다고 할 수도 있다. 그러나 준태 아버지가 가족을 버리고 만주로 가는 상황이 석연치 않다면, 준태 가족이 헤어져야 할 상황도 설득력을 갖지 못한다. 이산의 상황에 인과성이 없고, 억지로 꾸며진 것이라면, 준태 가족이 50년 만에 만나는 상황도 설득력을 갖지 못한다. 그래서 만남과 헤어짐의 문제는 중요한 것이다.

이산가족이라는 민감한 사안을 다루는 이야기일수록 만남과 이별의 상황은 중요한 문제이다. 만남도 필연에 따라야 하지만, 이산의 상황도 인과성이 있든가, 적어도 이에 준하는 설득력이 있어야 한다. 이 동화는 만남과 이별의 상황에 있어서 긴장감이 있어야 할 것이다.

4. 남은 문제

다음은 준태 어머니가 외갓집의 소식이 궁금해서 강을 건너 대흥리에 가게 되는 상황의 문제점이다. 어머니가 대흥리 외갓집으로 가는 그날 밤에 북쪽 군인들에게 들켜서 불의의 사고를 당한다. 이 사고로 사공은 죽고, 준태의 엄마는 대흥리에 무사히 도착하여 외갓집에 숨어 지내게 된다. 전날의 일이 걱정이 되어 준태가 강을 건너간다.

준태가 강을 건너자 난이가 기다리고 있었다.
"무슨 일이야? 총소리는"
"아부지가……"
난이는 입을 막고 울먹이며 말을 잇지 못했다.

"그래. 그래."

준태는 난이를 감싸 안았다. 난이가 말을 안 해도 사공이 죽었다는 걸 이미 알 수 있었다. 난이의 가냘픈 몸에서 울음이 북받쳐 터져 나갈 것만 같았다.

— 136쪽

난이와 준태는 위험한 상황에서도 수시로 강을 건너다닌다. 긴박한 일이 있는 것도 아닌데 수시로 강을 건너는 것은 잘 납득이 가지 않는다. 이때 난이와 준태의 나이는 열서너 살 무렵이다. 인용한 부분은 더 이상한데, 전날 밤에 어머니가 나룻배를 타고 몰래 강을 건너다가 총소리가 나고, 그 일이 궁금해서 준태가 강을 헤엄쳐 건넌다. 그런데 공교롭게도 난이가 기다리고 있다. 이 무슨 뚱딴지 같은 소리인가. 아버지가 돌아가신 상황에 난이가 강가에서 준태를 기다리고 있었다니. 감동적이긴 하지만, 상황에는 어울리지 않는 부분이다.

이런 부분은 이 동화의 많은 부분에 드러난다. 강을 건너간 준태와 준태 어머니, 난이, 난이 어머니가 무리해서 강을 건너는 장면이 있는데, 이 부분도 무리한 상황 설정이 드러나는 부분이다. 결국 이 장면에서 강을 건너지 못한 준태 어머니는 죽게 된다.

또 다른 문제로 이 동화는 인물의 관계를 애매하게 하고, 사건이 일어나는 시점에 나이를 제시하면서도 인물들의 나이에 혼동을 일으키게 한다. 나이를 말하지 않으면 몰라도 나이를 말한다면, 그것은 사실에 부합해야 할 것이다. 독자들에게 이해의 편의를 돕기 위해 역사적 사건을 기준으로 인물들의 나이를 추정하여 제시해 본다. 중요한 사건별로 인물들의 나이를 제시한 것이니, 사건의 정황과 나이를 비교하면서 과연 그런 행위가 일어날 수 있겠는지를 따져 보아야 할 것이다.

증조할아버지가 89세 때 50년 만에 만난다. 이 시간 기준은 제1차 이산가족방문단 교환 시기(1차 방문은 2000년 8월)으로 한 것이다. 이 때 할아버지의 나이는 67세이다. 이야기가 시작되는 때는 1944년으로 준태의 나이는 11살이다. 승우와 난이는 동갑이니, 모두 11살이다. 아쉽게도 준태 엄마의 나이는 알 수가 없다. 해방되던 해에 아버지가 만주에서 돌아오는데, 이때가 1945년으로 증조할아버지는 34세, 할아버지는 12세이다. 준태 아버지와 헤어지는 때는 1948년으로 증조할아버지는 37세, 할아버지 15세이다. 이때쯤 증조할머니가 강을 건너다가 죽게 된다. 한국전쟁이 일어나는 해인 1950년은 증조할아버지가 39세, 할아버지가 17세이다. 할아버지가 서른 살 때 결혼을 한다고 하니, 이때는 1963년으로 증조할아버지 52세, 할아버지는 30세이다. 할머니(고난이)는 인화를 낳고 죽는다. 증조할아버지와 상봉하는 2000년에 증조할아버지는 89세, 할아버지는 67세이다. 나는 12살이고, 아버지는 37살이다.

이 나이를 기준으로 일어나는 일들을 추적하고 사건의 정황을 따져 보면 상당한 부분 무리가 따른다는 것을 알 수 있다. 승우가 인민군으로 전쟁에 참가하는 나이가 열일곱이다. 준태는 난이와 난이의 어머니와 함께 피난을 가다가 난이가 편도선이 부어서 살모사 가루를 가지러 다시 집으로 가는데, 이때 인민군으로 참가한 승우를 만난다. 승우는 일부러 머리에 상처를 내고 준태가 도망칠 수 있게 한다. 인민군으로 참가한 승우의 행동도 문제이지만, 승우는 인민군으로 참가하고, 준태는 피난을 가는 상황도 무리가 따른다. 상황과 나이를 따져볼 때, 잘 납득이 되지 않는 부분이다. 이것은 승우와 준태가 나이보다 어른스럽게 행동하는 부분에서도 잘 나타난다.

난이와 준태가 결혼을 하고, 난이는 인화를 낳고 죽는데, 나이 서른에 죽게 되는 난이의 병이 무엇인지 모르겠다. 인화는 외할머니의 손에서 길러지고, 준태는 홀아비로 평생을 보낸다. 이런 상황은 증조할아버지 진수의 처지도 마찬가지이다. 비극을 심화시키면서 상황을 제대로 파악하지 못한 결과이다.

부분적이긴 하지만, 이 동화를 읽는 동안 내내 걸리는 것은 사투리의 사용 문제이다. 다른 대화에는 사투리를 사용하지 않는데, 유독 "아부지"만 사투리로 사용한 이유는 무엇일까.

5. 동화작가의 눈

이 동화는 가족간의 사랑을 넘어서 분단의 아픔을 극복하려는 작가의 자세가 돋보이는 동화이다. 제목에서 시사하는 것처럼, '강물' 같이 흘러가는 세월 속에서 이념의 문제로 진정한 가족의 사랑을 잃어버리는 세태를 날카롭게 비판하고 있다. 이것은 우리 근대사의 비극이기도 하고, 우리 아이들의 미래에도 예견되는 비극이기도 하다. 이념을 넘어서 존재해야 하는 것이 가족의 사랑일 것이다. 이 동화는 가족의 진정성을 잘 보여준 동화이다.

그러나 이러한 장점에도 불구하고 이 동화를 통해서 우리는 사실주의 동화작가의 눈을 운위하지 않을 수 없다. 사실주의 동화를 쓰는 작가가 그 사실을 무시하면서 일어나는 결과를 어떻게 설명할 것인가. 아이들에게 감동을 주기에 급급한 나머지 작품의 구성관계를 느슨하게 한다든지, 사실을 왜곡한다면, 작가의 의무를 다하지 못한 것이라 할 수 있다. 아무리 좋은 동화라 하더라도 허구와 진실을 구분하지 못하고, 사실을 왜곡한다면, 동화를 읽는 아이들에게 혼란을 불러일으킬 것이다.

　단편동화는 대체로 구성이 탄탄하지만, 장편동화가 구성이 산만한 까닭은 그 호흡을 따라가지 못하거나 따라가더라도 처음부터 일관되게 구성을 긴밀하게 설정하지 못한 탓이다. 사실주의 동화는 엄연히 현실이나 역사적 사건을 바탕으로 하기 때문에 더 치밀한 구성과 상황의 가능성을 염두에 두어야 한다. 사실주의 작가가 다른 작가의 눈보다 세심해야 하는 까닭은 여기에 있다. 사실주의 작가는 이야기를 전개하는 구성력과 함께 역사를 보는 눈과 안목이 필요하다. 그 폭넓은 안목과 구성력을 바탕으로 한 편의 작품이 완성될 때, 더 깊은 감동을 줄 수 있을 것이다. 특히 주의해야 할 것은 작가의 의도대로 사건을 끌고 가다가 생기는 무리한 상황 설정은 없어야 할 것이다. 동화라고 하지만, 아이들만 읽는 것이 아니라는 사실을 염두에 둔다면, 동화작가도 긴장할 것이다.

장애인을 소재로 한 동화의 문제점

아름다운 아이 세진이 박수현 지음, 김재홍 그림, 베틀북, 2004.

1.

　최근 우리 아동문학에서 유달리 소외된 사람들의 이야기나 장애를 극복한 사람들의 이야기가 많다. 물론 장애인의 이야기를 통해서 장애인과 함께 살아가는 세상을 보여준다는 점에서 긍정적으로 받아들여질 수 있다. 그리고 아이들은 장애를 이겨내는 사람들의 모습에서 새로운 각오와 세상을 살아가는 진정한 용기를 배우게 될 것이다. 장애인에 대한 사랑은 인간의 마음에 우러나는 본연의 사랑에 바탕을 두고 있다. 이들을 소재로 한 작품은 아이들에게 각박한 사회에서 함께 살아가는 희망을 심어 주고, 건강한 사회에 대한 희망을 보여줄 것이다. 이들을 바라보는 따뜻한 시선은 동심의 세계에서 가능할 것이다. 그런 점에서 장애인을 소재로 한 동화는 잃어버린 동심을 회복하고

맑은 눈으로 세상을 바라보게 할 것이다. 장애인을 만나면, 측은한 마음이 생기는 것이 동심이라고 한다면, 이 동심의 회복이야말로 동화가 갖는 중요한 기능이라 할 수 있다.

그런데 문제는 최근 우리 아동문학에서 장애인의 이야기를 다룬 동화가 난립하고 있다는 데 있다. 이들 중에는 작품성이 뛰어난 것도 있지만, 그렇지 못한 작품도 있으며, 장애인에 대한 "동심천사주의"를 자극하면서 아이들에게 "강요된 감동"을 요구하는 작품도 있다. 장애를 다룬 많은 동화들이 식상한 내용으로 반복되거나 상업적 목적으로 흐르게 될 때, 그것은 아이들의 맑은 동심을 이용한 문제 동화가 될 것이다. 그런 점에서 최근의 장애인을 소재로 한 동화들은 자기 반성을 해야 할 것이다. 아이들이 장애인을 바라보는 마음이 동심의 상태 그것이라면, 이들을 소재로 한 동화도 아이들의 동심에 접근해야 할 것이다. 그런데 장애인을 다룬 동화는 성공한다는 일반적 통념에 따라 유행에 편승해 갈 때, 장애인을 소재로 한 동화의 본질은 왜곡될 수밖에 없을 것이다. 이런 점에서 장애인을 소재로 한 동화에 대한 비판적 점검을 할 필요가 있을 것이다.

2.

박수현의 창작동화 『아름다운 아이 세진이』는 사지절단 기형아의 이야기이다. 이 동화의 줄거리는 다음과 같다.

세진이는 다리가 정상적으로 발육하지 못하고, 손가락도 두 개뿐인 선천성 장애인이다. 이 아이는 어릴 때 부모로부터 버려져서 "늘사랑 아기집"에 맡겨진다. 세진이가 걸어다닐 무렵, 그곳에서 자원

봉사를 하는 사람을 만나서 그 집에 입양된다. 세진이와 여섯 살 차이가 나는 누나 은아는 입양된 첫날부터 세진이를 극진히 보살핀다. 그러나 고향에 있는 할아버지는 세진이를 손자로 인정하지 않는다. 새 엄마는 세진이가 수술을 받기 전까지 수영과 팔굽혀 펴기 등의 운동을 시킨다. 의족을 신고 걷는 연습을 하다가 어느 날 세진이는 혼자서 걸을 수 있게 된다. 세진이는 가족으로부터 따뜻한 사랑을 받게 되고, 어느새 할아버지도 세진이를 손자로 받아들이게 된다. 세진이는 계단 오르기라는 어려운 관문을 통과하고 마침내 계룡산을 오르는 데 성공한다.

줄거리로 볼 때, 우선 이 동화는 장애를 극복하는 주인공을 통해서 꿋꿋하게 살아가는 건강한 아이들의 모습을 잘 보여준다. 무엇보다 이 동화는 천사처럼 맑은 동심으로 세진이를 감싸 주는 가족들과 함께 힘든 장애를 극복할 수 있었다는 점에서 아이들은 더 깊은 감동을 줄 것이다. 그럼에도 불구하고 이 동화는 많은 문제점을 내포하고 있다.

1) 작의성의 문제점

먼저, 작가의 의도가 개입되는 문제점을 들 수 있다. 이 문제점을 작의성(作意性)이라고 하는데, 소설에서 작의성이란 작가가 사건을 억지로 꾸며내면서 생기는 오류를 말한다. 사건의 흐름 속에서 작의성이 드러나지 않도록 사건들은 서로 긴밀한 긴장관계를 유지하고 있어야 한다. 사건의 흐름이 물 흐르듯 무난하게 흘러갈 때, 이야기의 전개는 탄탄한 인과성을 갖게 될 것이다. 그런데 사건의 인과성이 결여되고, 사건의 연결고리가 제대로 이어지지 않을 때, 작가의 오류가 쉽게 드러나고 만다. 이러한 작의성의 문제점은 이야기가 과장되거나, 치밀한 구성을 갖지 못할 때 나타난다.

먼저, 세진이 엄마의 출생에 대한 비밀인데, 이 부분은 사건이 진행되다가 갑자기 나타난다. 세진이가 걷는 일에 힘들어하는 모습을 보고는 엄마가 갑자기 생각난 듯이 자신의 출생 비밀을 말하고 있다.

"세진이도 돌아가신 외할아버지 알지? 엄마는 외할아버지가 돌아가신 다음에야 알았어. 엄마를 낳아 준 어머니가 따로 있다는 걸 말이야. 엄마도 얼마 전에야 알았단다. 그래도 엄마는 행복해."

— 124쪽

이 동화의 등장인물 중에서 세진이의 친할아버지는 주된 이야기 속에 포함되어 있지만, 외할아버지는 잠깐 언급될 뿐이다. 외할아버지의 이야기는 앞에 인용한 부분과 엄마가 고등학교 시절에 체조 선수를 하다가 다쳤는데 이층 방에 혼자 내버려 두고 밥도 안 갖다 주었다(96쪽)는 부분에만 나온다. 그런데도 불구하고 엄마는 인용한 부분처럼 "세진이도 돌아가신 외할아버지 알지?"라는 말을 할 수 있을까. 그리고 이 중요한 말을 겨우 너댓 살밖에 되지 않은 세진이에게 할 필요가 있었을까. 덧붙여 인용한 부분의 어법은 너댓 살밖에 되지 않은 아이들에게 말하는 방식이 아니다.

더 어색한 부분은 세진이에게 "엄마를 낳아 준 어머니가 따로 있다"고 말하고 있는데, 이 부분은 충격적인 발언인데도 너무 가볍게 처리하고 있다. 여기에 또 의문이 제기되는 것은 엄마는 외할아버지가 돌아가신 뒤에 어떤 경로를 통해서 자신의 출생 비밀을 알게 되었던 것일까라는 것이다. 이 사실을 "엄마도 얼마 전에야 알았다"고 하는데, 그러면 외할아버지가 얼마 전에 돌아가시면서 이 말을 남겼다는 말인가. 이것이 사실이라면 이 동화의 줄거리에 세진이 외할아버지의 죽음이 있어야 하고, 그 과정에서 엄마의 충격적인 출생 비밀이 밝혀져야 할 것이다.

세진이의 입양 과정은 구체성을 갖지만, 세진이 엄마가 "낳아 준 엄마가 따로 있다"고 하는 사실은 구체성이 없다. 세진이 엄마도 입양된 것인지, 아니면 어머니가 따로 있는지도 분명하지는 않지만, 이 사건은 중요한 사건임에 틀림없다. 그럼에도 불구하고 그 구체적인 설명이 없이 갑자기 언급되고 말았다. 세진이를 입양시킬 때만 해도 할아버지와 할머니의 반대가 있었는데, 그보다 한 세대가 이른 세진이 엄마 때는 입양이 보편적으로 받아들여지지 않았을 때일 것이다. 엄마의 입양 사실이 세진이가 가족으로 입양되는 사실에 당위성을 부여하고 있지만, 그것은 작가의 의도가 지나치게 개입된 결과가 되고 말았다.

다음으로 사건의 인과성 문제이다. 이것은 동화가 갖추어야 할 기본적인 문제일 것이다. 그런데도 이 동화에 발생하는 전체 사건들 중에는 사건의 인과성이 결여된 부분이 보인다.

"진짜로 크게 다쳤어. 허리에서 발끝까지 마비가 되어 버렸단다. 허리에서 발끝까지는 바늘을 찔러도 아프지도 않고 움직일 수도 없었어. 우리 세진이보다 훨씬 더 심한 장애인이 된 거야."

— 95쪽

세진이 엄마가 고등학교 때 체조 연습을 하다가 다쳤는데, 이런 심각한 장애를 극복하는 과정이 구체적으로 나타나 있지 않다. 물론 이 동화의 주인공이 세진이기 때문에 엄마의 장애 극복은 중요한 이야기가 아닐 수 있다. 그러나 짧은 사건이라 하더라도 구체적인 인과성이 있어야 한다. 세진이 엄마가 장애를 극복하는 과정은 자신의 노력만으로 이루어진다. 외할아버지는 세진이 엄마를 이층에 놓아 두고, 밥도 주지 않고 내려와서 먹으라고 한다. 배가 고파서 기어서 내려와 밥을 먹고, 외할아버지에 대한 증오 때문에 피나는 훈련을 한다. 체조 선수를 했기 때문에 그 훈련을 할 수 있었는지는 모르겠지만, 그 과정은 설득력이 없다. 엄마는 혼자서 피나는 연습만으로 장애를 극복한 것일까. 하반신을 사용하지 못할 정도로 심한 장애를 받았다면 물리치료와 그에 따른 체계적인 훈련을 받아야 하는 것은 아닐까.

세진이 엄마가 입양된 과정은 작의성이 개입되어 있으며, 세진이 엄마가 장애를 극복하는 과정은 인과성이 결여되어 있다. 사건을 진행해 나가는 과정에서 작가의 의도가 지나치게 개입되었고, 그 결과로 사건의 개연성이 흐트러지게 되었다.

2) 인물의 문제점

이 동화의 인물 설정에도 몇 가지 문제점이 있다. 이 동화의 인물들은 서로 대립되어 있다. 세진이를 둘러싼 가족들은 모두 천사와 같은 맑은 마음을 가진 인물들이고, 다른 사람들은 모두 장애인을 나쁘게 보는 왜곡된 인물들이다. 이것은 일반인들이 장애인을 보는 시선이 여전히 곱지 않다는 점을 강조하기 위해서이기도 하고, 세진이 가족이 세진이를 누구보다도 사랑한다는 점을 강조하기 위해서이기도 하지만, 이 때문에 이 동화에 등장하는 일반인들은 모두 장애인을 외면하는 인물로 그려지고 있다. 실제로 대부분의 일반인들은 장애인을 그렇게 나쁘게 보는 것일까.

누나는 누워 있는 나를 보고 싱글싱글 웃느라 정신이 없었어. 내 뺨에

쪽쪽 뽀뽀를 하고, 팔뚝을 꼬집고, 뭉툭한 다리를 이쪽 저쪽으로 흔들어
대고…….

　"아이, 귀여워! 아이, 귀여워! 진짜 귀엽다!"

　누나는 쉬지 않고 종알거렸단다. 귀여워! 진짜 귀여워…….

— 38쪽

　"아이구, 참! 유난을 떨어요. 아들 없는 사람 서러워서 살겠나, 어디. 눈
뜨고는 못 보겠네. 세상에 아들 키우는 사람 자기 혼잔가? 아들 있다고 저
러는 사람, 보다보다 처음 본다니깐."

— 56쪽

　누나와 엄마가 세진이를 대하는 태도이다. 아이에 대해서 귀여워
하는 것은 충분히 이해할 수 있는 일이다. 그런데 문제는 "뭉툭한 다
리"를 이쪽 저쪽으로 흔들면서 귀여워하는 행위는 어색하게 보인다.
누나 은아가 세진이를 만날 때는 여덟 살 무렵이다. 그런데 사지절단
기형아를 보고서 의아해 하거나 이상하게 생각하지 않고, 만나자마
자 귀엽다고 하는 것은 은아의 동심천사주의를 살리기 위한 과장된
행위이다.

　다음 장면은 세진이와 요란하게 목욕하는 광경을 지켜 보면서 세
진이 엄마가 하는 말이다. 이 부분의 대화 장면도 어색하다. 우선
"아들 없는 사람 서러워서 살겠나"라는 말부터 그렇고, "아들 있다고
저러는 사람, 보다보다 처음 본다"는 말도 그렇다. 세진이에 대한 사
랑을 강조하다 보니 가족의 천사표 이미지를 제시하게 되었고, 이 때
문에 어색한 장면과 대화가 나타나고 말았다. 이것은 인물 설정에 있
어서 대립된 성격을 제시하기 위해 일어난 문제점이라 할 수 있다.

　다음 부분을 보면 세진이를 이상하게 보는 정상적인 인물들은 모

두 나쁜 사람으로 제시되어 있음을 알 수 있다.

> "저…… 다른 손님들이 나가 주시기를 바랍니다. 저도 어쩔 수 없네요."
> 〔…중략…〕
> 참 이상한 일이야. 사람들은 나를 보면 밥맛이 뚝 떨어지나 봐. 내가 식당에 가면 다들 싫어하는 것 같았어. 어떤 식당에서는 굵은 소금을 휙휙 뿌리기도 했단다.
>
> — 47쪽

> "아휴 정말! 여기 못 오겠네! 별별 사람이 다 드나들고 말이야! 아저씨 저 사람들 나가면 물 좀 갈아줘요! 싹 빼고 다시 새 물을 채워 주세요!"
>
> — 76쪽

앞의 장면은 세진이 가족이 고급 레스토랑에 들어갔을 때의 일이다. 세진이의 다리와 손가락이 기형으로 생겼다 해도 그곳의 손님들이 세 살밖에 되지 않은 어린 아이를 그렇게 대할 수 있을까. 상식적으로 수긍이 가지 않는다. 그리고 "어떤 식당에서는 굵은 소금"을 뿌리기도 했다고 하는데, 이것도 일반적으로 일어날 수 있는 상황이 아니다. 인용한 부분에서 문제를 해결하는 방법은 엄마의 놀랄 만한 행동에 있다. 손님들의 말을 듣고 엄마는 세진이를 목말 태우고 무릎으로 기어서 계산대에 간다. 그리고는 4만 원 나온 계산을 5만 원을 주면서 만 원은 팁이라고 한다. 이 부분은 장애인에 대한 편견을 가진 일반인들에 대한 저항적 태도라 할 수 있는데, 돌발적인 엄마의 행동이 의아심을 불러일으키게 한다. 그리고 엄마는 만 원을 팁으로 주면서 자기 위안의 물질적 보상을 하지만, 이것은 올바른 문제 해결 방식이라 할 수 없다.

다음 장면은 수영장에 갔다가 다른 사람들에게 원망을 듣는 부분
이다. 이 부분도 세진이를 바라보는 사람들에 대한 지나친 편견이 있
어서 극단적인 행동이 일어나고 있다. 이 부분은 세진이 누나가 "우
리 세진이 피부병 없어요"라고 엉엉 울어 버리는 행동으로 문제를
해결한다. 엄마와 함께 근력 운동을 하기 위하여 수영장에 갔는데,
이 말을 들으면서도 엄마는 가만히 있고, 여덟 살짜리 누나가 사람들
에게 항의하면서 문제를 해결한다. 엄마는 말없이 수영장을 나와서
시장 골목에서 붕어빵을 사 먹이면서 아이들을 달랜다. 장면의 전환
이 자연스럽지 못한 것도 있지만, 수영장에서 다른 사람들에게 보여
준 엄마의 행동은 앞에서 레스토랑에서 보여준 적극적인 행동과는
거리가 있다.

세진이를 둘러싼 천사표 이미지와는 반대로 일반인들이 장애인을
보는 시선은 과장되어 있으며 인물 설정에 있어서도 오류를 범하고
말았다. 정상인이 장애인을 바라보는 시선이 이처럼 심각하다면 우
리 사회는 반성을 해야 할 것이다. 그러나 이것은 현실과 유사하긴
하지만 현실적이지 못하며, 천사표 이미지를 강조하기 위해서 과장
되어 있다. 정상인과 장애인을 대립적으로 보면서 세진이를 둘러싼
인물들은 착한 사람이고, 다른 일반인들은 모두 나쁜 사람으로 몰아
가고 있다. 그러나 현실에서는 일반인들이 이 동화에 나오는 인물들
처럼 극단적으로 장애인을 경멸하지 않을 것이다. 적어도 불쌍하다
는 마음이나 측은한 마음들은 공유하는 정서일 것이다. 이 동화에 나
오는 인물들은 현실과 동떨어져 있다.

3) 구성의 문제점

다음은 구성의 문제점을 들 수 있다. 이 동화는 세상으로부터 소외

를 받는 한 아이의 이야기를 하면서 지나치게 많은 이야기를 끌어들이고 있다. 세진이의 이야기를 중심으로 사건이 전개되어야 할 것인데, 세진이를 둘러싼 잡다한 이야기가 많아지면서 구성이 산만하게 되고 말았다. 여러 가지 이야기를 함으로써 주제가 흩어질 수 있으며, 줄거리의 초점을 잃어버릴 수 있다. 세진이와 할아버지의 갈등이 해결되는 부분, 엄마가 고등학교 시절 체조 연습을 하다가 다친 부분, 구름나라 사람들의 이야기 등이 구성을 산만하게 하고 있다. 이것은 작품의 주제 의식을 분명히 하지 못하고 이야기를 전개시킨 결과이다.

이 동화에 나타난 구성의 문제점으로 구름나라의 이야기를 들 수 있다. 의족을 한 세진이가 다리를 내놓는 것을 부끄러워할 때 엄마는 아이들에게 바지를 걷어올려서 의족을 보여주고 만져 보게도 한다. 이 일로 세진이는 엄마에 대한 원망이 깊어지고, 아이들도 만나기 싫어하는 상황에 빠지게 된다. 이 절망적 상황을 세진이는 구름나라의 사람들을 만나면서 해결한다. 그렇게 힘든 날 구름나라에 있는 쌍둥이가 나타나서 세진이를 위로한다. 현실에서 구름나라의 사람들과 대화를 나누는 것뿐만 아니라, 현실적으로 불만을 갖고 있는 문제를 구름나라의 "너"에게 위안을 삼는다는 것은 가능한 일이 아니다. 그러면 이 동화에서 구름나라의 이야기는 왜 끌어들인 것일까. 그것은 현실에서 부족한 부분을 채우는 또 다른 나라가 있을 것이라는 희망을 주기 위한 장치일 것이다. 비록 현실적인 장애를 갖고 있더라도, 본래의 모습은 모두 아름다운 존재에서 출발한다는 긍정적인 생각을 갖게 하기 위해서이다. 그렇다고 하더라도 구름나라 이야기는 화자의 설정에서부터 무리가 따른다. 이 동화는 1인칭 주인공 시점에서 서술되면서도 화자는 전지적 시점으로 인물들의 심리적 상황까지 꿰뚫어 보게 된다. 그래서 구름나라의 이야기도 마음대로 끌어올 수 있는 것이다.

구름나라 이야기가 나왔으니 그 끝을 정리하고 넘어가야겠다. 이 동화의 첫 부분에는 구름나라에서 내려온 또 다른 나와 대화하는 장면이 나온다. "구름나라에서 온 친구에게"라는 소제목으로 된 첫 부분은 모두 세 도막으로 되어 있는데, 이 세 도막 모두가 세진이가 구름나라의 "너"에게 말하고 있다. 전체 이야기는 세진이가 "늘사랑 아기집"에서부터 초등학생이 될 때까지의 이야기이다. 시간적으로 볼 때, 약 8년까지의 일을 회상하고 있다. 그런데 이 부분의 전체 서술자는 현실의 "나"가 구름나라의 "너"에게 말하는 방식으로 되어 있다. 태어나서 얼마 전까지의 "나"의 모습은 기억하지 못하고, "늘사랑 아기집"에 있을 때부터 이야기를 서술하고 있다. 서술의 현재 시점은 여덟 살 때이며, 과거를 회상하면서도 당시의 심리적 정황과 인물들의 심리까지도 파악하고 있는 전능한 인물로 나타난다. 이 동화는 처음부터 구름나라의 "너"라는 가상의 인물에게 말하는 방식을 택함으로써 현실과 환상을 혼동하고 있다.

이 동화가 현실성을 바탕으로 하고 있으면서도 현실을 왜곡하고 있는 까닭은 여기에 있다. 세진이가 어린 시절을 회상하면서 말하는 부분은 현실을 바탕으로 하고 있는데, 구름나라의 "너"에게 이야기하는 방식으로 되어 있기 때문에 현실에서 갑자기 환상으로 바뀐다. 이처럼, 현실과 환상을 넘나드는 구성 방법에는 문제가 있다.

다음으로 진부한 구성 방법을 택하고 있다는 점이다. 이 동화는 "시련→시련의 극복→시련→성공"과 같은 설화문학의 구성 방법을 보이고 있다. 설화에서 이러한 구성 방법을 순환형 구성, 혹은 영웅소설의 구성이라고 하는데, 이 방법은 고전 소설이 택하는 전형적 구성 방법의 하나이다. 고전 소설의 형식을 보이는 것이 잘못되었다는 것이 아니라, 짜여진 틀 속에서 뻔한 주제를 끌어내는 동화라는 점에서 문제가 있다. 아이들에게 감동을 주기 위해 더 많은 장애를 가진 인물을 설정하고, 그 장애를 극복하는 과정에서 가족의 사랑이 중요하다는 결론을 끌어낸다. 이야기 자체가 갖는 한계성도 있지만, 진부한 줄거리로 해서 식상하게 받아들일 수 있다.

4) 강요된 감동의 문제점

기형아(畸形兒, malformed child)는 신체에 나타난 형태이상 증세로 선천성인 경우를 말한다. 선천성 기형은 염색체의 이상을 발생하는 데 그 요인은 다양하게 나타난다. 세진이는 뼈·관절·근육의 이상인 기형으로 선천성 무릎관절탈구와 열지증(裂指症, split hand-split foot)을 보인다. 실제로 심각한 선천성 질병을 안고 있으며, 그 상황을 알고 있는 세진이가 그렇게 밝은 웃음을 보일 수 있는지 의문이다.

그것은 엄마와 누나 은아의 도움으로 가능하다고 설명하고 있는데, 사실은 크게 설득력이 없다. 이것은 세진이를 심각한 장애인으로 설정하고, 그 심각한 장애를 혹독한 훈련으로 극복한다는 감동을 끌어내고 있다는 데서 알 수 있다. 매일 팔굽혀펴기를 하고, 수영장에 가서 근력 운동을 하는 것으로 그 장애를 무난하게 이겨낼 수 있을까. 신체적 장애를 극복할 수 있을지 모르겠지만, 다른 사람들로부터 받는 정신적 장애는 어떻게 극복할 수 있겠는가. 이 동화를 읽으면서 무작정 기형아의 문제를 끌어와서 천사를 닮은 가족들 품에서 무난하게 그 난관을 극복한다는 것을 보여주기 위해서 쓴 동화가 아닐까라는 의문이 제기된다.

비현실적인 구름나라의 "너"와 같은 대상을 설정하여 장애를 극복하는 과정을 보여주고 있지만, 장애를 받는 아이들의 정신적 고통은 심각하게 다루지 않았다. 이 동화는 아이들에게 신체적 장애를 극복하는 감동을 주는 것으로 만족해야 할 것이다. 이 동화의 감동은 대부분 식당에서도 무시를 당하고, 엄마가 무릎으로 기어 나오는 장면, 가까스로 계단을 올랐다는 부분, 혼자의 힘으로 산을 올랐다는 것과 같은 "강요된 감동"이다. 장애는 신체적, 정신적으로 부닥치는 현실 문제이다. 그것이 정신적으로나 육체적으로 얼마나 심각하고 고통스러운 일인가를 생각한다면, 세진이처럼 발랄하고 맑은 아이가 제시될 수는 없을 것이다. 자신이 남들과 다르다는 사실은 소극적인 아이로 만들고, 그 정신적인 충격은 천사표 가족들을 만나더라도 극복하기 힘든 일일 수 있다.

그런데도 이 동화에서 세진이는 "할 수 있다"는 자신감과 가족들의 배려로 무난하게 그 장애를 극복한다. 얼마든지 가능성이 있는 이야기인데도 불구하고, 비판적으로 받아들일 수밖에 없는 까닭은 세진이를 둘러싼 장애의 문제를 심각하게 고민하지 않았기 때문이다. 그런 점에서 이 동화는 유행에 편승한 상업적 목적으로 창작된 것이 아닌가라는 의문이 제기된다.

선천성 장애를 갖고 있는 아이가 그 장애를 이겨내는 과정은 상상하기 힘들 만큼 고통스러운 일이다. 그런데도 그 아이의 마음이 천사처럼 맑아서 독자들에게 측은한 마음을 갖게 한다. 그 장애의 정도가 심각할수록 그것을 극복하는 주인공에게 더 깊은 감동을 받을 것이다. 사지절단 장애로 태어났는데도 불구하고 세진이는 전혀 구김살이 없으며, 절망하지 않는다. 세진이는 새 엄마를 만나기 전부터 그랬고, 새 엄마를 만난 후에도 장애에 대해서 절망하지 않았다. 세진이는 선천적으로 맑은 마음을 갖고 태어난 아이이다. 뿐만 아니라 세진이를 보살피는 가족들도 맑은 마음을 가진 인물들이다. 불우한 장애의 환경과 극명하게 대조되는 이들의 동심은 독자들에게 더 깊은 감동이 일어나도록 한 것이다. 세진이는 일반적으로 만날 수 있는 기형아의 수준을 넘어선 중증 장애인이다. 이 중증 장애를 극복한다는 것이 아이들에게 "강요된 감동"을 불러일으키는 것이다.

이 동화는 장애인과 정상인을 대립적인 상황으로 몰아가고, 장애를 극복하는 과정을 극적으로 과장함으로써 비현실적인 동화가 되고 말았다. 장애인을 다룬 동화는 장애인과 정상인이 함께 살아가는 사회를 제시해야 할 것이다. 섣부른 감동만을 불러일으키게 한다는 점에서 이 동화는 다른 상업적 동화와 다른 점이 없을 것이다. 장애인을 소재로 한 동화는 장애인의 정신적 고통과 아픔을 내면화하면서 함께 살아가는 아름다운 사회를 제시하는 것이 바람직할 것이다.

3.

아동문학이 장애인을 소재로 "동심천사주의"와 같은 강요된 감동을 유도하지 말고, 그 작품이 상업성에 휘둘리지 말아야 할 것이다. 우리가 살아가는 현실은 장애인과 정상인이 함께 살아가는 사회이다. 정상인이 장애인을 동심으로 대하고, 그 순정한 마음으로부터 함께 사는 사회를 만들어 가는 것이다. 장애인을 바라보는 태도는 동심의 상태를 회복하는 일이다. 장애인을 바라보는 일반인의 시선도 동심의 세계에서 바라보아야 하고, 작가의 의식도 동심의 세계를 지향해야 할 것이다. 동화작가가 갖추어야 할 가장 기본적인 자세는 동심을 발견하고 그것을 아름답게 형상화하는 것이다.

박수현의 동화『아름다운 아이 세진이』는 장애인을 소재로 다루면서 장애인의 문제를 왜곡하고 말았다. 장애인의 문제에 천착한 동화작가들이 소재의 한계성에 빠져 있다는 비판을 받듯이, 장애를 다룬 작품들은 장애인의 문제를 피상적으로 접근하지 말아야 할 것이다.

따라서 장애인의 문제를 현실적인 공감대로 끌어내지 못한 작품이나 유행류에 편승한 작품들은 비판의 대상이 되어야 할 것이다. 장애인의 문제는 비현실적인 이야기가 아니고, 우리들 주위에서 일어나는 현실적인 이야기이다. 이들을 소재로 다루는 동화작가는 장애인의 문제를 현실에서 풀어 나가야 하고, 그들의 아픔은 모든 사람들이 공유하는 몫이라는 인식이 전제되어야 할 것이다. 이를 염두에 두지 않는 장애인 소재 작품들은 피상적 인식에 머무르고 말 것이다. 장애인을 소재로 다루는 작가들은 이 점을 경계해야 할 것이다.

　장애의 문제를 소재로 다루려면 우선 장애인의 현실을 바라보는 철저한 문제의식과 함께 해야 할 것이며, 그들의 고통과 번민을 진지하게 고민해야 할 것이다. 장애인의 문제를 다루면서 "구름나라"와 같은 피상적인 환상을 보여주거나, "동심천사주의"를 내세운다는 것은 장애인 소재 동화의 문제점이라 할 수 있다. 장애인을 다루면서 또 다른 장애인의 문제를 불러일으키는 잘못을 범해서는 안 될 것이다. 그런 점에서 박수현의 동화『아름다운 아이 세진이』는 아쉬움과 함께 여운이 남는다. 장애인의 문제를 진지하게 고민하는 동화작가가 기대되는 까닭도 여기에 있다.

폭력을 넘어서 사랑으로

새끼 개 박기범 지음, 유동훈 그림, 낮은산, 2003.

1. 동물원에서

얼마 전 따뜻한 봄날이었다. 주5일제 수업으로 토요일 첫 휴무가 있던 날이었다. 조카들이 동물원의 코끼리를 보여 달라고 조르는 바람에 가까운 성지곡 동물원에 갔다. 그런데, 그곳에 있는 동물들을 보면서 깜짝 놀랐다. 그곳에 갇혀 있는 동물들이 식물처럼 무덤덤하게 울타리 안을 배회하고 있는 것이 아닌가. 이미 야생의 공격성을 잃어버리고 누워 있는 호랑이, 사람들의 노리개로 전락한 원숭이, 다리와 입까지 비대해서 몸을 가누지 못하는 뚱뚱한 하마에 이르기까지 하나같이 갇혀진 울타리 속에서 죽어 가는 동물들이었다. 동물원에서 말없이 죽어 가는 동물들을 보면서 그 울타리가 마치 거대한 무덤처럼 보였다. 동물원은 사람들이 만든 거대한 폭력의 구조물이었다.

아이들에게 동물을 보여주기 위해 갔다가 사람들이 만든 무모한 폭력의 구조를 보고 말았다. 동물 구경에 신이 난 아이들에게 어떻게 사람들의 폭력을 전달할 수 있을까. 동물원을 다녀오고 난 뒤 한동안 우울한 고민에 빠졌다. 그때 읽은 책이 박기범의 『새끼 개』였다. 이 동화는 동물에 대한 호기심과 동물 보호라는 명분으로 그들의 생명을 유린하는 사람들의 폭력성을 고발하고 있다.

아이들의 세계를 억압하는 어른들의 모습을 보면서 아이들은 그들만의 세계를 꿈꾸듯이 이 동화를 읽으면서 동물들에게 주어진 자유의 소중함이 무엇인지 깨달을 것이라 생각한다. 어른들이 아이들의 동화를 읽으면서 아이들의 생각을 구속하는 행동을 반성하듯이, 아이들이 이 동화를 읽으면서 동물을 사랑하는 진정한 방법과 동물에게 가해지는 고통을 함께 할 수 있는 계기가 되었으면 한다.

2. 폭력과 욕망의 문제

르네 지라르는 『폭력과 성』에서 사회를 유지하기 위해서 사람들은 폭력을 속이고 있다고 한다. 사람들이 사회를 유지하기 위해 사람들에게 폭력을 속이듯이, 동물들에게도 보호라는 빌미로 폭력을 위장하고 있다. 그 폭력은 사람들의 욕망을 성취시키기 위한 수단일 뿐이다. 순수하고 합법적인 폭력이든, 나쁜 폭력이든 그것은 타인의 자유와 욕망을 억누르는 것임에는 두말할 나위도 없다. 그런데도 사람들은 무의식의 상황 속에서 더 많은 폭력을 양산해내고 있다. 사회가 복잡할수록 폭력의 구조도 더 복잡하고 다양한 방법으로 나타난다. 개인과 개인, 남성과 여성, 민족과 이념, 국가와 국가에 이르기까지 엄청난 폭력의 상황을 만들어낸다.

모든 동물들이 숲에서 자유롭게 살아가듯이 생물들은 그들이 누려야 할 고귀한 자유를 갖고 살아가야 한다. 자유를 억압하고 생명을 인위로 조작하는 것은 사람들의 욕망이 만들어낸 폭력일 뿐이다. 세상의 모든 생명들 중에서 사람만이 유일하게 자연의 질서를 거스르고, 개발과 보호라는 명목으로 보이지 않는 폭력을 행사하고 있다. 박기범의 『새끼 개』는 동물들에게 가하는 사람들의 폭력을 잘 보여주고 있다.

새끼 개는 어미의 젖을 먹을 때도 새끼 개들끼리 다투는 자리에 끼어들지 않는다. 순하고 착한 눈망울을 가진 새끼 개는 동물 가게에 있다가 두 아이가 있는 아파트에 팔려 간다. 아이들은 새끼 개가 귀여워서 장난도 치고 높은 곳에서 밀어 보기도 하지만, 새끼 개는 무서워서 아이들을 피한다. 아이들에게 심하게 시달리다가 불안한 마음에 먹지도 못하고 앓는다.

아이들의 정성으로 새끼 개는 기력을 회복하지만, 전보다 더욱 사나워진다. 무더운 여름에 아이들은 새끼 개를 목욕시킨다. 그것은 아이들에게는 즐겁고 기쁜 일일 수 있지만, 새끼 개에게는 죽음과 같은 악몽이었다. 아니나 다를까 새끼 개는 그날 심하게 몸살을 앓는다. 아이들은 귀엽다는 이유로 새끼 개를 학대한다. 그럴수록 새끼 개는 점점 더 사나워지고, 마침내 새끼 개는 처음 팔렸던 가게로 돌아간다. 그곳에서 갇혀 있다가 가게를 청소하는 날, 가게를 탈출하여 거리로 나온다. 처음에는 마음껏 자유를 누리지만, 얼마 후 먹을 것이 없어서 거리를 방황하는 떠돌이 개의 신세가 되고 만다. 그러던 어느 날, 두 아이가 있던 아파트를 발견한다. 아파트 앞에서 다른 개와 놀고 있는 아이들을 향해 달려가다가 그만 차에 치여 죽고 만다.

이 동화의 줄거리처럼, 수많은 애완용 개들이 사람들의 폭력 구조 속에 길들여지고 있다. 이것은 애완용 동물에게만 국한된 일이 아니다. 개들이 자유를 누리지 못하고 사람들에게 길들여지듯이, 우리 아이들도 어른들에게 길들여진다. 어른들은 아이들에게 학습과 성적의 노예가 되게 한다. 어른들의 시선으로 아이들을 바라보고, 아이들은 질식할 것 같은 폭력의 구조 속에 허덕이고 있다. 어른들이 아이들에게 바라는 것은 어른들의 욕망에 따르는 거대한 폭력일 뿐이라는 사실을 깨달아야 할 것이다. 아이들의 생각대로 아이들의 생각을 존중해 주면서 살아가게 할 수 없을까. 이이들을 키우는 대다수의 부모들이 고민하는 문제이다. 새끼 개의 죽음을 보면서 이 땅의 수많은 아이들의 모습이 떠오른다. 아이들을 사랑하는 진정한 방법은 무엇일까. 이 동화는 동물들과 아이들을 진정으로 사랑하는 방법이 무엇인지를 깨닫게 한다.

욕망이 타인과의 관계에서 형성되듯이 폭력도 타인과의 욕망 때문에 발생한다. 인류의 역사가 욕망의 성취와 폭력이라는 이중 구조 속에서 발전되어 왔다고 해도 과언이 아니다. 그 역사의 발전 단계에 있는 자본주의는 욕망 성취와 폭력 구조의 거대한 깡통이라는 말이 있다. 그만큼 자본주의는 폭력과 욕망의 포화 상태를 조장한다. 자본주의의 속성은 자신의 욕망을 채우는 시기가 지나서 타인과의 관계에서 자신의 욕망을 채우는 단계로 나아간다. 이 거대한 집단 욕망과 개인 욕망 사이에서 수많은 폭력이 자행되고 있다.

자본주의에서는 동물들마저도 사람들의 욕망을 충족시켜 주는 도구일 뿐이다. 집에서 기르는 가축(家畜)들의 일생처럼, 사람들은 욕망 충족을 위해서 동물들을 길들여 왔다. 일하는 소는 경작을 위해 사람들에게 길러지고, 마지막에는 그들의 육체까지도 학살의 현장에 보내진다. 죽도록 사람들에게 사육되고, 길들여진 소의 일생이 과연 정당한 것일까. 소의 가죽은 북으로 만들어져서 그 일생을 끝막음한다. 그 소를 학살하는 주범이 사람들이고, 사람들의 끝없는 욕망은 수많은 동물들을 가축으로 이용하게 되었다. 야생 동물들은 인간들에 길들여지면서 야생의 본성을 잃어버린다. 그 동물들은 진정한 행복을 누리는 것일까.

이처럼, 폭력과 욕망은 상동관계에 있다. 욕망을 달성하는 가장 손쉬운 방법이 폭력이다. 그 폭력은 또 다른 폭력을 만들어내고 그 폭력과 욕망의 순환 논리 속에 자본주의의 논리가 잠재해 있다. 자본주의가 비대해지면서 동물들도 자본의 하나이고, 사람들의 육체도 자본의 하나로 존재할 뿐이다. 그래서 인간의 본성이 무너지고 사람들은 끝없는 욕망의 구렁텅이에 빠진다. 애완용 동물을 기르는 사람들은 자신을 합리화시키면서 동물들을 구속한다. 이것은 무의식 상태에서 동물들에게 가하는 폭력이다. 동물들을 진정으로 사랑하는 방법은 자연 상태 그대로 놓아두는 것이 아닐까. 개발이라는 명목으로 가해지는 모든 인간의 행위는 욕망의 충족이 아닐까.

박기범의 동화『새끼 개』는 애완용이라는 명목으로 가해지는 동물 학대를 상징적으로 다루고 있다. 좀더 확대하면, 이 동화에 등장하는 새끼 개는 이 땅의 폭력에 희생되는 아이들을 상징하는 동물이기도 할 것이다. 사람들의 필요에 따라 선택되는 애완용 개들처럼, 아이들도 어른들의 필요에 따라 그들의 삶이 결정된다. 해서는 안 되는 일과 하지 말아야 하는 일이 너무 많아서 아이들의 호기심을 통제하고, 그 아이들은 어른들의 욕망에 따라 길러진다. 그것이 진정한 아이들의 교육일까. 새끼 개가 아파트에서 적응하지 못하고 점차 사나운 개로 바뀌듯이 아이들은 어른들의 폭력 구조 속에 비뚤어진다. 이 동화에서 죽어 가는 새끼 개처럼, 이 땅의 아이들이 어른들의 욕망에 따라 폭행당하고 있는 것은 아닌지 생각해 볼 일이다.

이 동화에서 문제삼고 있는 폭력의 문제는 우리 사회의 이데올로기처럼 은폐되어 아이들을 구속하고 있다. 성적 향상과 경쟁이라는 명분으로 아이들을 구속하고, 사회에 잘 적응하는 사람, 훌륭한 사람이 되기를 갈망하는 어른들의 소망을 아이들에게 강요하면서 그들의 세계를 구속한다. 우리 사회는 아이들의 행위에 제재를 가하고, 어른들의 시선으로 세상을 만들어 가다 보니, 아이들의 생각이란 애당초 묵살될 뿐이다. 가정에서도 그렇고, 학교에서도 그렇다. 뿐만 아니라, 사회를 구성하는 외부 환경에서도 아이들은 거대한 폭력의 구조 속에 놓여 있다. 이 무의식 속에서 가해지는 심각한 폭력의 상황은 아이들을 옥죄는 목줄이다. 이 폭력의 심각성을 아이들이 직접 깨달을 수 있는 방법이 무엇일까. 박기범의 동화 『새끼 개』는 그러한 폭력의 심각성을 고발한다.

박기범은 『문제아』에서 비뚤어진 우리의 교육이 만들어낸 심각한 자폐증을 진단한 적이 있다. 작가의 이력이 말해 주듯이 그는 전쟁과 폭력을 거부한다. 그는 이라크 파병에 반대하면서 대학로에서 단식 투쟁을 하였고, 전장지 이라크에까지 가서 전쟁의 폭력에 항거하였다. 이러한 그의 행동이 잘 드러난 동화가 『새끼 개』이다. 사람들은 동물을 보호한다는 명목으로 쓰다듬어 주고 장난을 치지만, 그 동물은 더욱 사나운 동물로 변하고 만다. 울타리 속에 갇힌 동물이 발정기를 만나면, 미친 듯이 울타리의 철창을 후벼파듯이. 그는 갇힌 동물에 대한 측은한 마음을 놓치지 않는다. 그는 사람들에게 순종하는 동물을 바라는 것이 아니라, 본성을 찾아 달려가는 동물을 바란다. 그것이 동물을 사랑하는 진정한 방법이라고 보는 것이다. 그의 동화 『문제아』에서 "문제아"는 "문제 어른"이 만들어내듯이, 사나운 동물은 그들의 자연을 구속하는 사람들이 만들어낸다. 박기범의 동화는 이 발상의 전환을 통해서 애완용을 빌미로 동물에게 가하는 폭력을 비판하고 있다.

애완동물을 기르는 사람들은 동물들을 기르기 위해서 어떤 제재를 가해야 하는지를 알고 있을 것이다. 강아지를 아파트에 키우기 위해서 성대 수술을 하고, 배설물의 양과 냄새 때문에 인공배합사료를 먹여야 한다. 말없이 사람을 따르는 개가 좋아서 집에서 키운다. 그들이 원하는 것이 무엇인지도 모르면서 사람의 방식대로 동물들의 키운다. 그러나 동물들의 습성은 자연 속에서 그들의 욕망대로 살아가는 것이다. 그 욕망을 인위로 규제하고 통제하는 것은 옳은 일이 아니다. 동물들은 자연으로 돌아가야 한다. 아이들을 만나기 위해 달려오던 새끼 개가 차에 치여 차가운 아스팔트 바닥에서 죽어가는 장면을 보면서 아이들은 어떤 생각을 할까. 개들의 목을 죄고 있는 목줄을 풀어 주면서, 마음껏 달릴 수 있는 세계를 꿈꾸지 않을까. 이 동화의 장점은 동물을 사랑하는 진정한 방법을 보여주고 있다는 것이다.

사람이 자연의 한 영역일 뿐이듯이 동물도 자연의 한 영역일 뿐이다. 가장 건강한 동물은 자연 속에서 자연의 질서에 따라서 생명을 영위하는 것이다. 그런데 개발과 보호라는 명목을 내세우면서 자연을 개발하듯이 동물들도 사람들의 보호 속에 가두어 둔다. 중앙 아프리카의 대초원에 있는 자연 동물원에 육식동물과 초식동물의 개체수를 인위적으로 조절하였더니, 결국 초식동물만 살아 남았다는 연구 보고서가 있다. 자연의 질서는 사람이 인위적으로 조절할 수 없다는 말이다. 사람의 생명이 연장되고 문명이 발달되면서 동물들의 영역이 침해당하고, 그 때문에 멸종의 위기에 내몰린 동물들이 늘어나고 있다. 이 모든 일들이 사람이 만들어낸 폭력의 산물들이다.

폭력은 사람의 욕망 달성을 위해 만들어낸 것이다. 자연을 자본의 논리로 바라보면서 자연에 가하는 개발의 폭력, 동물을 사랑한다고 하면서 무의식적으로 가하는 폭력에 이르기까지 사람들이 생명에게 가하는 폭력이 얼마나 많은가. 이 동화를 읽으면서 자연과 동물을 사랑하는 진정한 방법을 생각해 보고, 더불어 새끼 개의 죽음과 같이 아이들의 개성이 죽어 가는 이 땅의 현실을 생각해 보았으면 한다. 폭력은 폭력을 낳고, 그 폭력 아래 수많은 생명들이 이유 없이 죽어 가고 있다는 사실을 명심해야 할 것이다.

3. 폭력에 희생된 아이들

박기범의 동화 『새끼 개』에 등장하는 새끼 개의 죽음을 보면서 2년 전 미군 장갑차의 궤도 바퀴에 깔려 죽은 미선이와 효선이의 주검이 떠올랐다. 개인의 폭력보다도 훨씬 무모한 것이 집단과 사회와 국가의 폭력이다. 사람들이 동물에 가하는 폭력의 구조가 가족의 폭력과 사회의 폭력으로 생각의 꼬투리가 옮겨진 것은 이 때문이다. 불행하게도 미선이와 효선이 문제에 대한 일그러진 교육 현장이 떠올랐다.

훈련용 미군 장갑차의 궤도 바퀴에 깔려 죽은 미선이와 효선이의 죽음은 새끼 개가 주인을 찾아서 뛰어가다가 승용차에 치여 죽는 모습과 무엇이 다르겠는가. 미군의 점령 하에 있는 우리의 상황이나 새끼 개가 가두어져서 사람들의 손에 길들여지다가 죽어 가는 모습과 다른 것이 하나도 없다. 박기범이 새끼 개가 죽어 가는 끔찍한 현장에 깊은 애정을 갖고 서술하고 있는 것은 우리 사회에서 까닭도 없이 죽어 간 수많은 사람들을 향한 애정일 것이다. 새끼 개의 죽음은 거대한 집단의 폭력 속에 죽어 간 미선이와 효선이의 또 다른 모습이라는 생각이 들었다. 아스팔트 위에서 죽어 가는 새끼 개는 죽음과도

같은 우리 교육의 현실에서 나날이 내몰리는 우리 아이들의 일그러
진 자화상일 것이라는 생각이 들었다.

티베트의 장례식 중의 하나인 조장(鳥葬)처럼, 두개골이 깨어지고,
내장이 흩어진 채로 죽어 간 어린 미선이와 효선이의 죽음은 이 사회
가 만들어낸 거대한 폭력의 한 양상이었다. 이 땅의 불우한 교사의
한 사람으로서 그 아이들의 죽음에 속수무책으로 있었던 것이 부끄
러울 뿐이다. 그때 그 일을 기억하면서 폭력의 희생이 된 아이들 곁
에 너무도 초롱한 아이들의 눈망울이 살아 있다는 것을 알았다.

박기범의 『새끼 개』를 읽으면서 시간을 거슬러 올라서 2년 전의 일
로 돌아가 본다. 2002년 한일 월드컵 열풍이 이 땅을 축제의 도가니
로 몰고 갈 때였다. 그때쯤 의정부 조양중학교 2학년 미선이와 효선
이는 생일 잔치를 끝내고 집으로 돌아가는 길에 미군 장갑차의 궤도
바퀴에 깔려 죽었다. 그러나 정작 그 사건은 대한민국의 16강, 8강,
4강 신화 속에 묻혀서 사람들의 관심에서 멀어져 갔다. 그렇지만 한
쪽에서는 추모의 행렬이 일어났다. 전국 곳곳에는 촛불시위가 일어
나고 있었다. 그때 나는 어떨 때는 전경의 방패에 얼굴이 일그러지기
도 하고, 거리를 행진하던 지친 몸으로 집으로 돌아올 때도 있었다.
소파 개정을 외치던 그 목소리로 포장마차에 앉아서 세상의 모순을
비관하기도 했다.

그 안타까움으로 수업 시간에 미선이 효선이를 추모하는 배지를
달고 들어갔다. 이것을 본 아이들도 배지를 달고 싶다고 했다. 그래
서 아이들에게 그것을 나누어 주었더니 아이들은 미선이 효선이를
위해 써 달라고 약간의 돈을 모금해 왔다. 그런데 이 일로 해서 나는
학생들의 모금운동을 선동한 불량교사가 되었고, 급기야 학교측으로
부터 경고장을 받게 되었다. 이 어두운 교육의 현장에 가로놓인 폭력
의 구조를 보았다. 폭력으로부터 희생된 아이들을 사랑하는 것이 무

엇인지를 끝없이 되물었다. 그날 밤 집에 돌아와서 새벽녘까지 학교 측에 제출할 경고장을 썼다. 폭력이 주는 의미와 진정한 사랑의 의미가 무엇인지를 모르는 학교 현장을 비판하고 다시는 알량한 폭력을 행사하지 말아 달라는 내용이었다. 그것은 미선이 효선이의 죽음을 슬퍼하는 아이들의 초롱한 눈망울이 있었기 때문에 가능한 결단이었다. 그 내용을 잠깐 요약한다.

아름다운 감동 — 효순·미선 수업이 남긴 것

미군 장갑차에 어린 중학생이 비명횡사한 사건을 두고 전국이 촛불 시위로 소란스러울 때였다. 수업 시간에 효순·미선이를 추모하는 시간을 가졌다. 학생들에게 미선이 효선이의 부당한 죽음과 주한미군 주둔법(SOFA)의 부당성에 대해 설명하였다. 그때 내 가슴에 달고 있던 미선이 효선이 추모 배지를 학생들이 달라고 해서 나누어 주었다. 가질 사람만 가지라고 하고, 가지지 못하는 학생은 마음으로나마 추모하자고 했다. 미군 장갑차에 죽은 두 여학생의 넋을 위로하는 잔잔한 움직임이 전국적으로 일어나고 있어서 아름다운 일이라고 했다.

그 일이 있고 난 후 학생들은 돈을 모아서 내게 가져왔다. 참으로 기특하고 고마운 마음이었다. 다른 반 아이들도 이 일에 동참하였고, 몇몇 반에서 모금운동이 일어났다. 어느 반에서 수업을 마치고 종례 시간이 되었을 때, 돈을 가지고 교무실 앞에 서성대던 학생들을 보고, 학생부 담당 선생님은 돈 거둔 것을 달라고 하였고, 학생부에서는 불법 모금이라고 학교측에 보고하기에 이르렀다. 학교측에서는 불법 모금에 대해 조사하라고 했다. 모금에 동참한 학생들은 모두 자발적으로 거둔 성금이라고 했다. 그런데도 학교측에서는 이 일은 사전에 보고되지 않은 일이고, 돈을 모금하는 데 선생님이 개입되었다고 하면서 내게 경고장을 보냈다.

　학생들은 순수한 마음으로 돈을 거두었는데, 그 돈을 불법 모금이라고 몰아세웠다. 다음날 나는 경고장을 정중하게 되돌려 주었다. 그리고는 모금한 돈을 아이들에게 되돌려 주면서 아름다운 뜻만 소중하게 간직하자고 했다. 학교측에서는 그 일은 불법 모금운동이라고 몰아갔다. 이 엄청난 집단 폭력 앞에서 아이들의 순수 의지는 묵살되었다. 아이들을 가르치는 학교 현장에서 벌어진 이 위악(僞惡)의 상황을 어떻게 설명할 수 있을까. 자기 자식이 그 모양으로 이지러지게 목숨을 잃어도 그런 말을 할 것인가. 이 땅의 모든 아이들은 이 땅의 모든 선생님들의 제자들이지 않은가. 다음날 모금운동에 참가한 학생들은 그들의 입장을 밝힌 서명지를 내게 보내왔다.

　　며칠 전 있었던 "효순 미선 배지" 문제에 대한 저희들의 의견을 밝히고자 합니다. 그 일은 "절대 판매 행위가 아닙니다. 또한 돈을 모금한 것은 강제로 한 행위이거나, 배지에 대한 대가성 모금 또한 아닌, 조금이라도 유가족에게라도 도움을 주고자 한 우리의 순수한 마음에서 우러난 행위였음을 밝힙니다." 그리고 저희의 입장을 떳떳이 하고자 이렇게 서명서를 작성, 제출합니다.

　이런 내용의 서명지를 작성하고, 그 아랫부분에 학생 개개인이 서명을 하였다. 그 서명지를 받으면서 나는 아이들의 아름다운 마음에 깊은 감동을 받았다. 이 서명지는 모금운동을 한 아이들의 순수한 발의에 의해 이루어졌다. 모금운동에 참가한 아이들은 학생부에 불려 가서 조사를 받았고, 그 과정에서 아이들은 "모금은 자발적으로 이루어졌고, 유족들에게 그런 정성을 전해 달라는 취지로 이루어졌다"고 했다. 순수한 아이들의 의지를 "배지 판매와 모금운동"이라는

빌미를 씌워 폭력을 행사한 학교측의 부당한 행태가 너무도 안타까
웠다.

　이 일은 거대한 폭력의 구조 속에 있는 학교 현장에서 자행된 폭력
의 한 사례일 뿐이다. 굳이 2년이 지난 지금 이 일을 들먹이는 것은
폭력에 맞서는 아이들의 순수한 동기를 알리기 위해서이다. 아이들
의 순수한 동기를 불법으로 생각하는 어른들의 무모한 판단을 반성
하자는 것이다. 결국 경고장은 되돌려졌고, 아이들의 순수한 동기는
받아늘여졌나. 그러나 그 과정에서 드러난 어른들의 부끄러운 행태
는 지금도 잊을 수가 없다.
　박기범의 『새끼 개』를 읽으면서 2년 전 처참하게 죽어 간 미선이
효선이의 사건과 학교의 집단 폭력에 맞선 아이들의 진정한 사랑과
용기가 떠올랐다. 지금도 우리 사회의 곳곳에 흩어진 거대한 폭력 구
조는 우리 아이들을 위협하고 있다. 박기범의 『새끼 개』는 폭력의 구
조가 만들어낸 비극과 그 비극 속에 놓여 있는 사람의 문제를 상징적
으로 보여준다. 이 동화가 아이들에게 감동을 주는 까닭은 말없는 짐
승에게 가하는 폭력의 심각성을 통해서 진정한 사랑이 무엇인지를
보여준다는 데 있다.
　그러나 박기범의 『새끼 개』가 갖는 문제점은 앙칼진 새끼 개를 표
본으로 삼아 사람과 화합하지 못하는 개의 이미지를 강조했다는 데
있다. 길들여진 동물도 많고 동물들과 더불어 살아가는 사람들도 많
은데, 사람과 동물이 화합하지 못하는 점만 강조하면서 인간의 폭력
성을 부각시키고 있다. 새끼 개는 동물과 사람이 더불어 살아가는 아
름다운 모습을 거부하고 있다는 점에서 문제가 있다. 새끼 개의 생각
에 작가의 의식이 투영되면서 새끼 개는 정말 사람들에게 거부감을
갖게 될 것이라고 생각하게 한다. 새끼 개가 불쌍하다는 마음을 불러

일으키면서 동물의 입장에서 심각한 사람의 문제만을 조명하였다. 이 책을 읽은 아이들은 집에서 기르는 애완견에게 자유를 주기 위해서 목줄을 모두 풀어 줄 것인가. 무리한 상황을 꾸며내면서 사람에 대한 증오심을 유발시키고, 아이들이 동물들에 대한 맹목적 사랑을 강요한다면, 문제가 아닐 수 없다. 이 동화의 문제점은 여기에 있다.

4. 폭력을 넘어서

욕망은 폭력을 낳고, 폭력은 또 다른 폭력을 낳는다. 그리고 마침내 그 폭력 때문에 인류는 멸망하고 말 것이다. 사람들은 이 평범한 진리를 잊고 살아간다. 작은 폭력이 큰 폭력을 만들고, 그 폭력의 구조 속에 끝없는 폭력을 양산한다. 그 폭력을 극복하는 것은 소유하려는 욕망을 버리는 일이고, 그 욕망의 포기야 말로 진정한 사랑을 획득하는 길이다. 폭력은 사람들을 쉽게 통제할 수 있는 수단이기 때문에 폭력의 당의정에 이끌리기 쉽다. 폭력이 자행되는 것은 이러한 이유 때문이다. 어른이 아이들을 통제하고, 남성이 여성을 억압하고, 권력을 가진 자가 권력을 갖지 못한 사람을 억압한다. 폭력은 끝없는 폭력을 만든다. 강제적으로 행해지는 폭력도 있지만, 자율 의지를 빙자한 폭력도 있다. 그것이 어떤 방식으로 어떻게 이루어지든지 폭력은 또 다른 폭력을 만들 뿐이다. 그것은 진정한 사랑과는 거리가 멀다. 모든 동물들은 자연 속에서 그들의 삶을 누릴 권리를 타고났다. 식물이 그 자리에 뿌리를 내리면, 그 자리에서 죽어 가듯이 모든 생물들은 자연 그대로의 삶의 주는 아름다운 평등과 자유를 누려야 한다. 그 자유와 평등을 파괴하는 유일한 생물은 사람이다. 우리는 자유와 평화를 지킨다는 명목으로 또 다른 폭력을 만들어낸다. 그것은 진정한 사랑이 아니다.

　캐나다의 벤쿠버에서는 동물들이 사람들이 사는 마을까지 내려와서 유유자적하면서 돌아다니기도 하고, 인도에서는 어느 지방을 다녀 보아도 소들이 사람들과 더불어 생활하는 모습을 만날 수 있다고 한다. 사람과 동물이 서로가 서로에게 자유를 주는 것이 진정한 사랑이다. 사람들은 동물들을 자유롭게 해야 한다. 이것이 확대되어 사람과 동물, 사람과 사람, 집단과 집단, 국가와 국가 간의 모든 관계에서 욕망을 버리고, 자연의 상태로 돌아가게 해야 한다. 박기범의 『새끼개』를 읽으면서 사람들이 만든 비뚤어진 폭력의 구조를 진지하게 고민해 보고, 폭력을 넘어서는 진정한 사랑의 의미를 깊이 생각했으면 한다.